CB010181

1ª edição - Setembro de 2023

Coordenação editorial
Ronaldo A. Sperdutti

Capa
Juliana Mollinari

Imagem Capa
Shutterstock

Projeto gráfico e diagramação
Juliana Mollinari

Revisão
Alessandra Miranda de Sá
Maria Clara Telles

Assistente editorial
Ana Maria Rael Gambarini

Impressão
Gráfica Bartira

Av. Porto Ferreira, 1031 | Parque Iracema
CEP 15809-020 | Catanduva-SP
17 3531.4444

www.**lumeneditorial**.com.br
www.**boanova**.net

atendimento@lumeneditorial.com.br
boanova@boanova.net

Dados Internacionais de Catalogação na Publicação (CIP)
(Câmara Brasileira do Livro, SP, Brasil)

```
Marco Aurélio (Espírito)
    Ela só queria casar / [ditado pelo espírito]
Marco Aurélio, [psicografado por] Marcelo Cezar. --
Catanduva, SP : Lúmen Editorial, 2023.

    ISBN 978-65-5792-077-0

    1. Espiritismo - Doutrina 2. Psicografia
3. Romance espírita I. Marcelo Cezar. II. Título.
```

23-152393   CDD-133.93

Índices para catálogo sistemático:

1. Romance espírita psicografado   133.93

Tábata Alves da Silva - Bibliotecária - CRB-8/9253

MARCELO CEZAR

ROMANCE PELO ESPÍRITO

MARCO AURÉLIO

Ela só queria casar

LÚMEN
EDITORIAL

Capítulo Um

Gláucia contemplava o enxoval do casamento com olhos brilhantes de emoção. Finalmente iria realizar o antigo sonho: casar-se. Estava tão feliz! Não tinha medo de dizer o quanto desejava se casar e ter um lar. Ainda estava vivo em sua memória o dia em que tomara coragem para pressionar o namorado e acelerar os passos para chegarem ao altar.

Namorava Luciano havia sete anos. Eles tinham intimidade, viviam praticamente como um casal, mas moravam em casas separadas. Essa história de cada um na sua casa a incomodava sobremaneira.

Gláucia era uma mulher talhada nos costumes do século vinte e um. Estudara e concluíra a faculdade, tinha um bom emprego, ganhava bom salário, tinha carro próprio. Era independente, mas desde garota sonhava com o casamento e tudo que envolvia o ritual: vestido, damas de honra, igreja, madrinhas e padrinhos, festa, lua de mel. Era adepta do matrimônio e acreditava que toda mulher, mesmo independente e moderna, tinha que ter um marido.

Mulher que chegou perto ou passou dos trinta anos e não casou... hum, aí tem algo errado, ela dizia sempre para si e para as colegas.

Gláucia dava muito valor à sociedade e aos comentários das pessoas. Namorava Luciano porque na cabeça dela toda mulher sem namorado "tem problema". O tempo estava passando e ela começava a acreditar que Luciano não quisesse levá-la ao altar, por isso, meses antes, dera o ultimato:

— Ou nos casamos agora ou vamos romper. Estou cansada dessa enrolação.

— Temos praticamente uma vida de casados — tornava Luciano, paciente. — Para que casar agora? Ao menos não a importuno nos dias de futebol.

— Luciano, a gente precisa ter o nosso ninho, as nossas coisas juntos, pensar em constituir família...

— Quero muito um filho, você bem sabe. Na verdade, quero ter um monte de filhos.

— Também não exagera!

— Como não? Quero uns três, quatro filhos.

— Dois está de bom tamanho — ela desconversou. — Então, vamos marcar a data.

— Agora não é o momento.

— Como não? Eu só quero casar.

— Sei, querida. Quero guardar um pouco mais de dinheiro...

Gláucia levantou o sobrolho:

— Guardar dinheiro? Eu escutei bem?

— Eu fiz algumas aplicações com prazo estendido e, se mexer nelas neste momento, vou perder dinheiro.

— Você é podre de rico! Como pode me dizer que está guardando dinheiro?

— Eu não sou podre de rico. Meu pai é que é.

Ela bufou:

— Dá no mesmo, Luciano. O que é do seu pai é seu.

— Não penso assim. Trabalho com ele, ganho um bom salário, tenho participação nos lucros, mas não sou dono da construtora. Sou empregado.

— Aposto que Lucas não pensa assim.

Luciano franziu o cenho:

— O que Lucas tem a ver com isso?

— Seu irmão é figura constante nas revistas de celebridades. Tem uma coleção de carros.

— Lucas gasta o que não deveria. Mas eu sou diferente. Tenho metas, planos, sou organizado e sinto-me feliz por poder juntar o meu próprio dinheiro.

Gláucia achou por bem parar por ali. Luciano era completamente diferente do irmão e tinha pontos de vista difíceis de serem mudados. Por mais que tentasse persuadi-lo a usar o dinheiro do pai, ele ficava arredio e protelava o casamento.

Preciso fazer alguma coisa, pensou.

Luciano continuou:

— Quem sabe ano que vem a gente começa a pensar melhor no assunto? Papai vai lançar um edifício magnífico no Jardim Europa, no estilo francês, com cinco andares apenas. Penso em ficar com a cobertura.

— E quanto tempo vai levar para levantar esse chalé francês? — ela desdenhou.

Luciano pousou o dedo no queixo e pensou. Em seguida respondeu:

— Uns dois anos, dois anos e meio no máximo.

Gláucia engoliu a raiva. Trincou os dentes e suspirou para não dar um grito.

Dois anos e meio? Vamos nos casar com quase dez anos de namoro? Esse cara pensa o quê? Que eu sou menina do século dezoito? Nem a pau vou aceitar uma coisa dessas!

Ela pensou tudo isso e respondeu:

— Eu espero, amor.

— Por isso gosto de você. É tão compreensiva! Vem cá e me dê um beijo...

Gláucia fechou os olhos e, quando os lábios se encostaram, ela teve vontade de arrancar a língua de Luciano.

Assim não pode, assim não vou aguentar. Tantos anos grudada nesse homem e ele fica me enrolando? Eu quero ser dondoca, ter cartões de crédito sem limites de gasto. Cansei de ser executiva, de trabalhar, de pegar trânsito. Meu objetivo agora é ser esposa de homem rico. E Luciano é esse homem!

Certo dia, assistindo a um capítulo da novela das oito, Gláucia viu ali a maneira de forçar Luciano a desposá-la. Fingiu estar grávida, tal qual a personagem do folhetim, com direito a atestado e tudo mais. E Luciano, moço puro de coração, acreditou. Marcaram a data para dali a três meses.

— Depois do casamento a barriga não vai crescer. O que pensa fazer? — indagou a amiga Magali, que não compactuava com a armação.

— Ora, eu finjo cair de uma escada, tropeço, sei lá. Vou pagar por um atestado falso. Tem um monte de médico que aceita uma boa grana e assina um atestado fajuto sem pestanejar.

— Isso não me cheira bem, Gláucia. Não gosto de mentiras. Vai começar o casamento em cima de conversa fiada, de armação?

Gláucia abriu e fechou os olhos, aturdida.

— Vem cá, Magali. Você é minha amiga ou o quê?

— Por ser sua amiga falo o que sinto. Simplesmente não acho essa atitude digna. Nada honesta.

— Falta de honestidade ou não, funcionou. Luciano vai se casar comigo e vou realizar meu sonho. Sabe que desde pequena quero me casar.

— E como! — exclamou Magali. — Quantos casamentos de mentirinha a gente protagonizou na nossa infância?

As duas riram. Gláucia disse:

— Pois é. Quantas vezes assisti à reprise do casamento da princesa Diana com o príncipe Charles?

Magali levou a mão à testa.

— Santo Deus! Você me aporrinhava tanto para assistirmos juntas ao vídeo!

— Pois é. Sou uma mulher moderna, mas presa a valores antigos, sou moça de tradição. Quero vestido branco, véu, grinalda, buquê, dama de honra... Quero entrar na igreja e atravessar a nave, acenando para os convidados. Não adianta, eu sonho com isso desde que nasci. E também tem outra coisa.

— O que é?

— Cansei de ralar e dar duro todos os dias. Não suporto mais a vida de executiva.

— Você tem o direito de fazer o que quiser e viver da maneira que quiser. No entanto, enganar seu namorado não pega bem, não é justo. Seja sincera desde já, caso contrário, poderá provocar a ira de Luciano.

— Luciano não morde.

Magali era uma mulher bastante prudente. Era ponderada e Gláucia escutava seus conselhos. Mas escutar não queria dizer que seguiria à risca o que a amiga lhe sugeria.

— Luciano não morde hoje, mas pode morder amanhã.

— Que nada, Magali! Luciano é um cachorrinho que venho adestrando há sete anos. Sete anos! — Ela levantou as mãos e fez os números com os dedos. — E sabe qual é a novidade?

— O que é?

— Ele quer que eu espere o magnífico apartamento da construtora ficar pronto daqui a dois anos e meio. O que ele pensa que eu sou? Tonta?

— Ele está programando tudo direitinho. Se diz que vão morar no apartamento que a construtora do pai dele vai erguer, é porque nutre bons sentimentos por você. Caso contrário, poderia ter lhe dado uma resposta vaga. Pense bem, amiga. Mentir nunca dá bons frutos.

— Bobagem. Você nunca mentiu na vida?

— Não gosto de mentiras — revidou Magali.

— Mas nunca mentiu? Seja honesta comigo que sou sua melhor amiga. Todo mundo conta uma mentirinha de vez em quando. Já não perdeu a hora para chegar ao trabalho e botou a culpa no trânsito caótico? Nunca recusou um compromisso pretextando uma dor de cabeça, um mal-estar, um trabalho de "última hora"?

— Não estou me referindo a isso. Não vejo como mentira, mas como situações que crio para não me prejudicar. Falo em mentira no sentido de prejudicar os outros.

— E estou prejudicando quem nessa história? Luciano está comigo há anos. Só estou agilizando o nosso casamento. Ele nem vai notar. Depois eu engravidarei de verdade e pronto. Fica tudo certo.

— Luciano é honesto — tornou Magali.

— E rico, muito rico.

— Você é independente, não precisa do dinheiro dele. Seu pai pode ajudá-la.

Gláucia gargalhou.

— Faz-me rir! Meu pai tem um escritoriozinho de contabilidade no centro da cidade. Acha que ele vai me dar mesada? Como? Esqueceu que ele tem que sustentar aquelas duas sanguessugas?

— Sua irmã é batalhadora, esforçada. Estuda com afinco e logo vai trabalhar com seu pai.

— Você não entendeu. Preste atenção: Débora vai se encostar no meu pai. Aliás, ela é naturalmente um encosto.

Magali respirou e sacudiu a cabeça. Conhecia a amiga o suficiente para saber que a conversa não ia dar em nada. Gláucia prosseguiu:

— O que meu pai pode me dar não me basta. Preciso de muito, entende?

— Não entendo você, Gláucia. Tem um padrão de vida muito bom, troca de carro todo ano, não repete roupa...

— Isso é muito classe média. Quero viajar três vezes por ano para o exterior, e na primeira classe, óbvio. Acha que vou ficar apertada na classe econômica como sardinha em lata e dividir banheiro com duzentos desconhecidos? Não! Eu quero ter roupas caras, muitas joias, iate, jatinho... Luciano é podre de rico e pode me dar tudo isso.

— O pai dele é que é podre de rico.

— Parece Luciano falando. Ouvi a mesma frase da boca dele. Vocês são tão parecidos. Pensam da mesma forma.

Magali ruborizou e baixou os olhos. Meio sem jeito, perguntou:

— Você o ama?

Gláucia desconversou e continuou a falar como se Magali não lhe tivesse feito aquela pergunta:

— Cá entre nós, depois de sete anos, imagine se Luciano resolver terminar comigo? Com que cara vou encarar o meu pai, os meus amigos e os colegas de trabalho?

— Pense em você e não nos outros...

A conversa terminou logo em seguida. Quando Gláucia botava uma ideia na cabeça, não havia Cristo que tirasse. Ela era marrenta e queria que tudo na vida acontecesse de acordo com a sua vontade. Quando o assunto não a interessava, ela simplesmente ignorava o interlocutor, e a conversa se encerrava ali mesmo.

A mentira deu certo. Luciano, boa índole e tomado de susto com o atestado positivo que Gláucia sacudia dramaticamente entre as mãos, decidiu pedi-la oficialmente em casamento, embora esse tipo de formalidade não estivesse mais na moda nos idos de 2006.

Na pressa, o rapaz optou por alugar um apartamento. Escolheu um bem espaçoso, de três quartos e sala de estar incorporada a uma grande varanda gourmet. Era tanta a quantidade de presentes que não paravam de chegar, que o apartamento, mesmo grande, dava a impressão de não comportar tantos pacotes.

Capítulo Dois

Sentada sobre a cama de sua futura suíte, Gláucia espantou as recordações dos meses anteriores com as mãos e, em seguida, passou-as delicadamente sobre a colcha confeccionada em fino tecido. Sentiu a maciez e suspirou:

— Não vejo a hora de me casar. Já vislumbro a igreja decorada, os padrinhos, os convidados... — ela divagou um pouco e concluiu: — Na segunda-feira, sem falta, preciso fazer os últimos ajustes no vestido.

— Falando sozinha? — indagou uma voz familiar atrás dela.

Gláucia fez uma careta e moveu os olhos para cima.

— O que faz na *minha* casa? — enfatizou. — O porteiro devia ter barrado você na entrada.

— Eu venho aqui quase todos os dias.

— Deu para notar que o sistema de segurança deste edifício é uma porcaria. Ainda bem que este pombal de luxo foi alugado. Quando for morar no meu chalé francês, no Jardim Europa, farei questão de riscar seu nome da lista de pessoas autorizadas a entrar.

— Vim ajudá-la. Mamãe pediu para eu sair da faculdade e vir direto para cá.

— Não preciso da sua ajuda, Débora.

A moça deu de ombros.

— Claro que precisa — respondeu, enquanto rodopiava no vestido florido de pregas. — Você deve voltar ao trabalho. O seu horário de almoço terminou faz tempo. Pode deixar que eu me encarrego de receber as entregas.

— Agora quer controlar os meus horários?

— Seu chefe é gente boa, mas você abusa.

— Eu?! — indagou Gláucia, aturdida. — Sou funcionária exemplar.

— Semana que vem você se casa, vai tirar uns dias e emendar com as férias. Precisa deixar o trabalho em ordem, este apartamento arrumado... Sabe de uma coisa?

— Não, não sei.

— Tenho notado no curso de Ciências Contábeis que a organização é imprescindível para a vida profissional do contador, assim como para a vida cotidiana de todos nós. Organizar a nossa vida, em todos os aspectos, cansa menos e permite mais tempo livre para fazer coisas prazerosas, que alegrem nosso coração.

Gláucia levantou os olhos e suspirou, contrariada.

— Não sou contadora. Sou gerente financeira, quase diretora. Depois que me casar, vou pedir demissão. Não quero bater ponto nunca mais na vida.

— A administração do tempo cria um sentido de aproveitamento melhor para que as oportunidades floresçam à sua maneira. Agora é que você precisa se organizar, deixar tudo em ordem para seus funcionários, passar o serviço e...

Gláucia a cortou com secura:

— Bem, só uma criatura como você, em pleno século vinte e um, para estudar isso — desdenhou. — Por que não foi estudar Moda ou Gastronomia? São cursos que conferem prestígio.

— Gosto do que faço — ajuntou Débora, num sorriso cativante. — Depois de formada, vou trabalhar com papai.

— Vai se encostar nele, isso sim.

— De forma alguma. Quero trabalhar com afinco, com vontade. Quero fazer o escritório crescer, admitir mais pessoas e promover bem-estar aos funcionários.

Gláucia meneou a cabeça.

— Por Deus! Como pode ser tão sonsa? Vai transformar aquele escritório medíocre numa instituição beneficente?

— Não, mas num lugar prazeroso onde as pessoas poderão dar o melhor de si e, em contrapartida, ter um bom ambiente de trabalho, bom salário, participação nos lucros...

— A mártir da contabilidade! Santo Deus! Ainda bem que vou me ver livre de você, estrupício.

Débora sorriu.

— Fique à vontade para falar mal de mim. Estou acostumada, maninha.

Débora, envolta por uma meiguice fora do comum, começou a arrumar alguns pacotes. Um carregador aproximou-se com uma caixa grande e pesada.

— Ei, moça, onde boto essa caixa?

Débora apontou:

— Ali no canto. Por favor.

O rapaz sorriu e, com grande esforço, colocou a enorme caixa próximo da cama.

— Aqui não! — protestou Gláucia.

— Ora, não há mais lugar na sala.

— Não quero saber. Aqui não fica.

— Deixe de ser turrona — Débora falou, e o carregador obedeceu.

Num instante ele reapareceu no quarto, com um pacote menor e bem mais leve.

Gláucia disparou:

— Já disse. Aqui não.

O carregador coçou a cabeça.

— Ô, dona, desculpa eu me intrometer, mas a mocinha — apontou para Débora — tem razão. A sala está entupida de caixas e embrulhos.

— Esse pacote é pequeno. Coloque em qualquer lugar.

— Não posso. E se cair? Aí vão querer descontar o estrago do meu salário.

Gláucia rangeu os dentes de raiva. Engoliu em seco. Levantou-se da cama e pegou o pacote. Débora advertiu:

— Não pode carregar peso. Está grávida.

Gláucia imediatamente fez uma cena e deixou a caixa ir ao chão. Houve um barulho de vidro quebrado.

O carregador falou primeiro:

— Não me responsabilizo. A senhorita pegou o pacote da minha mão e deixou cair no chão.

— Não tem problema. — Gláucia abaixou-se e abriu a caixa. Sorriu, irônica: — Era mais um conjunto de potinhos de sobremesa, daqueles de vidro incolor, que pobre adora. Coisa cafona. Só pode ter vindo do seu lado da família — tornou, encarando Débora. O rapaz saiu e ela fechou a porta.

Fuzilou Débora com os olhos: — O que pensa que está fazendo, garota?

— Nada. Vim ajudá-la.

— Não preciso e não quero a sua ajuda.

— Você está grávida, não pode carregar peso, tampouco pode passar nervoso.

— Só de olhar para você eu fico nervosa. Não tem como enfiar essa cara num capuz para eu não me irritar?

— Engraçada, você!

— Cadê o respeito? Vai mandando assim na casa dos outros sem mais nem menos? Está se sentindo a dona do apartamento?

— Não. Estou só querendo ajudar. Poderia estar em casa almoçando ou mesmo na companhia das minhas amigas da faculdade. Recusei até um convite para assistir ao novo filme do Almodóvar, *Volver*. Quer ir comigo? Dizem que o filme é fantástico!

— Deus me livre! Eu lá tenho paciência para esses filmes com fala enrolada?

— É espanhol. Muito parecido com o nosso idioma.

— Só uma tonta como você para gastar dinheiro com esse tipo de coisa.

Débora ignorou e prosseguiu:

— Escolhi estar aqui para ajudar você, mana.

— Pare de me chamar de mana. Você não é minha irmã, Débora.

— Fazemos parte da mesma família. Afinal, o seu pai se casou com a minha mãe.

— Que horror! Nem me lembre desse ato insano de meu pai. Tanta mulher no mundo e ele, talvez num momento de extrema carência, pegou a primeira que apareceu no caminho. No caso, a *sua mãe* — frisou.

— Viu? Temos o mesmo pai. Isso nos torna irmãs.

Gláucia deu um gritinho de espanto e incredulidade misturados.

— Deus me livre e guarde! — Bateu na mesinha de cabeceira ao seu lado.

— Está certo. Meia-irmã pode ser? É politicamente correto?

Gláucia não percebeu a troça e continuou:

— Meu pai só se casou com a Iara porque, infelizmente, Deus tirou a minha mãe de nossa vida — disse, num tom sentido.

— Deus não tirou a sua mãe — respondeu Débora, voz delicada. — Era chegado o momento dela. Seu espírito partiu para outro plano, outra dimensão. Em breve vamos todos nós...

Gláucia a interrompeu e deu novo grito, dessa vez num tom acima do normal:

— Pare! Não continue a falar besteiras. Essa conversa idiota de espíritos que você e sua mãe tentam me impor é difícil de engolir. Odeio quando você toca nesse assunto. Tudo uma grande bobagem.

Gláucia caminhou de maneira abrupta. Bateu o salto agulha com força sobre o assoalho e estugou o passo até a sala.

Débora sentou-se na cama e balançou a cabeça para os lados.

— Pobre Gláucia. Tão presa aos conceitos do mundo! Que Deus abra seus olhos e seu coração para que ela veja e sinta além do convencional. A vida é tão mais interessante quando não nos deixamos guiar pela opinião da sociedade. Como é bom viver com alegria no coração!

Débora era uma garota encantadora. Aos dezenove anos, tinha uma cabeça madura para a sua idade. Espírito ousado e dono de suas vontades, reencarnara na família para dar sustentação e equilíbrio ao lar. Tivera conflitos com Gláucia numa encarnação distante, mas, depois de novas experiências no mundo, refletiu sobre os problemas que a afligiam, mudou crenças e posturas. Aprendeu a ser impessoal e ofereceu-se a reencarnar como sua irmã para vencer os ressentimentos passados.

Em sã consciência, Débora não se lembrava disso. Entretanto, estava sempre de bem com a vida, pronta para combater a negatividade do mundo. Não se tratava de uma mocinha infantil e chata, agradecendo por todas as desgraças que porventura atravessassem seu caminho. Não! Longe disso. Débora era uma moça bem consciente dos valores espirituais e, por isso, sabia tirar proveito das situações mais espinhosas.

Era moça bonita, alta, esguia, cabelos alourados e sedosos, rosto arredondado, olhos verdes grandes e expressivos. Cursava o terceiro ano de Ciências Contábeis e pretendia trabalhar no escritório de contabilidade do pai. Mesmo sendo filhas de mães diferentes, ela e Gláucia eram parecidas fisicamente.

Para você entender melhor o grau de parentesco entre elas, vamos voltar um pouquinho no tempo.

Armando, pai das meninas, casara-se com Miriam no comecinho da década de 1980. Ele fazia curso técnico em Contabilidade, e ela cursava Secretariado na mesma escola. Namoraram até o fim do curso. Em seguida noivaram, e Armando ingressou na faculdade. Suas famílias eram de classe média e ambos vislumbravam uma vida a dois repleta de sonhos e realizações.

Com o incentivo moral e financeiro do pai, Armando fez sociedade com seu amigo Régis e montaram o escritório de contabilidade no centro da capital paulista. Logo depois do casamento, Miriam engravidou e Gláucia nasceu.

Quando a garotinha tinha acabado de completar três anos de idade, Miriam começou a sentir fraqueza de um lado do corpo e passou a ter visão dupla. Armando insistiu para que ela consultasse um médico, mas Miriam acreditou que aquilo tudo fosse fruto de uma vida estressante, em que ela tentava conciliar as prendas do lar e a maternidade com o trabalho de meio período como secretária numa empresa de importação e exportação.

Infelizmente, num sábado de manhã, Miriam acordou, levantou-se e teve uma dor terrível a pressionar-lhe a cabeça. Armando correu com ela até o hospital, contudo já era tarde. Miriam fora acometida de um aneurisma cerebral e chegara morta ao centro cirúrgico.

A vida de Armando foi tomada de uma tristeza sem igual. Sozinho e pai de uma garotinha de três anos, foi difícil aceitar a morte da esposa e continuar a viver sem ter a chance de realizar os planos que ambos haviam idealizado para uma longa vida em comum.

Tocado por sua tristeza e infelicidade, Régis, o seu sócio no escritório, à época frequentador de um centro espírita, falou a Armando sobre o espiritismo e sobre a continuidade da vida após a morte do corpo físico.

Desesperado e em grande dor, Armando aceitou a sugestão e passou a frequentar sessões no centro espírita não muito distante do escritório. Recebendo tratamento adequado com passes e palestras edificantes, começou a perceber que a vida tinha um significado bem diferente daquele em que acreditara por anos. Ao perceber que a morte nada mais é do que o fim de um ciclo reencarnatório e o espírito vive eternamente, seu coração aquietou-se. A tristeza foi embora e ele passou a administrar de maneira menos sofrida a saudade que sentia da esposa. Interessou-se verdadeiramente pelos estudos espirituais e foi com muita emoção que recebeu uma carta ditada por Miriam e psicografada por uma médium no centro.

Ela dizia estar bem, muito lúcida e pronta para estudar e viver em outros mundos espirituais. Disse, ainda, que não teria mais contato com ele por muitos anos e desejava, de coração, que Armando cuidasse da própria vida. Ele era jovem, tinha uma filha pequena para criar e merecia uma nova chance de ser feliz ao lado de outra mulher.

Nessa época, Armando conheceu Jussara e tornaram-se amigos. Jussara era o tipo de moça que sempre metia os pés pelas mãos em inúmeros relacionamentos afetivos desastrosos. Maltratada e sentindo-se solitária, encontrara no centro espírita alívio para seu coração constantemente despedaçado.

Numa tarde em que foi ao centro para ajudar a separar brinquedos que seriam doados a crianças carentes no Natal, Jussara levou uma amiga, Iara, para conhecer o local. Esta, por sua vez, estava se recuperando do fim de um relacionamento afetivo. Armando chegou em seguida e, quando seus olhos pousaram na moça, o rapaz sentiu um frêmito de emoção. Foi amor à primeira vista.

Confuso, pois acreditava ser Miriam o seu grande amor, Armando tentou lutar contra o sentimento. Régis o lembrou da carta psicografada, o coração falou mais alto e, quando Gláucia completou cinco aninhos, ele e Iara casaram-se numa cerimônia simples, somente para familiares e amigos. Os pais de Miriam, ainda abalados com a perda da filha, recusaram-se a comparecer.

Um ano depois da união, nasceu Débora. A rejeição de Gláucia à nova irmãzinha, assim como à "nova mãe", era impressionante. A menina não chegava a falar, mas sentia certa aversão à madrasta e à irmãzinha recém-nascida.

Débora cresceu uma menina bonita, saudável, educada e amorosa. Procurava transformar positivamente cada palavra ruim que Gláucia lhe dirigia. Incentivada pela mãe, logo a menina se afeiçoou aos estudos espiritualistas. Por incrível que pudesse parecer, não ligava para os impropérios da irmã mais velha, era imune a esses ataques e, todas as noites, colocava Gláucia em suas preces.

Capítulo Três

Passava das nove da noite quando Magali ligou.

— Amiga, está pronta?

Gláucia mordiscou os lábios, insegura:

— Não sei o que fazer.

— O que aconteceu?

— Estou nervosa.

— Por qual motivo? — perguntou Magali, preocupada.

— Que vestido eu ponho?

Magali riu, refletiu por instantes e considerou:

— Sabe que na festa terá de usar uma fantasia confeccionada por todas nós. Você vai ficar igualzinha à Madonna, como no clipe da música *Like a virgin*. Esqueceu?

Gláucia falava de maneira rápida. Estava afobada:

— Sei. Claro que sei.

— Então não se preocupe.

— Sempre falamos sobre usarmos o vestido igual ao do videoclipe. A Samira até separou os brincos e os colares em formato de crucifixo. Mas não posso chegar ao bar com a fantasia. Quero chegar linda, com um vestido de arrasar.

Magali sorriu do outro lado da linha ao dizer:

— Coloque aquele vestido de cor cereja que compramos no shopping semana passada.

— Não posso usá-lo, Magali. Comprei aquele vestido para a lua de mel.

— Luciano não vai estar na festa. Esqueceu que é despedida de solteira? Solteira com "a"? Só mulheres vão comparecer.

— Esqueci... — ela se atrapalhou toda e perguntou: — Tem certeza de que está tudo certo? O bar, as bebidas, o DJ...

— Sim. Eu sou a madrinha de honra dessa festa de despedida. Tudo foi feito conforme suas orientações. Um conhecido meu é amigo do dono do bar e até conseguiu para nós um espaço maior na área VIP. Todas as nossas amigas estarão lá, fique sossegada.

— Ai, Magali. Não sei o que seria da minha vida sem você. Estou confusa, o casamento é semana que vem e depois vem a lua de mel...

— E depois vem a "perda" do bebê.

— Não me lembre disso agora — rebateu, fria.

— Ainda tem tempo de mudar de ideia.

— Não tenho, não. Sei que não fui correta, mas hoje não quero me culpar por nada. Hoje a noite será minha, só minha.

— Não acha melhor contar a verdade logo para o Luciano?

— Por que insiste?

— Não sei. De repente ele descobre a farsa e pode ficar triste, decepcionado. Ou, pior, poderá ficar com raiva. Poderá ser difícil para ele aceitar e entender...

Gláucia, do outro lado da linha, balançava a cabeça para os lados.

— Pare de viajar! Ele nunca vai descobrir.

— Tomara! É que, toda vez que você fala sobre essa gravidez, sinto um aperto no peito.

— Bobagem. Você está impressionada.

— Não é isso, não.

— Eu apresentei um atestado falso, fingi alguns enjoos. Está tudo sob controle. Luciano jamais vai saber da tramoia.

— Você é quem sabe. Quem avisa amigo é.

— Hoje quero ser, estar e me sentir feliz!

— Tem razão — ponderou Magali. — Deixemos esse assunto de lado por agora. Amanhã, depois do porre e durante a recuperação da ressaca, a gente conversa melhor sobre isso.

— O mais importante é acertar o vestido para esta noite.

— Já disse, Gláucia. O cereja. É bonito e ousado na medida certa. Você vai arrasar.

— Jura?

— Confie em mim. Você será a mais bonita quando chegar à festa.

— Confio em você.

— Ótimo. Daqui a meia hora eu a pegarei em casa.

— Combinado, amiga. Beijos.

Gláucia desligou o celular mais tranquila. Apanhou o vestido cereja no guarda-roupa e sorriu ao colocá-lo em frente ao corpo, olhando-se no espelho.

— Vou ficar linda.

Bateram na porta.

— Quem é? — ela gritou da porta do banheiro.

— Sou eu, querida. Iara.

Gláucia bufou. Não gostava de Iara. Tinha colocado na cabeça, com grande incentivo dos avós maternos, diga-se de passagem, que a madrasta havia roubado parte do coração de seu pai e *tomado* o lugar de sua mãe. Justina e Eriberto, pais de Miriam, eram contra a nova união de Armando. Afirmavam que casar-se de novo era como matar Miriam novamente, pois Gláucia seria criada por uma nova mãe e apagaria a mãe biológica para sempre da memória. Por isso, nos poucos encontros que tinham, o casal dizia à menina que Iara era uma oportunista, uma mulher aproveitadora, má e sem escrúpulos.

Gláucia era ainda menina à época, por isso acreditou nos avós e passou a nutrir antipatia gratuita tanto por Iara como por Débora. Para não arrumar briga com o pai, ela sorria na frente da madrasta e da meia-irmã, mas, por trás, fazia bico e desdenhava das duas. Fingindo amabilidade, tornou:

— Pode entrar.

Iara entrou e parou a alguns passos da porta do banheiro.

— Não está atrasada?

— Um pouco — respondeu, voz gélida.

— Quer que eu passe seu vestido?

— Por quê? Está achando que ele está amassado?

— De maneira alguma, mas uma passadinha pode deixá-lo ainda mais bonito. Posso fazer isso para você.

Gláucia olhou atentamente para o vestido e percebeu aqui e ali uma dobrinha, um amassadinho no tecido. Deu de ombros.

— Acha mesmo necessário?

— Sim. Hoje é uma noite especial para você.

— Está bem.

— Deixe-me pegá-lo, por favor — insistiu Iara.

— Pode fazer o que quiser, desde que o passe em cinco minutos. Vou me banhar e Magali vai chegar daqui a meia hora.

— É coisa rápida.

Iara pegou o vestido e foi para a área de serviço. Deitou-o sobre a mesa de passar roupa e ligou o ferro.

O telefone tocou. Armando não estava em casa, e Débora também estava no banho, por isso Iara correu até a cozinha e atendeu. Era a amiga Jussara reclamando do companheiro. As palavras saíam aos borbotões:

— Cirilo pensa que sou idiota, Iara. Ouvi uma conversa dele ao telefone. Assim que pude, fui dar uma checada no celular, procurei pela última chamada e descobri se tratar de "Amiga 3". O que é isso?

— Não fique nervosa, Jussara.

— Como não? O patife sai com um monte de mulher.

— Você já desconfiava dele, não?

— É. Mas, para piorar, sabia que ontem sumiu dinheiro do caixa?

— De novo?

— De novo, Iara.

— Estou passando um vestido para a Gláucia. Por que não vem aqui mais tarde?

— Hoje é sexta-feira e teremos muitos pedidos para atender. Além do mais, Cirilo me disse que tem uns "assuntos" para resolver. Na sexta-feira à noite? Acha que eu sou tonta? Não. Sabe o que fiz?

— Não.

— Falei que ele podia sair para resolver o que quisesse, mas que teria de ir de ônibus.

— Estou um pouco atarefada, amiga — tornou Iara.

27

— Podemos nos falar amanhã, no salão — sugeriu Jussara.

— Você vai fazer pé e mão?

— Vou.

— Também marquei hora. Eu pego você na portaria do prédio e colocamos os assuntos em dia.

— Perfeito. Agora preciso desligar. Um beijo.

— Outro.

Iara estava desligando o telefone quando Débora apareceu na soleira da cozinha. Havia acabado de sair do banho. Enrolada numa toalha branca, enquanto enxugava os cabelos com uma toalha menor, ela perguntou:

— Cadê o Bolinha? — Referia-se ao cachorrinho que ela ganhara do pai, um poodle caramelo, alegre e saltitante.

O cachorrinho, ao ouvir seu nome, saiu em disparada da área de serviço e correu. Passou pela mesa de passar roupas e esta balançou. O ferro inclinou e a chapa quente deitou sobre o vestido.

Débora abaixou-se para brincar com o cachorrinho. Iara sorriu.

— Bendito seja esse cãozinho em nossa vida. Bolinha é tão doce e gentil. Um amor.

— É, mãe. Ele é muito nosso amigo. Parece até gente!

— Porém, não gosta da Gláucia.

— Não gosta mesmo.

— Viu como ele rosna quando ela se aproxima?

— Porque ela não gosta de bicho. De nenhuma espécie. Pensa que o Bolinha não sente a rejeição dela?

— Pode ser.

Foi então que sentiram um cheiro forte de queimado, e Iara lembrou-se do ferro e do vestido.

— Ai, meu Deus!

Ela correu para a área de serviço e Débora a seguiu.

— O que é isso, mãe?

Iara balançava a cabeça para os lados, inconsolável.

— Eu me ofereci para passar o vestido de Gláucia... — Enquanto falava, Iara tentava ver o estrago. Não tinha como não ver a marca do ferro, bem escura, no tecido. Era grande e provocara um estrago significativo no vestido, para não dizer perda total. Iara levou a mão à boca: — Sua irmã vai me trucidar. Meu Deus!

— Aconteceu, mãe. Fazer o quê?

— Liguei o ferro e fui atender Jussara ao telefone. Foi uma conversa rápida e...

— Vai ver o Bolinha passou pela mesinha de passar, o ferro balançou e caiu. Paciência. Não foi por mal.

— Claro que não foi por mal! Mas sabe o que Gláucia vai dizer, não?

— Eu mesma levo o vestido. Pode deixar.

Débora pegou o vestido queimado e foi até o quarto. Entrou no momento em que Gláucia saía do banheiro. Bolinha veio logo atrás, abanando o rabinho. Débora entrou e o cachorro estacou na soleira. Não gostava de entrar no quarto de Gláucia.

— E aí, a sua mãe já passou meu vestido?

— Passou, mas ocorreu um pequeno problema.

— Como assim? — Gláucia perguntou enquanto se enxugava.

— Queimou.

— Hã? Não entendi.

— O vestido queimou.

Gláucia parou de se enxugar e pregou os olhos no vestido. Ao ver a marca triangular sobre o tecido, deu um grito de horror. Débora esperava por isso e fechou os olhos. Respirou fundo.

— Você e sua mãe querem me matar! — vociferou Gláucia.

— Imagine. Foi um acidente doméstico.

— Acidente doméstico? Acidente doméstico é o que vai acontecer agora com você. Vou esganá-la. Ah, se vou!

Gláucia avançou sobre Débora e tentou lhe puxar os cabelos, mas ela se afastou e safou-se a tempo.

— Calma!

— Como posso ter calma? Hoje é uma noite especial e você me pede calma, sua imbecil?

— Sei que é chato, mas não é o único vestido que você tem. O seu armário está abarrotado de vestidos.

Gláucia fez uma careta.

— Não tenho outro vestido cereja.

— Mamãe pediu para me dar o nome da loja onde você comprou este aqui — apontou —, pois vamos lhe dar um novinho antes de partir em viagem de lua de mel.

— Suas incompetentes! Nem para fazer um serviço tão simples as duas prestam.

— Mamãe teve a melhor das intenções.

— Claro! A melhor intenção foi queimar meu vestido. Não sei onde estava com a cabeça quando resolvi dar o vestido para a sua mãe passar. Quanta incompetência!

— Falar assim não vai mudar nada. O vestido queimou e logo a Magali vai chegar. Quer que eu a ajude a escolher outro?

— Ajudar como? Você não sabe nem a diferença entre xale e echarpe. Veste-se de maneira tosca.

— Eu me visto da maneira que gosto.

— Cafona. Brega. Usa vestido do verão passado.

— Não vamos agora discutir meu gosto. Estou aqui para tentar resolver o seu problema. — Débora sugeriu, com amabilidade na voz: — Que tal você pôr aquele verde-piscina que o Luciano lhe deu de aniversário? O que me diz?

— Saia daqui!

— Mas, Gláucia, entenda. Mamãe não fez por mal.

— Fora do meu quarto! E leve esse cão imundo com você — ela gritou, apanhando, com muita raiva, o vestido das mãos de Débora.

— Você se deixa desequilibrar muito facilmente — a meia--irmã rebateu.

— Claro! Você e sua mãe têm o dom de me desequilibrar. Foi sempre assim.

— Não foi. Você é que nunca gostou de nós.

— Não mesmo.

— Sem motivo. Quer dizer, sem motivo nesta vida.

— O motivo real é que vocês são intragáveis. O que posso fazer?

— Não faça nada, querida. Terá uma noite especial e você precisa estar alegre, feliz.

— Vocês duas me tiram do sério. É isso.

— Para que ficar irritada? Pode atrapalhar a gestação. Vamos, eu a ajudo na escolha de outro vestido.

— Ainda bem que você não vai a essa festa. Graças a Deus. Agora, saia daqui.

— Mas...

— Não quero a sua ajuda e não quero mais olhar para essa sua cara de santinha. Saia daqui imediatamente — Gláucia falou e deu novo grito. Pegou um porta-retratos e atirou-o com força. Débora foi mais rápida e fechou a porta antes que o objeto a atingisse. Escutou o som de alguma coisa se espatifando no chão e seguiu com o cãozinho para seu quarto.

Gláucia pegou o vestido e rasgou-o em vários pedaços.

— Juro! Eu vou me casar e, depois da festa, nunca mais vamos nos ver. Eu juro que nunca mais vou me relacionar com elas. Nunca mais.

Soltou um grito de raiva e, nervosa, correu até o guarda-roupa. O vestido sugerido por Débora era lindo e perfeito para a ocasião. Para não dar o braço a torcer, apanhou outro vestido, um tubinho preto estilo tomara que caia. Em seguida, colocou os brincos, um colar de ouro que seu pai lhe dera quando completou quinze anos e calçou os sapatos de salto alto. Passou um perfume delicado sobre o colo e os pulsos.

Apanhou uma bolsa grande de grife e começou a ajeitar carteira, documentos e tantos outros pertences — vários — que costumam habitar a bolsa de uma mulher.

Capítulo Quatro

Luciano estava com os olhos fixos na tela do computador. Sorriu ao ver no extrato bancário a compensação do último cheque referente às compras dos móveis e eletrodomésticos para o apartamento. Depois clicou para ver seus investimentos.

— O que está vendo aí? — indagou Lucas. — Entrou em algum site erótico?

Luciano parecia não estar prestando atenção, e Lucas alteou a voz:

— Ei! — Bateu na mesa com a mão espalmada. — Estou falando com você, criatura.

— *Afissé me.*[1] — Luciano não tirava os olhos da tela e riu.

Estava contente. E, quando estava feliz da vida, costumava soltar frases em grego. Luciano trabalhava com o pai e era competente, realizava-se no trabalho, estava de casamento marcado com uma moça bonita e de boa família. Mas, curiosamente, sentia um vazio no peito. Não sabia explicar.

Pagara algumas sessões de terapia e, quando o terapeuta lhe dissera que ele não amava Gláucia, tinha parado de ir às consultas.

Eu e Gláucia nos damos bem e vamos ter uma família. Isso é o que importa. O amor vem com o tempo, pensava.

Lucas estava sentado numa cadeira defronte à mesa do irmão. Curioso, levantou-se e deu meia-volta.

— Nossa! Você tem tudo isso guardado no banco?

Luciano virou os olhos.

— O que tem isso? É fruto do meu trabalho, da minha disciplina, da minha vida mais comedida.

— Ganho o mesmo que você e não tenho essa grana preta na conta bancária.

Luciano riu e, enquanto desligava o computador, tornou:

— Pois é claro. Você é perdulário. Gasta sem limites.

— Por que não? Torro meu salário e satisfaço meus desejos.

— E o futuro?

— Que futuro, Luciano?

— Ora, não pensa em ter sua própria casa, casar-se, ter filhos, fazer seu pé de meia?

— Penso.

— Então precisa juntar dinheiro e guardar, investir.

Lucas jogou a cabeça para trás e deu uma gargalhada. Voltou a se sentar e rodopiava o corpo sobre a cadeira giratória quando disse:

---

1 "Deixe-me", em grego.

— Só você mesmo para me dizer uma coisa dessas. Somos ricos.

— Não. Papai é rico.

— Vamos herdar muito dinheiro.

Nesse momento, a secretária parou na porta e fez sinal com os dedos, chamando Lucas. Ele se levantou e foi ao encontro dela. Ao sair, encostou a porta.

— O que foi, Sarajane?

— Escutei a conversa de seu pai com o advogado.

— Não acredito! Como conseguiu? O velho sempre se tranca com esse advogado. Não deixa nem mosca entrar na sala.

Sarajane passou a língua nos lábios, uma característica que a acompanhava desde sempre.

— Inventei que a filha do advogado estava passando mal. Enfim, menti, entrei na sala e descobri.

— E?

— O doutor Andrei vai passar a casa da praia para o nome do Luciano como presente de casamento.

— Não pode ser! Meu pai não me trairia pelas costas.

— E tem mais.

— Pelo amor de Deus, Sarajane. Vem mais bomba?

— Ahã.

— Diga.

Ela baixou o tom de voz e considerou:

— Doutor Andrei também vai dar de presente para Luciano a cobertura daquele prédio que vão construir no Jardim Europa.

Lucas deu um murro na parede e mordeu os lábios com tanta força que engoliu saliva misturada com sangue.

— Desgraçado! Velho maldito! Está destruindo o nosso patrimônio.

Sarajane tinha um traquejo natural para aproveitar os momentos tensos e conseguir levar alguma vantagem. Emendou:

— Uma casa como aquela em Maresias vale coisa de milhão.

— Milhões — corrigiu Lucas.

— Acho isso um absurdo. É como se o doutor Andrei estivesse tirando milhões da sua herança!

— Tem razão, Sarajane. Tem toda a razão.

— Eu tomaria providências.

— O que poderia fazer?

— Se você quiser, amanhã posso conversar melhor com o doutor Elias — disse, num tom sensual.

— De que vai adiantar você dar em cima dele? O doutor Elias é casado e fiel, pai de quatro filhos, um homem de princípios.

— Fiel, sei... — disse ela de maneira irônica. — Deixe comigo. Eu farei esse sacrifício por você.

— Ainda bem que tenho você como aliada, Sarajane. — Ele mexeu no bolso da calça e dela tirou um grande maço de dinheiro. — Pegue. Isto é por ter escutado a conversa do velho com o advogado.

Os olhos dela brilharam de prazer.

— Obrigada.

— Não tem que agradecer.

— Faço isso porque acho um absurdo seu pai dividir os bens de maneira errada, desproporcional. Só porque o Luciano vai se casar, doutor Andrei não pode se empolgar e começar a dilapidar o *seu* patrimônio — enfatizou. — Imagine quando vier esse neto? Doutor Andrei poderá cometer maiores desatinos.

— Não, isso nunca.

— Precisamos ficar atentos, Lucas. Por isso preciso sair com o doutor Elias, virar amante dele por um tempo, sei lá, a fim de arrancar dele esses segredinhos que tem com seu pai.

— Faria mesmo isso por mim? Elias é homem feio, transpira muito.

— É por isso que a gente toma banho, né, Lucas?

Ele riu.

— Está certo. Você me convenceu. Se conseguir dobrar o Elias, eu juro que lhe depositarei um bom dinheiro na conta. Sabe que sempre cumpro o que prometo!

— Sem dúvida.

— Vai até poder ajudar seu tio.

Sarajane forçou um sorriso.

— Com certeza. Posso ir embora?

— Está dispensada por hoje.

— Tenho de pegar metrô e ônibus.

— Se continuar me passando essas informações preciosas, logo terá um carro.

Sarajane abriu e fechou os olhos em êxtase. Imaginou-se dirigindo um carro último tipo, buzinando, avançando o sinal, gritando e ameaçando pedestres e motoristas.

— Não se esqueça de que não sou uma simples secretária. Serei sempre sua amiga, Lucas. Conte sempre comigo. Boa noite.

— Boa noite.

Sarajane saiu e tomou o elevador, e Lucas rosnou de ódio.

— O desgraçado do meu pai vai colocar mais um imóvel no nome do Luciano. Que absurdo! Preciso estudar uma maneira de acabar com isso. Agora tenho necessidade urgente de sair, descontar em alguma vadia a minha ira. Estou muito nervoso. Se não colocar a raiva para fora, morro.

Passou a mão pelo rosto e mudou de fisionomia. De repente, parecia estar bem. Entrou na sala sustentando um enorme sorriso. Luciano havia terminado de desligar o computador e apanhou a bolsa de couro. Prosseguiu:

— Se a herança vier, ótimo, mas eu não conto com ela. Esse dinheiro todo pertence ao nosso pai.

— Se é do pai, também é nosso.

— Não vejo dessa maneira. Papai construiu todo esse império com o próprio esforço.

— Depois que a mãe morreu, a nossa parte na herança cresceu sobremaneira.

— Como pode dizer isso? — perguntou Luciano, indignado.

— Chegou a hora da mãe e ela morreu. Agora temos muito mais o que herdar.

— *Áde tora*,[2] Lucas. Se papai quiser torrar o dinheiro dele, não podemos fazer nada.

— Claro que podemos.

— Como?

— Eu o interdito, entro com uma ação na Justiça e declaro o velho incapaz.

Luciano meneou a cabeça.

— Você não muda, não é mesmo, Lucas? Só pensa em dinheiro.

— E também em mulheres e bebidas — completou, rindo alto, procurando manter oculta a contrariedade.

— Nunca pensou na possibilidade de papai se casar de novo?

— Não. Nem quero pensar.

— Ele tem cinquenta e cinco anos, pratica esportes, é um tipo que atrai muito a mulherada. Sua cabeleira vasta e prateada é

---

2 "Francamente", em grego.

o charme dele, o que as seduz. Papai não foi comparado ao ator Richard Gere? Pois então...

Lucas deu um pulo e disse entre dentes:

— O pai pode ser o Richard Gere brasileiro, mas nunca — ele enfatizou —, nunca, jamais, em tempo algum e de forma nenhuma vou permitir que ele se case de novo.

— Você não tem esse direito.

— Como não? Também sou filho.

— Papai é viúvo, livre, desimpedido.

— E daí?

— Pode se casar a hora que bem lhe aprouver.

— Eu já disse que isso não vai acontecer — gritou Lucas.

Luciano se assustou com a irritabilidade do irmão. Às vezes sentia medo de Lucas. Eles tinham uma diferença pequena de idade, algo perto de um ano e meio, e, desde pequenino, Lucas tinha essas explosões, assim, do nada. Brigava em casa com os empregados, arrumava encrenca na rua, no colégio, nas festinhas. Sempre fora considerado nervosinho. Aonde ia, arrumava briga.

Luciano sabia que algumas ex-namoradas reclamavam do jeito bruto de Lucas. Sugerira ao pai que pagasse terapia para ele, mas Andrei achava que era coisa da idade.

— Logo seu irmão vira homem de fato e muda.

Mas Lucas não mudou. Os anos passaram e ele parecia ficar cada vez mais irritadiço com qualquer assunto. Gritava com funcionários, com Luciano, com o pai, com quem quer que fosse. Sempre tratava a todos no grito. A exceção era Sarajane.

Lucas adorava a secretária. Também, pudera. Sarajane e ele eram muito parecidos. Eram apegados às ilusões do mundo e adoravam maltratar as pessoas, de forma geral.

Outro fator importante: Lucas tinha pavor de ficar pobre e sem um tostão. Era um comportamento estranho, visto que ambos eram nascidos, digamos, em berço de ouro.

Luciano fitou Lucas pensativo e lembranças da infância lhe vieram à mente...

Andrei, o pai deles, era descendente de gregos. Yos Panopoulos, avô deles, viera para o Brasil quando ainda era um bebê, no início da década de 1920, no auge da guerra,[3] e, já adulto, abrira um restaurante no bairro do Bom Retiro. Yos casou-se tarde, com quase quarenta anos, e teve dois filhos com Katina: Andrei e Xenos.

Tudo corria muito bem, o restaurante ganhou fama e era frequentado pela elite paulistana. Yos fez muito dinheiro e pôde proporcionar uma vida bem confortável à família.

Como nem tudo são rosas, certa vez Katina viajou com os filhos, na época adolescentes, para uma estação de esqui em Bariloche, na Argentina. Os garotos adoravam neve, e ir a Bariloche era mais conveniente porque eles aproveitavam as férias escolares para praticar o esqui.

Certo dia, Katina e Xenos saíram para esquiar, e Andrei preferiu ficar no hotel. Estava muito frio naquele dia, e o garoto quis ficar próximo da lareira, lendo. Então, houve uma avalanche que tirou a vida de Katina e Xenos, soterrando-os enquanto esquiavam.

---

3 A Guerra Greco-Turca de 1919-1922, também chamada de Guerra da Ásia Menor ou guerra de independência turca, é o nome dado a uma série de confrontos militares ocorridos entre 1919 e 1922 durante a partilha do Império Otomano, logo após o término da Primeira Guerra Mundial. A guerra foi travada entre a Grécia e os revolucionários turcos do Movimento Nacional Turco, que posteriormente fundariam a República da Turquia.

Yos entrou em choque, vendeu o restaurante e, com Andrei ao seu lado, mudou-se para o bairro de Perdizes. Yos nunca mais se casou, e Andrei entrou na faculdade de Engenharia Civil. Depois de graduar-se, o pai lhe deu recursos suficientes para montar uma pequena construtora, que o rapaz batizou em sua homenagem.

O jovem conhecera Judite no ginásio e engataram namoro. Casaram-se logo depois da formatura e tiveram dois filhos: Luciano e Lucas. Andrei queria dar nomes gregos aos filhos, contudo, Judite bateu o pé para que os rebentos fossem batizados com os nomes do pai e do avô dela, respectivamente. Logo depois que Lucas nasceu, Yos faleceu.

A construtora cresceu e prosperou, apesar das oscilações da economia. No entanto, com habilidade natural para lidar com os negócios, Andrei fez a Construtora Yos se tornar uma das maiores, mais sólidas e mais respeitadas do país.

Dez anos antes, assim como ocorrera com Miriam, primeira esposa de Armando, Judite começou a sentir fraqueza em um lado do corpo e passou a ter visão dupla. Andrei também insistiu para que a esposa consultasse um médico, mas Judite acreditou que aquilo fosse fruto de uma vida estressante, em que ela tentava conciliar as prendas do lar com a criação dos filhos, garotos arteiros e agitados. Luciano até era mais comportado, mas Lucas lhe dava muito trabalho.

Infelizmente, também num sábado de manhã, Judite acordou, levantou-se e sentiu uma dor terrível a pressionar-lhe a cabeça. Andrei correu com ela até o hospital, contudo já era tarde. Judite fora acometida de um aneurisma cerebral e chegara morta ao hospital. Igualzinho ao que acontecera a Miriam, mãe de Gláucia.

Andrei fechara-se para o amor. Bonito, honesto e rico, era muito assediado pelas mulheres, porém nunca quis saber de

41

relacionar-se de maneira séria. Só saía, de vez em quando, para dar vazão a seus instintos. Procurou dar uma boa criação aos filhos e, embora sentisse a rejeição de Lucas, era muito apegado aos dois.

Luciano voltou a si e encarou novamente o irmão, dessa vez com ar piedoso. Sabia que Lucas tinha um gênio difícil, beirando o intratável, e procurou acalmá-lo.

— Não estamos atrasados?

Lucas deu uma risadinha e consultou o relógio.

— Vamos para casa nos arrumar. Eu selecionei um monte assim de gatinhas — fez um gesto com as mãos — para animar nossa noite. Você vai se esbaldar na sua festa de despedida de solteiro.

Luciano levantou o braço e moveu a cabeça para os lados.

— Quero me divertir com meus amigos. Não careço de intimidades. Eu e Gláucia nos relacionamos intimamente.

— Isso eu sei. Você a engravidou.

— Estranho.

— Estranho o quê, homem? Vocês transaram sem proteção. É nisso que dá.

— Esse é o ponto. Eu sempre usei preservativo.

Lucas riu de maneira vulgar e irônica.

— Vai ver a camisinha furou. Essas coisas acontecem.

Luciano coçou a cabeça, pensativo, e o irmão continuou:

— Vai sempre se deitar com uma única mulher?

— Sim.

— O mundo está cheio de mulheres deslumbrantes que dariam tudo para deitar-se com a gente. Não me diga que depois do casamento pretende ser fiel...

— Pois claro! De que adianta eu me casar e trair a minha esposa? Se fossem outros tempos e o casamento fosse por conveniência, haveria com certeza brecha para a traição, contudo eu e Gláucia nos damos muito bem em tudo. Quer dizer, quase tudo.

— Ela é bem marrenta.

— Isso é.

— Não sei como você a suporta. Desculpe-me falar assim, sei que você está prestes a se casar e ela será minha cunhada, mas não acho que você seja louco por ela.

— Eu gosto muito dela. Gláucia é uma moça bonita, elegante, culta.

— E chatinha. Eu não vou me deixar levar assim como você.

— Quero ver o dia em que encontrar uma mulher que o deixe de quatro. Daí você vai me dizer.

— Não vou dizer.

— O mundo dá voltas, meu irmão.

— Pode girar à vontade. Jamais terei uma mulher grudada no meu pé.

— Você é quem diz...

— Não vou deixar acontecer. Não sou homem de me amarrar.

Luciano passou o braço pelo ombro do irmão e saíram do escritório. Deixaram a sede da construtora, localizada num moderno edifício próximo à avenida Faria Lima, e seguiram para casa.

Lucas estava mais animado do que Luciano. Já vislumbrava as garotas à sua frente e mentalmente escolhia com qual — ou quais — se deitaria naquela noite. Luciano estava mais quieto. Sentia um desconforto que não sabia explicar. Era como se houvesse um peso sobre sua cabeça e ombros. Fez um gesto com as mãos e empurrou a sensação.

Preciso aproveitar e me distrair, pensou. *Semana que vem serei um homem casado e logo, logo um pai de família.*

Em seguida a esse pensamento, quis ligar para Gláucia.

— Ligar para quê? — protestou Lucas enquanto lhe tirava o celular das mãos. — Ela também vai se divertir com as amiguinhas. Largue um pouco do pé da sua amada.

— Queria só desejar boa-noite, mais nada.

— Envie um torpedo.

— Tem razão.

— E desligue esse celular. Hoje a noite é nossa!

Capítulo Cinco

O motorista freou o ônibus bruscamente. Todos os passageiros que estavam em pé perderam o equilíbrio. Sarajane aproveitou para se deixar encostar por um passageiro alto, encorpado, com os braços tatuados. Sorriu maliciosa.

— Noite de sexta-feira — o rapaz sussurrou em seu ouvido, enquanto mordiscava-lhe a orelha.

— Pois é — ela respondeu, com um gemidinho de prazer.

— A gatinha tem compromisso?

Sarajane se esfregava no rapaz enquanto respondia:

— Depende. Se alguém quiser me convidar para sair...

— Se eu estivesse com a minha moto, juro que levaria você para um passeio bem longe daqui.

— Quem sabe um dia?

— Gosta de pagode? — perguntou ele.

Sarajane suspirou emocionada:

— Amo de paixão.

— Tenho um amigo que vai formar uma roda de pagode com churrasco. Coisa fina. A laje dele é grande e espaçosa.

— Eu topo.

— Vai descer onde, gata?

— Daqui a dois pontos.

— Eu sigo até o ponto final. Não quer me acompanhar?

— Até queria, mas preciso tomar um banho, me arrumar. Estou com roupa muito comportada para ir a uma roda de pagode.

— Que pena!

— Não! É só você me passar o endereço do seu amigo. Eu vou.

— Jura?

— Hum, hum. — Ela mexeu o corpo para a frente e para trás.

Sarajane abriu a bolsa, apanhou caneta e um bloquinho.

— Qual é o endereço?

O rapaz passou, ela anotou e depois guardou a caneta e o bloquinho. Em seguida, pegou o celular e pediu:

— Agora me dê o seu telefone e seu nome. Eu anoto e guardo aqui no meu aparelho.

— Meu nome é Cirilo. Anota meu número.

Sarajane teclou nome e número e armazenou-os no celular.

O ônibus dobrou a rua e ela apertou o botão.

— Vou descer.

— Jura que vai mesmo me encontrar?

— Pode acreditar. Vou só dar comida para o meu tio doente, depois me arrumo e apanho um táxi para não demorar muito.

— Gostei da atitude. Eu vou esperar você, hein, gata?

— Pode contar comigo.

O ônibus parou e Sarajane desceu. Uma senhora também foi descer e desequilibrou-se. Tentou se desculpar:

— Perdi o equilíbrio...

Sarajane falou com amabilidade:

— Imagine, minha senhora. Por favor, me dê a sua mão e eu a ajudo a descer os degraus.

— Oh, que garota mais encantadora!

A senhora sorriu e agradeceu. Sarajane desceu primeiro, estendeu a mão para a mulher e a puxou com força, de propósito, fazendo-a perder o equilíbrio, escorregar e cair. Sarajane deu um sorriso abafado e fez voz infantil:

— Ah, desculpe-me, querida. Eu me desequilibrei também. Machucou?

— Um pouco.

— Logo passa.

Ela deixou a pobre mulher falando sozinha e deu tchauzinho para Cirilo. Dobrou a rua e foi cantarolando. Entre um assobio e outro, murmurou:

— Como é bom machucar as pessoas! Por que gosto tanto de provocar dor? Porque me excita! — ela perguntava e respondia ao mesmo tempo. Depois emendou: — Agora preciso alimentar titio e me preparar para a roda de pagode. Ai, esse Cirilo é de enlouquecer!

Atravessou a rua de um bairro classe média, onde havia casas espaçosas e bonitas. A rua era arborizada e Sarajane adorava arrancar as flores dos jardins. Chegou a sua casa e empurrou o portãozinho de ferro entalhado. O cachorro da vizinha apareceu na frente, começou a latir e ela disse, com a maior calma do mundo:

— Pare de latir, gracinha. Porque, se continuar, sou capaz de fazer uma bola de carne moída com pedaços de vidro para você parar de me amolar.

— Experimente fazer isso — ajuntou a dona do cachorrinho, que apareceu para apanhá-lo. — Eu a processo, vou à televisão, faço escândalo. Já não chega a maneira ordinária como trata seu tio? Pois tome sua linha.

— Não se meta na minha vida, velhinha abusada.

— O que você faz é desumano.

Sarajane deu de ombros.

— Titio tem um teto. Poderia estar pior, vivendo na rua da amargura.

— Imagine. Você é que não tem onde cair morta. Vive aí de favor. Sua mãe...

— Não fale de minha mãe — Sarajane disse, séria. — Senão sou capaz de sumir com seu cachorrinho. Au, au!

— Ainda vou botar você na cadeia.

Sarajane não respondeu. Encarou a vizinha, sorriu e entrou. Bateu o portão. Caminhou pela garagem, passou por um corredor extenso na lateral até chegar a um grande quintal com jardim. Encontrou o tio preso na cadeira de rodas, fazendo esforço para não chorar.

— O que faz fora do seu quartinho, titio?

— Desculpe, Sarajane. Eu precisava tomar um ar.

— Por quê?

— O quarto fica fechado o dia todo. As paredes estão com infiltração e mofadas. O cheiro me sufoca e eu... eu... — Ele tragou o cigarro.

— Calma. Não fique nervoso. Quando fica nervoso, fuma demais. Fumar não é bom. Faz mal à sua circulação.

— Já disse para me levar ao posto médico. Essa ferida não está cicatrizando — apontou para uma das pernas.

— Eu cuido da ferida, tio.

— Tenho que passar pelo médico.

— Vou pensar. Mas por que essa cara?

Coriolano respirou fundo e disse:

— A fralda vazou e eu me urinei todo.

— Jura?

— Sim. Se ficasse no quarto, o cheiro seria insuportável.

Ela o olhou com ar de comiseração.

— Pobrezinho. — Colocou a bolsa sobre a base que protege o registro de gás e balançou a cabeça para os lados. — Oh, pobre tio. Por que não segurou?

— Não deu. Juro que não deu.

— Será que vou ter de dar um banho no senhor?

— Por caridade, menina. Eu só quero uma água no corpo. Estou cheirando mal. Estou até com ânsia — disse ele, enquanto apagava o cigarro.

— Não tem de quê. — Ela se abaixou e pegou a mangueira. Abriu o registro e mirou o bico na direção de Coriolano. Uma cascata de água fria jorrou sobre ele.

— Agora está se sentindo mais limpo, tio?

— Pare!

Ela continuou:

— Esse banho de torneira é ótimo para noites quentes como esta. Você agora vai ficar limpinho.

A noite não estava nada quente. Coriolano, preso à cadeira de rodas, tentava se proteger do jato forte com as mãos. Estava tão cansado que, sem forças, deixou-as cair.

— Pare de me maltratar...

— Estou dando banho no senhor, titio. Falta o xampu.

— Não precisa.

— Precisa, sim. Queria entender por que pessoas idosas não gostam de banho. Interessante, não?

— Por favor, Sarajane. Dê-me uma toalha.

Ela parecia não escutar. Era como se estivesse num transe.

— Ih — ela mordiscou o lábio —, o seu xampu acabou. Acabei conhecendo um rapaz no ônibus e me esqueci de comprar.

— Já disse que não tem problema. Estou limpo e...

— Pode ser sabão em pó? O efeito de limpeza é o mesmo.

Sarajane aproximou-se de Coriolano e despejou sobre a cabeça dele um punhado de sabão em pó. Jogou mais água sobre o corpo velho e cansado, desligou o registro e jogou uma toalha velha, fedida e encardida na direção dele.

— Enxugue-se direitinho. Caso contrário, não vai jantar. Menino levado!

Coriolano não conseguia falar. A água fria o fazia tremer dos pés à cabeça. A dentadura até saiu do lugar. Uma lágrima escapou pelo canto do olho. Apanhou a toalha e, com muito esforço, tentou se enxugar.

— Vai, se enxuga logo, porque daqui a pouco vou ter de levar essa cadeira até seu quarto. Olha o sereno.

— Prefiro ficar mais um pouco no quintal.

— Depois pega uma gripe e puf! Pode morrer.

Coriolano tinha pavor de pensar na morte. A palavra o deixava transtornado.

— Já vou terminar de me enxugar.

Ela ficou observando, e ele passou rapidamente a toalha pelo corpo. Depois, Sarajane lhe cobriu com uma espécie de camisola, daquelas utilizadas pelos pacientes em hospitais. Ela havia conseguido com um enfermeiro que conhecera na semana anterior, também no ônibus.

— Vista-se, tio.

Coriolano colocou o pano sobre o corpo. Sarajane emendou:

— Vai dormir cedo esta noite.

— Estou sem sono.

— Vou sair. Conheci um moço no ônibus.

— Outra vez?

— É. Vou encontrá-lo em uma roda de pagode. Vai ser uma noite inesquecível.

Ela gargalhou e entrou na casa. Coriolano nada disse, nada pensou. Só chorou.

A vizinha escutou a conversa do outro lado do muro e retrucou, enquanto fechava a porta e entrava na cozinha:

— Ainda vou entregar essa mulher para a polícia. Isso que ela faz com o tio é desumano. Dá cadeia. Mais uma dessas e eu ligo para a polícia. Juro que ligo.

— O que anda resmungando, Justina?

— Nada, Eriberto. Nada. É essa doida da casa ao lado.

— Melhor não nos metermos com ela, minha velha. Sarajane sempre foi esquisita. Lembra-se dos gritos nas madrugadas?

— Como me lembro! Depois da morte da mãe e do acidente, tudo ficou mais calmo.

— E Coriolano mudou muito nos últimos anos. Não sai, não atende ninguém.

— Coitado, Eriberto. Olha o estado desse homem. A gente escuta cada barbaridade do quintal! Eu não me conformo.

— Eu também não.

— E olha que sempre foi assim. Faz anos que essa moça trata o tio feito um animal. Isso não é justo.

— O que podemos fazer?

— Chamar a polícia, Eriberto.

— E dizer o quê?

— Que Sarajane tem cara de louca.

— Tem cara de louca, mas não é, Justina. A menina trabalha, sai cedo e chega tarde, parece que tem responsabilidade. Ela é normal.

— Não sei. Ainda me recordo dos gritos que essa menina dava nas madrugadas. Eram iguaizinhos àqueles do menino da novela.

— Que novela, Justina?

— *O Grito*, ora! Não lembra?

— Como não me lembrar? Nossa Miriam tinha medo de assistir.

Justina sorriu enquanto fitava um ponto qualquer da cozinha.

— Nossa Miriam...

— Isso tem coisa de trinta anos, não?

— Sim, Eriberto. E os gritos de Sarajane são muito parecidos aos da criança da novela.

— Também, a mãe dela era doidinha de pedra, usava tóxico. E o acidente deixou o pobre Coriolano assim, preso a uma cadeira de rodas e dependente.

Justina deu de ombros.

— Cada um com seus problemas.

— Está certo, minha velha.

— O jantar hoje é especial.

— Estou com fome. O que você fez?

— Surpresa — emendou Justina.

— Por que colocou três pratos à mesa?

— Porque nossa filha vai jantar conosco hoje, Eriberto. Esqueceu?

— O quê? — perguntou, sem entender.

— Hoje é aniversário da Miriam.

Eriberto não gostava da maneira como Justina se referia à filha. Tratava Miriam como se ainda estivesse viva. Colocava o seu prato à mesa todos os dias, comprava-lhe roupas, falava naturalmente como se ela não estivesse morta, mas viajando de férias. Ele nem desconfiava, mas essa atitude de Justina atraía espíritos perdidos, que vagavam pelo planeta, sem consciência de que haviam morrido. Alguns outros, mais espertos e conscientes de estarem desencarnados, aproveitavam para se passarem por Miriam e alimentavam-se da energia vital do casal.

Era sempre assim. Justina ia para a cama, fazia uma oração, dormia e, quando seu espírito ficava livre do corpo, sempre havia um espírito que se passava pela filha e conversava com ela. Claro que, se Justina tivesse um pouco de conhecimento espiritual, saberia que o espírito estava fingindo, que Miriam não estava ali, assim como uma pessoa lúcida sabe que não existe nota de três reais.

Eriberto, mais contido, choramingava pela casa. Nessa noite, recordando que seria aniversário da filha, fechou os olhos e segurou o pranto.

Nunca pensei que eu e Justina ficaríamos sozinhos no mundo. Por quê?

Passava das nove e meia quando Magali encostou o carro na guia. Pegou o celular da bolsa e ligou.

— Oi — Gláucia atendeu de maneira fria.

— O que foi?

— Nada.

— Como nada? Conheço essa voz.

— A va... — Gláucia controlou-se para não falar um palavrão. Recomeçou: — A infeliz da Iara foi passar o meu vestido cereja e o queimou. Tenho certeza de que fez isso só para me prejudicar. De propósito.

— Imagine, a Iara é um amor de pessoa.

— Olha, eu vou fingir que a gente perdeu o sinal do celular. Você não disse o que eu escutei! Magali, você é a minha melhor amiga, quase uma irmã, e me dói o coração ver você defendendo aquela usurpadora.

— Está certo. Hoje a noite é sua. Vamos deixar os ressentimentos de lado e festejar?

— É, vamos, sim. Vou apanhar a minha bolsa e num minutinho eu desço.

— Por que bolsa?

— Como por quê?

— Você não vai gastar um tostão sequer. Só precisa da carteira de identidade.

— Imagine! Sem bolsa eu não saio. É como se eu estivesse meio nua, faltando uma peça de roupa.

Gláucia desligou o telefone, apanhou a bolsa e, antes de sair, deu uma última olhada no espelho. Gostou do que viu.

Ela era muito bonita. Os cabelos castanhos, naturalmente lisos, tocavam com delicadeza os ombros. Seus olhos eram esverdeados e brilhantes. A boca era carnuda, e o corpo, bem-feito. Além disso, era uma mulher alta e esguia. Chamava naturalmente a atenção dos homens.

Passou pelo corredor e pela sala feito um tufão.

— Boa festa — desejou Iara.

— Como pode me desejar boa festa depois do que me fez?

— Peço-lhe desculpas, mais uma vez.

— Seu pedido de desculpas não vai trazer meu vestido de volta.

— Amanhã vou à loja e pego outro.

— Sei...

Débora interveio:

— Não fique brava, Gláucia.

— É só não me dirigir palavra.

— Gostaria que você tivesse uma noite agradável.

— Mas claro que vou ter. Você não vai à festa, e isso já é meio caminho para uma noite feliz.

— Por que cutuca tanto a sua irmã? — Iara questionou, tristonha.

— Porque Débora não é minha irmã — enfatizou Gláucia.

— Armando é pai das duas.

— Por uma infelicidade, acidente, sei lá que nome dar ao triste encontro entre vocês dois.

— Seu pai fica triste quando briga com Débora ou comigo.

— Ah, eu estava esperando. — Gláucia colocou uma mão na cintura e alteou a voz: — Você faz intriga e diz ao meu pai que sou encrenqueira.

— Não sou de briga. Sou da paz.

— Bem que meus avós disseram que você, de boba, não tem nada.

— Seus avós não me conhecem de verdade.

— Claro que conhecem.

— Não. Nunca quiseram falar comigo. Quando iniciamos o namoro, bem que Armando tentou marcar um encontro. Dona Justina e o marido não quiseram me receber. Nunca me deram a chance de me apresentar, conversar...

— Porque você roubou o lugar da minha mãe.

— Que discussão mais tola! — interveio Débora. — Por que vamos agora remexer no passado? Deixemos esses assuntos para outro momento.

— Falou a mediadora, a falsa.

— Não, Gláucia. Estou falando de coração. Hoje a noite é muito especial.

— E você não pode ficar nesse estado — ponderou Iara. — Está grávida e, se ficar nervosa, poderá afetar o bebê.

Gláucia iria responder, mas o celular tocou.

— Oi, Magali. É, desculpe. Acabei entrando numa discussão com você-sabe-quem aqui. Sei. Sim. Já estou descendo.

— Boa festa — disse Iara.

— Divirta-se — tornou Débora.

Gláucia não respondeu e grunhiu. Saiu e bateu a porta da sala com força.

Iara baixou os olhos, pesarosa.

— Ela nos odeia.

— Deixe, mãe. Ela não faz por mal.

— Como pode nos tratar com tanto desrespeito?

— Ela nasceu assim, com esse sentimento ruim por nós duas.

— Não sei. Quando a vi pela primeira vez e tentei pegá-la no colo, ela me chutou e abriu o berreiro. Nunca me aceitou. E, quando você nasceu, o relacionamento azedou de vez.

— Vai ver ela nos trata assim por conta de ressentimentos ocorridos em vidas passadas.

— Acha mesmo?

— Sim.

— Pode ser. Faz sentido.

— Sempre a tratamos muito bem. Essa implicância com nós duas não é de agora.

— Muitos anos atrás, uma senhora que trabalhava no centro me disse que eu precisava tentar compreender, que eu e você havíamos causado grande mágoa no coração de Gláucia e decidimos retornar juntas para nos entender, desatar os nós desses desentendimentos de uma vez por todas e perdoar.

— Pois, então, façamos a nossa parte. Vamos perdoar e esquecer.

— É que somos tão legais — contrapôs Iara —, procuramos ser pessoas de bem, mas dá para sentir a aversão dela por nós a metros de distância. Infelizmente, os avós contribuíram muito para o fortalecimento desse sentimento raivoso dela por mim.

— Você os conheceu bem?

— Não. Nunca tive a chance de dar um "oi".

— Nem em festinhas de colégio?

— Tampouco... Nunca se permitiram ter contato comigo. Jamais me dirigiram a palavra. E, toda vez que Gláucia passava um fim de semana com eles, voltava mais agressiva e amarga. Basta você se lembrar da colação de grau dela, dois anos atrás.

— Não foram porque sabiam que iriam nos encontrar.

— Isso não está certo.

— É uma defesa que usam para diminuir a dor da perda. Não aceitam a morte de Miriam.

— Ela morreu há mais de vinte anos! Como não aceitar?

— Difícil julgar o sentimento dos outros. Seu Eriberto e dona Justina não acreditam na vida após a morte. É muito difícil conviver com a ideia de "nunca mais". Eu os entendo.

— Mesmo não concordando com esse comportamento, o mais estranho nisso tudo é que eu não sinto raiva da Justina ou do Eriberto — disse Iara.

— Na crença deles, nunca mais poderão rever a filha. Fica difícil aceitar e viver acreditando que nunca mais vamos reencontrar aqueles que amamos e morreram. Deve ser duro para dona Justina acordar todos os dias e imaginar que nunca mais, em tempo algum, reencontrará a filha amada.

— Até entendo, Débora. Mas eles nunca me deram a oportunidade de me aproximar. Seu pai sofreu muito com tudo isso. Ele gostava bastante do seu Eriberto e vice-versa. Não é certo.

— Nem certo, nem errado. Simplesmente é. Mãe, você bem sabe que aceitar a realidade é a base de tudo para mantermos nosso equilíbrio. Nem todo mundo gosta de mim ou de você, e assim será com todas as pessoas que vivem no planeta. O melhor é abençoar dona Justina e seu Eriberto.

— Abençoar, sei. Está pedindo muito, não acha?

— Mamãe, cada um tem um jeito de ser.

— Desde que não atrapalhem a minha vida.

— Eles não atrapalham. Você é que se deixa perturbar.

— É só ver como Gláucia nos trata.

— Paciência. Também precisamos entender que ela tem seu jeito. — Débora deu de ombros. — O que fazer? Ela se afastou dos avós. Faz anos que não os visita.

— Depois da adolescência, Gláucia passou a evitar os avós.

— Imagine como dona Justina e seu Eriberto devam estar se sentindo! Pelo pouco que sei, eles não têm parentes.

— Estão envelhecendo e...

— E — emendou Débora — poderiam contar com a nossa amizade.

— Como? — exasperou-se Iara. — Eles preferem um encontro com o diabo a nos conhecer.

Débora deu de ombros.

— A vida sabe o que faz, não é mesmo?

— E em relação a Gláucia? Como ficamos? — indagou Iara, aflita.

— Não se aflija, mãe. Semana que vem Gláucia se casa e vai embora.

— E nem vamos acompanhar a gravidez.

Débora fez um muxoxo. Sabia que Gláucia não estava esperando filho algum. Ouvira sem querer uma conversa da irmã com Magali e, então, desconversou:

— Não creio que vamos voltar a nos relacionar. Gláucia sempre fez questão de dizer que você roubou o papai dela.

— Seu pai era um homem triste e estava desiludido. Andava sem rumo na vida. Estava casado havia pouco tempo, tinha um monte de planos, uma filha pequena... e de repente se viu viúvo, sem chances de transformar sonhos em realidade, sem planos para o futuro...

— Entendo isso. Gláucia não vê assim.

Iara deu de ombros. Tentara naqueles anos todos ser uma boa mãe para a enteada, mas sentia forte rejeição da menina. Tornou, amável:

— Vai ver você tem razão: há alguma coisa que não bate bem entre nós e ela.

— Estar aqui na Terra é uma oportunidade de progresso e conquistas. É esquecer tudo o que fomos e o que vivemos. Vamos aproveitar para desejar que Gláucia encontre, de alguma forma, a felicidade.

— Você está certa — ajuntou Iara.

— Fizemos a nossa parte. Eu e você procuramos deixar o passado para trás e nos propusemos a construir um bom relacionamento com ela. Se Gláucia ainda guarda alguma mágoa no coração, nada podemos fazer. Estou em paz com minha consciência.

— Não gosto quando você fala nesse tom — reclamou Iara.

— Que tom?

— Nesse tom profético. Parece que sente alguma coisa ruim que está por acontecer...

Débora desconversou novamente, para não afligir a mãe:

— Não vejo nada.

Ela baixou os olhos e fez ligeira prece em favor da irmã. A sua sensibilidade lhe dizia que uma grande mudança estava por acontecer. E nem sempre essas mudanças parecem ser agradáveis aos olhos humanos. Se havia uma sensação de abertura e calor no peito, Débora sabia que algo bom estava por acontecer. Se a sensação era de peito oprimido, como ela estava sentindo naquele momento, era sinal claro de que algo ruim estava por vir. Débora tinha uma intuição afiada e sabia que algo desagradável estava prestes a acontecer à irmã. Por isso, orou com o coração aberto, visualizando Gláucia feliz e sorridente. Em seguida, agradeceu à vida. A fim de não deixar Iara preocupada, resolveu falar sobre assuntos que despertassem a alegria na mãe. Sorriu e perguntou:

— Como você e papai se conheceram?

— Já contei como foi.

— Sei por cima, mas faz tanto tempo que perdi alguns detalhes. Conte-me tudo novamente.

Iara abriu um sorriso e começou a contar. Depois de um bom tempo, ela confidenciou:

— Sabe que, quando nos conhecemos, seu pai me foi apresentado pela Jussara?

— Amizade antiga a de vocês, não, mãe?

— É. Sinto uma forte ligação afetiva por ela.

— Percebo que ela é triste.

— Jussara foi maltratada pela vida. Ela era bem maluquinha, engatava um namoro atrás do outro, sempre se envolveu com homens que espezinharam seu coração. Ela se formou técnica de enfermagem, depois foi trabalhar num grande hospital.

— Mas é dona de uma pizzaria. Não consigo imaginar Jussara como enfermeira.

— Ela se envolveu com um médico casado, a esposa dele descobriu e a vida de Jussara transformou-se num inferno. Nunca mais conseguiu emprego como enfermeira.

— Ela poderia prestar concurso, trabalhar em hospital público.

— Ficou traumatizada e perdeu o gosto pela profissão.

— Jussara é simpática, tem carisma — ajuntou Débora. — Deveria voltar a exercer a profissão.

— Eu também insisto nisso. A população está vivendo mais, envelhecendo mais. Os idosos necessitam de cuida-dos especiais, e ela sempre gostou de cuidar de pacientes idosos.

— Então é por isso que ela é infeliz — disse Débora.

— Acha, filha?

— Claro! Ela se formou enfermeira, sempre gostou da profissão. Depois, por conta de uma relação afetiva malsu-cedida, largou tudo. Foi se meter com comércio e vive com um rapaz mais novo que ela que, cá entre nós, não é nada confiável.

— Penso da mesma forma — concordou Iara.

Débora sentiu um arrepio.

— Não gosto do Cirilo. Ele não é um homem que inspire confiança. Tem algo estranho em seu semblante.

— Também não gosto dele, filha.

— Jussara bem que podia se separar dele. Toda vez que o vejo, sinto que vai aprontar alguma para cima dela.

— Acha mesmo?

— Sim.

— Posso lhe confidenciar um segredo, filha?

— Claro.

— Hoje, antes do incidente com o vestido de Gláucia, Jussara me ligou. Está preocupada porque anda sumindo di-nheiro do caixa da pizzaria.

— Sério?

— É. Jussara acredita que Cirilo esteja envolvido com outra mulher. Hoje é sexta-feira, dia de grande movimento, e Cirilo disse que tinha "assuntos" a tratar.

— Cirilo tem um ar cafajeste, no pior sentido do termo. Infelizmente carrega a ganância exacerbada como chaga em seu espírito. Logo, ele terá de prestar contas tanto ao mundo como à própria consciência.

Débora falara de maneira cadenciada, porém com modulação de voz firme e levemente alterada. Iara sabia que havia momentos em que a filha se transformava em outra pessoa. Procurou manter o rumo da conversa:

— Jussara falou que tínhamos muito que conversar e iria aproveitar nosso encontro amanhã no salão de beleza para colocarmos os assuntos em dia.

— Eu gosto dela. É gente de bem.

— É, sim, filha. Ela é uma boa mulher.

Conversaram mais um pouco, e o telefone tocou. Débora atendeu:

— Oi, pai!

— A Gláucia já saiu?

— Faz um tempinho, por quê?

— Tentei ligar no celular dela e só dá caixa postal.

— Ela está muito empolgada com a festa de despedida de solteira!

— Tem razão. — Armando sorriu do outro lado do aparelho e prosseguiu: — Querida, diga à sua mãe que a reunião com o grupo espanhol acabou neste momento. Não vou sair com eles para jantar. É sexta-feira e o trânsito, assim como os restaurantes, está uma loucura. Daqui a meia hora estarei em casa.

— Vamos pedir uma pizza?

— Ótima ideia, filha. Ligue para a pizzaria da Jussara.

— Pode deixar.

— Um beijo.

— Seu pai está a caminho? — indagou Iara.

— Sim, disse que chega em meia hora. Quer pizza para o jantar.

— Vamos ligar para Jussara. Que tal uma meio a meio, de muçarela e de calabresa?

— E uma garrafa de refrigerante diet! — ajuntou Débora.

Elas riram. Iara pegou o telefone e ligou para fazer o pedido. Um rapaz atendeu e ela perguntou por Jussara.

— Está ajudando nas entregas porque Cirilo não veio trabalhar.

Iara deu de ombros e fez o pedido, enquanto Débora foi arrumar a mesa na copa.

Capítulo Seis

Gláucia entrou no carro e bateu a porta com força.

— Ei, não é a porta da sua geladeira, mas a do meu carro — reclamou Magali.

— Desculpe, amiga.

— Por que demorou tanto? Estou aqui parada há mais de dez minutos.

— Fiquei de bate-boca com aquelas duas.

— De novo?

— Estou irritada, nervosa. Elas me tiram do sério!

— Não fale nesse tom.

— E que tom eu poderia usar para me referir a elas? Iara roubou meu pai de mim, e Débora fez com que ele tivesse de dividir a atenção conosco. Não é justo.

— Já disse que seus avós envenenaram sua mente.

— Mentira. Não vejo meus avós há um tempão.

— E o que você escutou na infância? Essas conversas ficam gravadas no nosso inconsciente.

Gláucia remexeu na bolsa e considerou:

— Meus avós só me contaram a verdade nua e crua.

— Você já conversou com Iara para saber como ela e seu pai se conheceram? Pelo que sei, foi depois que sua mãe morreu.

— Iara se aproveitou de um jovem viúvo com uma filha pequena para criar.

— Os fatos são um só, mas cuidado com as versões.

— Não vá defendê-las de novo. Por favor. Não se passe por advogado do diabo.

— Sou sua amiga. Gosto de você. Não acho justo brigar tanto com Iara.

— Ela quase acabou com a minha noite! Arruinou meu vestido.

— Quanto drama por conta de um vestido queimado! Não comentou que a Iara vai lhe comprar um igualzinho?

— E se não tiver outro na loja?

— Você já está supondo que ela não vai encontrar o vestido. Não dá para ser mais otimista?

— Otimista? Não sou como você, que vê tudo com alegria.

— Só o fato de estar viva me deixa alegre.

— Parece a Débora falando.

Fez-se silêncio. Gláucia retocou o batom e perguntou:

— O que foi? Não vai falar?

— Eu?! Não. Depois você reclama que eu vivo defendendo sua irmã. Débora é uma garota que enxerga beleza em tudo. Eu também prefiro ver o mundo dessa forma. Já tem tanta gente pessimista. Escolho ser otimista.

— Vocês devem ter saído do livro *Poliana*.[1]

Magali riu.

— Pode ser. Aprendi muito com a menina Poliana. Ela se tornou a minha heroína na adolescência. Acho que sou alegre e otimista por conta do livro. Ele me influenciou positivamente.

— Para mim foi um saco ter de ler aquilo na época do colégio. Que menina mais boba!

— Boba por quê? Ela transformou positivamente a vida de várias pessoas, inclusive da tia ranzinza.

— Ficção. Esse tipo de comportamento é inadmissível nos dias de hoje. E outra: estamos falando de um livro escrito há quase cem anos.

— Um clássico da literatura universal não tem data de validade, Gláucia. Veja os textos de Shakespeare, Dostoiévski, Machado de Assis...

— Deus me livre e guarde! Eu prefiro revistas de moda e de celebridades. Aprendo muito mais com elas do que com essa literatura cheirando a mofo, de séculos passados.

— Prefere alimentar a cabeça com assuntos superficiais, com periódicos que vivem a bisbilhotar e ridicularizar a vida dos outros?

Gláucia assentiu.

— Isso mesmo. O mundo hoje é assim. Todo mundo repara em todo mundo. Só você ficou parada no século passado.

Magali deu partida e balançou a cabeça para os lados.

— Débora também é assim. Eu tenho um jeito parecido com o dela e até seu noivo vê a vida com otimismo.

---

1 *Poliana* é um clássico da literatura universal lançado em 1913 pela escritora Eleanor H. Porter (1868-1920). A menina Poliana não aceita desculpas para a infelicidade e empenha-se de corpo e alma em ensinar às pessoas o caminho para superar a tristeza e a negatividade em nossa vida por meio do "jogo do contente". A obra sensibiliza a todos pelo otimismo, amor, bondade e pureza de sentimentos que a personagem irradia. É por isso que resiste ao tempo e tem cativado gerações há mais de um século.

— Se eu tivesse o pai rico que Luciano tem, também seria bastante otimista.

Enquanto Magali engatava a marcha, Gláucia gesticulava coordenando a boca com as mãos.

— Eu amo o Luciano, mas sabe que prefiro o jeito do Lucas? Ninguém é perfeito. Eu queria o Luciano com aquele jeitão malandro do irmão.

— O que é isso? Você admira o Lucas?

— Nunca notou?

— Não, Gláucia. Nunca notei. Estou chocada com a informação.

— Pois não se choque. Posso ser sincera e verdadeira com você? Lucas me atrai.

— Perigoso isso. Vocês vão se encontrar mais vezes, serão cunhados...

Gláucia deu uma risadinha maliciosa.

— Correremos riscos! Que delícia!

— Não é correto.

— Ele é esperto, safadinho, se dá bem sempre.

— Se você acha bonito se dar bem atrapalhando a vida dos outros, tudo bem.

— Ora, Magali. Lucas é que sabe viver. O mundo sempre foi e sempre será dos espertos. Eu gosto do Luciano, mas...

— Sempre tem um "mas".

— É. Ele é muito bonzinho.

— Não confunda ser bonzinho com ser bom. Luciano é um homem bom. Bonzinho é aquele que adora ser adulado pelas pessoas. O bonzinho anseia que todos enalteçam suas virtudes, caso contrário, torna-se pessoa intratável.

— Você sempre defendeu o Luciano.

— Porque ele é um rapaz do bem, é honesto como o pai. É simpático, humilde, tem uma cabeça boa. Lucas é um perdido.

— Perdido nada. Ele tem um gênio forte.

— Por que não troca de noivo?

— Não é má ideia.

O sinal fechou e Magali virou o rosto para Gláucia.

— Posso fazer uma pergunta sincera, de amiga para amiga?

— Claro, Magali.

— Outro dia perguntei a mesma coisa e você desconversou.

— Agora pode perguntar. Sou toda ouvidos.

— Você ama mesmo o Luciano?

Gláucia demorou a responder. Mordiscou os lábios.

— A... amo. Sim, eu o amo.

— Tem certeza?

— Para que certeza?

— Ele foi seu primeiro namorado.

— Antes eu namorei o Miguel, o Leozinho...

— Você ficou com o Miguel, com o Leozinho e com o Vicente. O Luciano foi seu primeiro namorado "sério".

— Eu me acostumei com ele.

— Só isso?

— Sim. Luciano tem boa aparência, tem dinheiro, vai me realizar todos os desejos e fazer todas as vontades. É descendente de gregos e eu vou ter um sobrenome diferente. Meu sogro é um dos empresários mais famosos deste país. É milionário. A partir da semana que vem, vou me tornar praticamente uma celebridade. Isso é o que importa. O resto a gente ajeita.

— Então, você não o ama?

— Já disse. Acostumei-me com a presença dele. Luciano é um cachorrinho bem treinado, um homem bem-apessoado que faz tudo que quero e vai me dar um monte de cartões de crédito, para eu gastar sem limites. E, de mais a mais, para que queremos um homem?

— Para amar e ser amada. Para compartilhar uma vida, para amadurecer e crescer juntos, respeitar as diferenças, ser paciente, admirar o parceiro, fortalecer os laços de amor e intimidade...

Gláucia soltou uma gargalhada.

— Voltou a assistir àqueles filmes com a Meg Ryan e a Sandra Bullock? Acha mesmo que a gente pode viver uma história de amor como as dessas comédias açucaradas que o cinema americano nos faz engolir?

— Acho e...

Gláucia a cortou com amabilidade e fez um sinal com a mão.

— O sinal abriu.

Magali nada disse. Adorava Gláucia porque ela agia de maneira natural. Esse jeito de ser era característica do seu espírito. Eram amigas de muitas vidas e, por isso, aceitava e fazia esforço para entender o modo como Gláucia enxergava e vivia a vida.

— Não gosto do Lucas — replicou Magali.

— Porque ele é galinha?

— Ele não bate muito bem. É nervosinho, agressivo.

— Ora, Magali, as mulheres adoram um homem safado, com pegada.

— Não penso como você.

— Lucas é um cara legal. Molecão, mas é espertalhão. Tenho amigas que saíram com ele e — ela abaixou o tom de voz — dizem que ele é o má-xi-mo! Um garanhão insaciável.

— É violento e adora deixar marcas. Ouvi delas que jamais sairiam com ele de novo. É um homem bruto, sem sensibilidade.

— E para que sensibilidade? Isso nós, mulheres, temos de sobra. Os homens são naturalmente predadores, Magali.

Eles conduzem, eles mandam. Lucas é a personificação do macho.

— Falando assim, parece que tem vontade de ter um caso com seu futuro cunhado.

Gláucia riu, ardilosa.

— Já não lhe falei que não é má ideia?

Magali balançou a cabeça para os lados numa negativa.

— Qual é o problema? Eu sempre fui uma mulher liberal.

Chegaram ao bar e Magali, boca fechada, puxou o freio de mão. Desceram e ela pegou o tíquete das mãos do manobrista, enquanto Gláucia apanhava a bolsa.

— Eu pago. Hoje você só vai se divertir. Deixe a bolsa no carro.

— Vou dançar e transpirar. Preciso retocar a maquiagem. Não dá para carregar os apetrechos. Preciso da bolsa.

— Mas é turrona, mesmo.

Gláucia pegou o celular e notou que recebera uma mensagem de Luciano. Leu e desligou o aparelho.

— Hoje eu não sou de ninguém.

Magali mexeu a cabeça para os lados novamente, mas nada disse. De que adiantaria? Por mais que gostasse de Gláucia e do jeito que ela se expressava, não compactuava com o comportamento da amiga. Sabia que ela não amava Luciano e, se não tivesse um freio, poderia tornar-se amante de Lucas. Isso deixava Magali triste.

Luciano é um rapaz tão bom, tão amoroso. Muitas mulheres dariam tudo para ficar ao lado dele. Por que será que Gláucia não enxerga isso? Por quê?, pensou.

Gláucia a puxou pelo braço e a despertou de seus pensamentos.

— Vamos aproveitar que a noite é nossa! Pegue um drinque no bar enquanto eu vou cumprimentar as meninas, trocar de roupa e vestir a minha fantasia de Madonna.

Magali fez sim com a cabeça. Logo a música alta tomou conta do espaço e dos ouvidos. Era praticamente impossível conversar. O DJ tocava uma mistura de músicas atuais com sucessos dos anos 1980. Magali sorriu e deixou-se contagiar pela gostosa melodia.

Capítulo Sete

Luciano estava saindo quando cruzou com o pai, sentado no sofá.

— Está de pijamas?

— Estou — assentiu Andrei.

— Pensei que fosse conosco à despedida de solteiro.

— Não esta noite.

— Por quê?

Andrei abriu um sorriso encantador. Os dentes alvos e perfeitamente enfileirados o tornavam um homem muito mais bonito. Em seguida, fez um gesto vago com a mão.

— Passei da idade, filho.

— Está com tudo em cima!

— Mudei meus hábitos. Não aguento ficar acordado até tão tarde. Depois da uma hora da manhã, eu apago.

— Vamos nos divertir só um pouquinho — sugeriu Luciano.

— Estou me preparando para o dia do seu casamento. Prometo que na sua festa vou ficar até o último convidado. Palavra de honra.

Lucas entrou na sala. Enquanto arregaçava as mangas da camisa, disparou:

— O velho vai ficar aí sentado, assistindo à televisão?

— Não, vou ler um pouco — respondeu Andrei, enquanto acendia seu cachimbo.

— Uma noite tão bonita, tanta mulher que vai ter nessa festa, e você vai ficar aí largadão, pai?

— E qual é o problema, Lucas?

— Podia aproveitar e ir conosco para a balada.

— Por que não posso fazer o que quero? Por que fica me atormentando com o que tenho e o que não tenho que fazer? Esqueceu-se de que o pai aqui sou eu?

Luciano riu.

— É, papai tem razão. Você fica controlando a vida dele.

— Eu?! — indagou Lucas.

— Você, sim. Não disse que não quer que ele se case? Melhor ficar em casa.

— De novo com essa implicância de que eu não me case? — replicou Andrei, contrafeito.

— Ah, pai, a gente fez uma grande fortuna.

— E daí?

— Você não vai entregar metade de tudo que tem para a primeira vadia que aparecer, vai?

Andrei fechou o cenho e levantou-se. Alteou a voz:

— *Aftó mu élipe!*[1]

---

1 "Só me faltava isso", em grego.

Luciano interveio:

— Não fale assim.

— Estou defendendo nosso patrimônio. Nada mais justo.

— Papai não merece que tripudie sobre seus sentimentos, Lucas. Ele é um bom homem e, quando o coração dele se interessar por outra mulher, terá todo o direito de se apaixonar e se casar. E, em relação à nossa fortuna, como sempre lhe disse, ela não é nossa, mas do papai. Eu e você devemos construir a nossa.

— *Efkaristó* — respondeu Andrei, voltando a se sentar.

— Obrigado digo eu, papai. Não gosto quando Lucas fala com você nesse tom.

Lucas sentiu um ódio surdo brotar dentro de si. A raiva lhe consumia as entranhas com a camaradagem entre Luciano e Andrei. Trincou os dentes de raiva, abaixou a cabeça e fechou os olhos. Contou até dez, imaginou estar matando dez carneirinhos. Em seguida, ergueu o rosto e sorriu como se nada tivesse acontecido.

— Estamos atrasados — disse simplesmente.

Luciano consultou o relógio e despediu-se do pai, beijando-o no rosto.

— Não temos hora para voltar.

— Cuidem-se.

— Sim, senhor.

— E, se os dois beberem, voltem de táxi.

Lucas fez um muxoxo com a boca e pegou o celular de Luciano.

— O que vai fazer?

— Nada de celular. Estou levando o meu. A noite promete!

— Boa noite, pai — disse Luciano.

— *Kalinihta* — Andrei respondeu ao boa-noite em sua língua materna.

Os rapazes saíram e Andrei tragou seu cachimbo. Soltou a fumaça e o ambiente foi tomado por uma névoa com aroma de chocolate. Suspirou e sentiu saudades de Judite. Então, fechou os olhos e disse:

— Pena você não estar aqui para cuidar de nossos filhos. Juro que fiz tudo que pude, mas Lucas me desagrada sobremaneira. Eu me esforço para amá-lo, mas há momentos em que tenho vontade de esganá-lo. Ó, *Christé*! Perdoe-me.

Apertou os olhos tentando segurar as lágrimas que teimavam descer. O espírito de Judite, envolto numa luz brilhante, acariciava os cabelos grisalhos de Andrei.

— Meu querido, não adianta rogar a *Christé* ou Cristo, falando em grego ou português. Você tem sido um pai maravilhoso, de comportamento ilibado. Estou muito feliz em saber que, ao desencarnar, deixei as crianças aos seus cuidados. Nem sempre o reencarne em família é feito entre espíritos amigos. Muitas vezes escolhemos reencarnar ao lado de desafetos para limpar nosso coração de ressentimentos criados ao longo de séculos de dor. Você e Lucas têm diferenças a ajustar, contudo, a vida lhe deu Luciano para ajudá-lo a superar as adversidades. Você vai vencer. Confie e acredite na vida. Sempre que possível, estarei por perto.

Judite aproximou a palma da mão e colocou-a próximo do coração de Andrei. Ele sentiu um calor aquecer-lhe o peito e, naturalmente, a tristeza se foi. A imagem de Judite, sorrindo, surgiu em sua mente. Andrei também sorriu, levantou-se e caminhou até a lareira. Pegou um porta-retratos em que estavam ele, Judite e os meninos, ainda pequenos, numa praia do litoral catarinense.

— Sinto muito a sua falta, querida — disse em voz alta.

— Sei disso, mas planejamos nossa encarnação dessa forma. Eu e você nos propusemos a trazer os meninos para mais uma etapa na vida terrena. Cumprimos a nossa parte.

Andrei suspirou e tornou:

— Creio que nunca mais vou amar de novo.

Ela alisou novamente os cabelos dele e sussurrou em seu ouvido:

— Você ainda pode ser feliz ao lado de outra mulher.

Judite beijou-lhe a testa e sumiu no ar. Andrei levou imediatamente a mão até a testa. Beijou o porta-retratos, calçou as chinelas e foi para a cozinha. Sentiu fome e bem-estar.

Os irmãos chegaram ao bar, a fila estava grande e contornava o quarteirão. Luciano pegou o tíquete com o manobrista e não percebeu Lucas sumir no meio da multidão que se avolumava na entrada do barzinho. Ele deu de ombros e alguns conhecidos se aproximaram. Luciano sorriu e começaram a conversar.

Lucas foi empurrando as pessoas. Uma menina deu um grito e o acompanhante dela olhou sério para Lucas.

— Que foi? O que está pegando?

O rapaz iria responder e partir para cima. Lucas fez um sinal com os olhos e um dos seguranças, homem alto, forte e truculento, arrancou o rapaz da fila. Lucas sorriu e suas narinas sentiram delicado perfume. Ele se aproximou mais e fungou o pescoço de outra garota.

— Que delícia de perfume! Passou no corpo todo?

A moça, muito bonita e de olhar firme, virou-se para ele e fez uma careta.

— Babaca! Só tem essa cantada chinfrim na lista? Entra no Google e procura outras melhores.

— Gostei de você. Tem atitude. Eu a quero.

— Como?

— Quero você. Vamos entrar e ir para um lugar reservado.

— Quem disse que eu vou entrar no bar com você?

— A festa é minha. Se não quiser entrar comigo, não entra nem por decreto.

— Problema seu. Engula o bar. Tem mais quatro bares só neste quarteirão.

Ela fez um gesto obsceno com o dedo, rodou nos calcanhares e foi caminhando até outro estabelecimento, menos movimentado. Lucas foi atrás e puxou-a pelo braço, com força.

— Escute aqui.

— Que é isso? Está me machucando — ela gritou e tirou o braço bruscamente das mãos dele.

— Mulher nenhuma fala comigo nesse tom.

— Pois agora encontrou uma que fala!

Ela rodou nos calcanhares e Lucas a puxou de novo. Dessa vez a garota cravou as unhas grandes sobre o braço dele, rodopiou sobre o corpo esguio e ágil. Deu um chute que pegou em cheio os miúdos do rapaz. Lucas deu um urro de dor, colocou as mãos no baixo-ventre e ajoelhou.

— Desgraçada!

— Babaca. Dez vezes babaca!

— Ainda te pego...

— Está pensando que pode abusar só porque é homem? Vê se te enxerga, pitboy de araque.

O segurança do outro barzinho aproximou-se:

— Algum problema, senhorita?

— Nenhum.

Ela sorriu e entrou no outro bar, acompanhada pelo segurança. Lucas ainda ficou mais um tempo ajoelhado.

— Maldita! Eu nunca vou me esquecer de você. Um dia a gente vai se cruzar e vou lhe dar o troco.

Ele estava com um grau muito elevado no quesito ódio. Havia se irritado com os comentários de Sarajane sobre a casa da praia. Depois com o pai, e agora levava a pior com uma garota, algo que nunca acontecera antes.

— Não posso suportar. Vou explodir. Preciso descontar a minha ira.

Após falar isso, levantou-se e avistou uma garota do outro lado do quarteirão, segurando uma garrafa de cerveja. Ela sorriu e Lucas atravessou a rua.

Conversaram menos que cinco minutos. Ele a levou para dentro do bar, caminharam até o banheiro.

— O que vamos fazer? — ela riu, meio bêbada.

— Você vai ver.

Lucas rasgou o vestido da moça e a possuiu ali mesmo, dentro do reservado. Antes que ela gritasse de dor, ele tapou a sua boca e, concluído o ato, agarrou-a pelos cabelos com uma mão e com a outra passou a desferir-lhe golpes no rosto. Ela bem que tentou se defender, arranhou-lhe o rosto, e Lucas gemeu de prazer. Aumentou a força das mãos. Quando o sangue começou a jorrar e a menina desmaiou sobre o vaso sanitário, Lucas sorriu.

— Agora estou bem. Vamos para a festa.

Ele saiu do reservado, ajeitou a camisa dentro da calça, lavou as mãos e o rosto. Pegou um pedaço de papel-toalha para passar sobre os arranhões. Sorriu para sua imagem no espelho. Saiu do banheiro e deu uma nota de cem para um dos seguranças.

— Tem algo lá dentro que você precisa tirar do bar, agora.

— Deixa comigo, doutor.

As meninas se divertiram bastante. Muitas amigas e conhecidas de Gláucia estavam no bar. Havia uma profusão de mulheres e, quando todas se foram, o gerente dispensou os seguranças:

— Não tivemos problemas. As meninas se comportaram muito bem. Podem ir. Até amanhã.

— Até amanhã — disseram.

Já eram quase seis da manhã quando Magali, cansada e a ponto de tirar os sapatos, chamou Gláucia para ir embora.

— Calma — respondeu ela, voz pastosa, alterada pela grande quantidade de bebida ingerida. — A festa mal começou.

— Vamos. Precisa tirar a fantasia e colocar seu vestido.

— Imagine! Eu vou para casa fantasiada de Madonna. Ninguém encosta em mim.

— Quase todo mundo foi embora. Só estamos nós duas aqui.

— E esse bando de gente ao redor?

— São os garçons implorando para irmos embora. Eles também têm o direito de descansar, Gláucia.

— Hum, está bem. Mais uma música. Só mais uma.

Magali ia protestar, mas o DJ fez um sinal com as mãos e colocou outro disco.

— A saideira — disse ele ao microfone, acostumado com esse tipo de situação nas noites em que trabalhava.

A melodia começou e Gláucia deu um gritinho:

— É *Like a virgin*, da Madonna. Lembra quando a gente fez essa coreografia no primário? Lembra, Magali?

— Lembro. O DJ já tocou três vezes essa música.

— É...

— Você se vestiu de noiva, colocou um crucifixo enorme sobre o pescoço. As madres da escola quase nos expulsaram do colégio.

Elas riram e deixaram seus corpos balançarem ao ritmo da música. Depois, o DJ acendeu as luzes, os garçons começaram a colocar as cadeiras sobre as mesas e Magali foi conversar com o gerente.

— Na segunda-feira eu pagarei pelo extra e você me devolve a promissória, certo?

— Não se preocupe, Magali. Eu confio em você.

— Mal me conhece.

— Sinto que você é de confiança.

Ela ia responder, mas o gerente fez um sinal com a cabeça. Ela se virou e Gláucia dançava sobre uma mesa, cantarolando a música e remexendo o corpo. Magali sorriu e, com paciência, ajudou a amiga a descer.

Despediram-se de todos e saíram. O manobrista estava cochilando e com a chave do carro na mão. Magali largou do braço de Gláucia e o cutucou.

— A chave, por favor.

O rapaz acordou e seus olhos quase saltaram das órbitas. Foi tudo rápido demais. O manobrista abriu e fechou a boca, tomado pelo susto. Dois homens numa moto aproximaram-se. Ambos estavam de capuz e luvas. O motorista tremia e o que estava na garupa apontou o revólver para elas.

— Passa a grana. Já.

Magali abriu a sua pequena bolsa.

— Eu só tenho cinquenta reais.

Ele pegou o dinheiro da mão dela e meteu no bolso. Gláucia viu a cena e, entorpecida pela bebida, riu.

— Qual é, cara? Deixa a gente em paz.

— Passa essa bolsa para mim agora, ô Madonna.

— De jeito nenhum.

— Pode passar. A bolsa e esse colarzinho no pescoço.

— Não. Você pode levar o carro, o colar, mas a bolsa ninguém tasca. Ela é minha — ela falou e apertou a bolsa contra si, enquanto procurava desatarraxar o colar do pescoço.

Gláucia estava bêbada e não se dava conta do risco que estava correndo. Magali procurou manter a calma. Pressentindo o perigo, tentou contemporizar:

— Ela não está falando coisa com coisa. Se quiser, pode levar o meu carro. O manobrista está com a chave.

O rapaz da garupa gritou:

— Não tô de brincadeira. Me passa essa bolsa grande, agora!

— Não dou — rebateu Gláucia, erguendo a bolsa para o alto.

O rapaz mirou o cano metálico, arrancou o colar do pescoço de Gláucia e, enquanto puxava a bolsa, deu dois tiros. O condutor deu um grito abafado, acelerou e saiu com a moto em disparada.

Magali gritou e Gláucia caiu sobre ela. Enquanto agonizava no chão, os garçons, atônitos, saíram e tentaram ajudar. Um ligou para a polícia. Outro começou a chorar e um outro meneava a cabeça. Magali ajoelhou-se e colocou a cabeça da amiga sobre seu colo, trazendo-a contra seu peito.

— Aguente firme, Gláucia. O resgate está a caminho.

Mas Gláucia não resistiu. Um tiro perfurou o pulmão. O outro se alojou no coração. Mais gritos, correria, e Gláucia estirada no chão, sem vida.

Capítulo Oito

Fazia quatro anos que Gláucia havia morrido. Nos primeiros dias depois de sua morte, Luciano ligava várias vezes para Magali.

— Me conta de novo.

— Por favor, Luciano. Eu não aguento mais.

— Só mais uma vez.

— É muito triste recordar aquela madrugada.

Ele chorava de um lado da linha e Magali chorava do outro. A tristeza pairava sobre eles.

Os anos passaram e Luciano insistia no assunto, remoendo-se de indignação:

— Não quero que conte como aconteceu.

— Mas...

— Quero que me diga o porquê de ela mentir para mim.

— Ela não mentiu.

— Como não, Magali? Eu li a autópsia várias vezes. Achei que o legista não tinha feito um bom exame e contratei os serviços de um dos melhores médicos-legistas deste país para analisar minuciosamente o corpo. Em vão! Gláucia nunca esteve grávida. Dá para me explicar isso?

Magali tentava pôr panos quentes.

— Ela fez isso por amor.

— Por amor? — ele desdenhou. — Depois de sete anos juntos, ela me trai a confiança? Tripudia sobre meus sentimentos? Só pensou nela!

— Gláucia só queria casar.

— Podia ter sido sincera.

— Ela tentou.

— Como? Mentindo? O que iria fazer depois da lua de mel? Jogar-se de uma escada, fingir um tombo?

Magali sabia que era essa a intenção de Gláucia, mas procurou contemporizar:

— Não pense nisso. Já se passaram quatro anos.

— Para mim podem passar quatro ou vinte anos. Nunca vou perdoá-la!

— Débora me disse que o espírito da Gláucia sente tudo que pensamos sobre ela de maneira imediata. O pensamento tem força e a maneira como pensamos atinge os espíritos. Vamos enviar a ela bons pensamentos. O que acha?

— Quero que ela sofra da mesma forma que estou aqui sofrendo. Desejo que ela sinta a minha raiva, o meu desapontamento.

— Não diga isso! Imagine se você morresse neste exato momento. Teria condições de deixar tudo aqui no mundo e partir para o plano espiritual? Seria desapegado a ponto de permanecer em equilíbrio, aceitar a nova realidade e seguir novo caminho?

As palavras de Magali o tocaram profundamente. Luciano não tinha pensado nisso.

Eu não sei como reagiria se tivesse que partir neste exato momento, pensou.

Magali prosseguiu:

— Você é calmo e equilibrado, Luciano. Não aja de maneira diferente.

A vida de Luciano também mudara bastante. O casamento não aconteceu, depois veio uma frustração misturada com raiva e, quando o apartamento nos Jardins ficou pronto, ele sentiu um vazio muito grande. Mas não queria dar o braço a torcer.

— Pois eu vou odiá-la sempre.

— Vamos sair e conversar? — ela convidou.

— Não quero sair. Não quero ver ninguém.

— Vamos tomar um sorvete. A noite está quente e podemos ir àquela sorveteria de que você tanto gosta, na esquina da Oscar Freire.

— Não sei...

— Depois emendamos uma sessão de cinema, só para você descontrair um pouco. Prometo que serei boa companhia e ficarei quietinha, caso não queira conversar.

Luciano hesitou por instantes e concordou.

— Está bem. Passo na sua casa daqui a uma hora.

— Perfeito. Quando se aproximar, dê uma buzinada.

— Obrigado, Magali. Um beijo.

— Outro. Até daqui a pouco.

Luciano desligou o celular e foi até o closet. Abriu as portas e apanhou uma camisa polo, uma calça jeans e um sapatênis.

Magali, por sua vez, caprichara no banho e passara um óleo de amêndoas doces sobre o corpo, deixando a pele sedosa e levemente perfumada. Colocou um vestido de tecido fino, sandálias estilo rasteirinha e desceu. Ivete, sua mãe, estava sentada no sofá, olhando para a porta de entrada.

— O que foi, mãe?

— Achei que seu pai fosse chegar.

Magali suspirou.

— Ele não vem.

Ivete voltou a atenção para o programa de televisão e perguntou, sem desviar os olhos da tela:

— Aonde vai?

— Luciano vai passar aqui.

— Hum — murmurou Ivete. — Andam muito juntos.

— Ele é um bom amigo.

— Amigo, sei. Depois que a sua amiga morreu, ele não desgrudou mais de você.

— Foi tudo muito traumático. Luciano perdeu a noiva uma semana antes do casamento.

— Nem precisa me lembrar. Ele só foi bobo de devolver os presentes.

— Claro! Por que ficaria com eles?

— Ganhou, oras! Presente não se devolve.

— Isso não é problema nosso.

— Se eu fosse você, aproveitava essa carência dele e dava em cima. Um ótimo partido.

— Não procuro um ótimo partido, mãe. Procuro um homem por quem me apaixone e que também esteja apaixonado por mim.

— Bobagem — retrucou Ivete. — A sua amiga está a sete palmos, já virou comida de bichinho. Aproveite e se case com ele.

— Que maneira mais deselegante de falar. Tenha respeito pela memória da minha melhor amiga.

— Uma amiga que tentou aplicar o golpe da barriga.

— E qual é o problema? O que temos a ver com a vida dos outros?

— Gláucia tentou se dar bem contando mentiras. Teve o que mereceu.

— Por que tanta raiva?

— Não gosto de mentiras. Creio que esse moço deve ter sofrido bastante.

— Cada um tem seus motivos. Quem somos nós para julgar?

Ivete retrucou:

— Não dizem que cada um tem o que merece? Pois ela teve o fim que mereceu.

— Por que é tão amarga, mãe?

— Não sou amarga, mas realista — Ivete falava enquanto mastigava um palito de dentes. — Porque seu pai nos abandonou e eu tive de dar um duro danado para criar você e seu irmão. Quanta costura tive de fazer para trazer comida para casa?

— Sei disso e sempre lhe agradeci.

— Em compensação, seu irmão é um ingrato. Carlinhos se perdeu no mundo.

— Carlinhos foi embora porque não aguentava a sua cara carrancuda e o seu negativismo. A senhora passava os dias reclamando da vida, do mundo, de tudo.

— A vida é horrível! Eu tive uma vida horrível, um marido horrível.

— E filhos horríveis.

Ivete remexeu-se no sofá.

— Não. Vocês foram a única coisa boa que tive na vida. Uma vida triste e sem graça.

— Sua vida é cinza porque pensa assim. Mude seu jeito de pensar e sua vida será diferente.

— Psicologia barata. Onde leu isso? Ah, já sei. Pegou o jornal e leu o horóscopo do dia?

— Não, mas tenho aprendido muito com a Débora. Depois que passei a conhecer e estudar o mundo espiritual, tudo mudou.

— Conversa fiada. Acreditar em vida após a morte é como acreditar que não há corrupção em Brasília. Lorota.

— Aprendi algo que mexeu muito com minhas crenças.

— O que foi que você descobriu, Magali?

— Dos acontecimentos dolorosos podemos tirar benefícios que nos ajudem a viver melhor.

— Que benefícios? Os acontecimentos dolorosos só nos colocam no chão, nos empurram para baixo. A vida é triste, sem graça e cinza, muito cinza.

— Não adianta conversar com a senhora. Nunca está aberta para novas ideias.

— Deus me livre! — O palito quebrou e Ivete apanhou outro sobre a mesinha ao lado da poltrona, em que mantinha sempre um pote com vários palitos de dente. Apanhou o palito, depois o controle remoto e mudou de canal.

Enquanto arrumava a bolsa, Magali falou:

— Carlinhos vive muito bem. Casou-se com Amanda, vivem felizes em Florianópolis.

— Nem me convidou para o casamento. Um ingrato.

— A senhora implicou com a Amanda desde que a conheceu.

— Não é mulher para ele.

— Quem somos nós para saber? Carlinhos vive tão feliz!

Ivete desconversou:

— Vá até a cozinha e me pega um copo de água? Meus joelhos estão doendo muito.

— É falta de exercício. Fica aí o dia todo, sentada em frente à televisão.

— Eu me aposentei. Com pouco, mas me aposentei. Depois de me matar para criar vocês, mereço passar o dia sem fazer nada.

— Eu pago o clube para a senhora. Vá fazer umas aulas de hidroginástica, fazer amizades, participar dos eventos beneficentes.

— Deus me livre e guarde! Tudo gente fofoqueira, gente que não tem o que fazer. Prefiro ficar aqui, grudada na minha telinha de quarenta polegadas, que comprei em vinte e quatro prestações — Ivete falou e voltou o rosto para a porta da sala.

Magali foi até a cozinha e apanhou o copo de água. Ficava triste com o comportamento da mãe. Ivete fora uma mulher bonita, alegre. Quando o marido a deixou e foi morar com outra, ela se transformou num poço de negatividade. Passou a desacreditar dos homens, das pessoas e, pior, da vida. Descontava seu desgosto pela vida em cima dos filhos, dos vizinhos, implicava com a caixa do supermercado.

Carlinhos não aguentou tanta reclamação. Assim que concluiu o ensino médio, prestou concurso para a Caixa e passou. No trabalho, conheceu Amanda. Depois de um tempo foram promovidos e transferidos para uma agência no centro de Florianópolis. Estavam casados havia dois anos e muito felizes.

Ivete não enxergava a felicidade do filho. Magali até entendia esse comportamento, visto que a mãe havia matado a felicidade nela mesma no dia em que Getúlio apanhou umas roupas, colocou-as numa mala grande e despediu-se dos filhos. As palavras do pai ainda ecoavam em sua mente: *Não dá mais. Sua mãe tornou-se pessoa amarga e rude. Fiz de tudo, mas ela só me critica e vê negatividade em tudo. Cansei.*

Magali voltou à realidade. Levou o copo de água até a sala e entregou à mãe, que bebeu e resmungou:

— Está gelada. Por que não misturou?

— Da próxima vez eu misturo. — Magali tinha com a mãe uma paciência fora do comum.

— Ontem sonhei com seu pai. Ele falou alguma coisa para mim.

— Mesmo? — perguntou Magali, interessada.

— Sim.

— Lembra-se do que conversaram?

— Não exatamente, mas sinto aqui no peito que ele disse que vai voltar.

Magali arregalou os olhos.

— O papai disse que vai voltar para a senhora?

— Foi o que entendi. Você vai ver. Ele ainda vai entrar por aquela porta — apontou.

— Não se iluda, mãe.

— Não estou iludida. Tenho certeza de que ele se arrependeu.

— Papai está casado...

Ivete a cortou com secura:

— Casado uma ova! Ele se juntou com aquela oportunista. Isso não vai ficar assim, não. E homem é tudo igual, filha. Não pode ver um rabo de saia que fica louco. Eu sou magnânima, sabe? Sou devota de Nossa Senhora e por isso perdoo seu pai. Claro que, ao entrar por aquela porta, vai ter de se ajoelhar e me pedir perdão pelo papelão que fez, pelos anos em que se ausentou. Depois de chorar aos meus pés, eu o aceitarei de volta.

Magali teve vontade de chorar. A mãe ainda acreditava em algo impossível. Getúlio vivia muito bem com a nova esposa. Ela sabia disso porque mantinha contato constante com o pai. Getúlio era um homem bom, de coração puro e vida simples. Quando decidiu se separar de Ivete, procurou dar a ela uma pensão justa. E, sempre que podia, ajudava os filhos.

— Mãe, vamos considerar que papai não vai voltar. O que você vai fazer nesse caso?

Ivete fingiu não escutar.

— Estão buzinando aí na porta. Deve ser o garotão rico. Vai logo, antes que um assaltante apareça e faça com você o mesmo que fez com sua amiga.

Magali apanhou a bolsa e balançou os cabelos.

— A que horas volta?

— Não sei, mãe.

Ivete não disse nada e fingiu voltar a atenção para a televisão. Magali fechou a porta e saiu, cabisbaixa. Entrou no carro, Luciano deu partida e foram para a sorveteria. Enquanto isso, Ivete desligou o aparelho, levantou-se e foi até o aparador no corredor. Abriu a gavetinha e pegou uma foto amassada e envelhecida. Na foto estavam ela e Getúlio, no dia do casamento religioso. Ivete beijou a foto e suspirou, olhando para a porta de entrada:

— Getúlio vai voltar. Sei que vai. Logo ele se cansa. É uma questão de tempo.

Sentada em um banquinho, Sarajane passou mais uma vez o algodão embebido em acetona sobre a última unha vermelha da mão. Apanhou uma lixa e começou a fazer movimentos de vaivém sobre ela. Coriolano chamou do quartinho:

— Pode me ajudar a passar da cama para a cadeira de rodas?

— Agora não, titio. Estou fazendo as unhas. Vou sair com o doutor Elias. Sabe, eu bem que disse ao Lucas que iria seduzi--lo. Já faz uns anos que saio com ele e estou me cansando. Acho que chegou a hora de dar um pé nele. O que o senhor acha, titio?

— O que disse?

Coriolano não estava entendendo. Sarajane falava de maneira aleatória. Era o jeito dela. Começava um assunto e emendava em outro completamente sem sentido.

— Será que continuo arrancando presentes e dinheiro do doutor Elias? O velho frouxo continua babando por mim, por esse corpo exuberante — ela passou a mão pelo colo —, me levando a restaurantes caros. Preciso ficar bonita.

Coriolano não estava interessado no assunto. Sentia falta de ar.

— Aqui está quente e abafado. Preciso sair do quarto. Por favor...

Ela continuou, como se nada estivesse acontecendo:

— Eu bem disse que homem casado não é homem castrado. Elias é casado com uma mulher assim gorda — ela abriu os braços — e que não se cuida. Ele falou que ela tem problema de tireoide, a pobrezinha. Perdeu a libido. Judiação. Mas eu vou arrancar mais algumas informações para o Lucas. Ah, se vou. Depois parto para outro. E assim vou caminhando, de mão em mão, enchendo a minha conta no banco.

— Por favor, estou...

Ouviu-se um baque forte. Coriolano soltou um grito de dor. Sarajane arregalou os olhos. Partiu a lixa ao meio. Levantou-se de maneira rápida e atravessou o quintal.

— Por que tanta pressa? Não podia esperar mais uma hora? Aonde pensa que vai? Esqueceu que praticamente não pode mais andar, titio?

Coriolano estava caído no chão, contorcendo-se de dor.

— Caí. Machuquei as costas.

— E que quer que eu faça? Que chame o resgate?

— Por favor!

— Não dá, titio. Eles podem demorar.

— As costas doem. Arrume uma maneira de me tirar daqui, por favor.

— Você está muito pesado, tio. Eu não consigo. E, de mais a mais, posso quebrar uma unha. Hoje preciso estar impecável. Se eu conseguir a informação que Lucas deseja sobre terrenos que o doutor Andrei pretende adquirir no Nordeste, vou ganhar uma boa quantia.

Coriolano continuava gemendo:

— Chame o Eriberto na casa ao lado.

— Deus me livre! Ele pode aparecer com aquela mulher amalucada. Sabia que a dona Justina ainda coloca um prato na mesa para a filha? Pode uma coisa dessas? Depois eu é que sou a maluquinha. Outro dia saí tarde e encontrei essas fofoqueiras de plantão na rua. Claro que nem olharam na minha cara, mas escutei quando falaram da dona Justina. Pobrezinha.

— Preciso sair deste chão úmido e gelado.

— Vou ver o que posso fazer. Mas o casal maluquinho aqui do lado eu não chamo.

— Então me ajude. É só fazer apoio com os braços. Não vou tocar em suas unhas.

— Por falar nas unhas... os homens adoram as minhas unhas! O que acha delas, titio? — indagou Sarajane, esticando os braços e mostrando as unhas.

— Estão lindas — ele sussurrou.

Sarajane sorriu e aproximou-se.

— Titio precisa de um banho. Está fedido.

— Você me deixou de castigo. Faz cinco dias que não me deixa chegar perto do chuveiro.

— É, de fato, cinco dias é muita coisa, titio. Mas não foi castigo. O cano de água aqui do seu banheiro deu vazamento. Fique tranquilo. Vou preparar seu banho.

Coriolano fez não com a cabeça.

— Não precisa preparar nada. É só me arrastar, com cuidado, até debaixo do chuveiro. Eu me viro.

— Nã-na-ni-na-não! Não pode. Eu vou ajudá-lo a tomar um bom banho — Sarajane disse e puxou os braços do homem com força.

Coriolano gemeu e soltou outro grito desesperador. Em seguida ele se apoiou na cadeira. Com muito esforço, acomodou o corpo já magro e alquebrado sobre a cadeira velha e enferrujada, quase sem fôlego.

— Preciso de uma cadeira nova — disse, arfante.

— Assim que eu receber o dinheiro extra, providenciarei uma cadeira nova.

— Você diz isso há quatro anos.

— Porque o dinheiro extra ainda não apareceu.

— Você comprou um carro zerinho. E no ano passado trocou por outro último modelo.

— E o que tem a ver o carro com a sua cadeira? Não estou entendendo.

— Nem eu. — Coriolano estava confuso. — Melhor deixar para lá. Leve-me até o banheiro, por favor.

— Está certo, tio.

Sarajane empurrou a cadeira com dificuldade. As rodas rangiam e a ferrugem marcava o chão. Posicionou a cadeira de rodas bem abaixo do chuveiro.

— Espere um pouco, tio.

Ela saiu e logo a luz se apagou. Reapareceu com uma vela na mão.

— Oh, que pena! A força acabou.

Coriolano olhou e viu que a casa estava com as luzes acesas e a casa vizinha também, só a edícula onde vivia estava sem luz.

— Você desligou a chave de força da edícula! Por quê?

— Não! Um fusível queimou. Vou precisar chamar um eletricista.

Ela girou o registro e a água gelada começou a cair sobre Coriolano. Ele se debatia e procurava recobrar o fôlego.

— Es... está... mui... muito gelada!

— Água fria é assim mesmo. Mas tira a sujeira, viu, queridinho? Deixa eu tirar essa camiseta encardida e essa fralda suja.

Sarajane arrancou a camiseta e a fralda de Coriolano. Ele levou as mãos até as partes íntimas. Ela fez que não percebeu e apanhou um pedaço de sabão de coco. Passou a pedra sobre o rosto dele e os olhos começaram a arder.

— Está ardendo muito! Ai!

— Espere que eu vou até lá dentro da casa apanhar um xampu. Comprei aquele para crianças, tio. Não arde os olhos.

Ela saiu e Coriolano mirava os olhos na água. De repente a água foi diminuindo, diminuindo e parou de cair. Os olhos ainda ardiam, pareciam estar em chamas.

— O que foi? — perguntou ele, desesperado.

— Putz! Acredita que ficamos sem água? Será que o cano do seu banheiro está com vazamento de novo? Não acredito! Vou ter de chamar novamente um técnico. Bom, se bem que o técnico que veio aqui da outra vez não era de se jogar fora, então eu vou ver se acho o nome dele no meu celular e...

Coriolano deu um grito:

— Pare de falar coisas sem nexo! Meus olhos ardem muito. Faça alguma coisa!

— Vou pegar uma toalha. Aguenta firme, tio.

Sarajane saiu de novo e reapareceu com uma toalha pequena, menor que uma toalha de rosto. Coriolano a pegou com força e passou sobre os olhos. Gritou de dor.

— O que colocou aqui? Está pior!

— Ai, como sou descuidada, tio. Acabei lhe dando a toalha embebida em acetona. Mil desculpas. Da próxima vez eu juro que não vou errar. Agora preciso terminar de me arrumar.

— Não estou enxergando e estou com fome!

— Tem um resto de macarrão do domingo passado lá no forno. Vou pegar para esquentar.

— Hoje é sexta-feira. Deve estar estragado.

— O que não mata engorda, tio.

— Mas...

— Melhor macarrão de domingo do que nada, né?

Coriolano não sabia se chorava de raiva ou de remorso. Mas o pranto era dolorido e triste. A humilhação a que vinha sendo submetido parecia não ter fim.

— Por quê? Por quê? — sibilava ele, enquanto tentava, sem sucesso, acabar com a ardência nos olhos.

Capítulo Nove

Luciano e Magali entraram na sorveteria e acomodaram-se numa mesa discreta. Fizeram o pedido. Quando a garçonete se afastou, ele tocou novamente no assunto:

— Por mais que eu tente, não consigo perdoar a Gláucia.

— Pois tente. Ela pode sentir a sua vibração negativa de maneira muito forte. A Débora me disse que, quando um desencarnado recebe uma vibração negativa de alguém, é como se levasse um forte tapa na cara. E, se a vibração for positiva, é como se recebesse um abraço afetuoso. O que prefere que Gláucia sinta?

— Que ela leve um tapa. Muitos tapas.

Magali baixou os olhos e fez sinal negativo com a cabeça.

— Procure esquecer.

— Pois que se dane, oras!

— Como disse Débora outro dia, dos acontecimentos dolorosos podem-se tirar benefícios que ajudarão a todos os envolvidos.

— Fala como se a dor fosse algo bom.

— Não temos como fugir da dor, Luciano. Faz parte do nosso desenvolvimento aqui no planeta. Claro que seria ótimo vivermos somente situações agradáveis e felizes. Infelizmente não acontece dessa forma.

— Se é verdade que existe vida após a morte, desejo toda a minha ira para Gláucia. Sou um homem de bem, mas não sou bobo e não gosto de ser feito de idiota. Ela tripudiou sobre meus sentimentos. Inventou um filho. Um filho!

As lágrimas escorriam e Luciano deixou que elas descessem pelo seu rosto. Magali pousou sua mão na dele.

— Sei que é difícil. Eu mesma disse a Gláucia para não levar a farsa adiante e conversar com você. Insisti para que ela lhe contasse a verdade. Ela não me escutou.

— Ela foi manipuladora, traíra.

— Não pensemos assim. Vamos enviar a ela boas vibrações. O espírito de Gláucia precisa de nosso apoio.

— Precisa nada. O que ela fez é imperdoável.

O garçom trouxe os sorvetes e a água, e afastou-se. Foi então que Magali abriu largo sorriso:

— Olha quem chegou! Débora!

Ela se levantou e abraçaram-se. Em seguida, Magali cumprimentou Régis.

— Como vai?

— Bem. Muito bem.

Luciano se levantou para os cumprimentos e os convidou para sentarem-se todos juntos. Régis e Débora assentiram e puxaram as cadeiras. O garçom anotou os pedidos e, ao se retirar, Magali perguntou:

— O que fez, Débora?

— Nada.

— Está muito bonita — emendou Luciano.

Débora corou de felicidade.

— É o amor. Desde que eu e Régis começamos a namorar, a minha vida ganhou novo significado.

— Digo o mesmo — ajuntou Régis. — Débora é a mulher que sempre sonhei ter na vida. Ela é perfeita.

— Não existe mulher perfeita — resmungou Luciano.

Magali fez um sinal para Débora, que mexeu a cabeça para cima e para baixo, assentindo. Sorriu e pegou na mão de Luciano. Ele estremeceu e disse:

— Sua mão está pelando. Está quente!

— Você precisa de um pouco de energias revigorantes — tornou Débora. — Estou lhe passando essas energias boas. No estado em que está, logo ficará de cama.

— A vida perdeu o sentido. Todos os meus planos foram por água abaixo. Não confio em mais ninguém.

— Por quê? Só porque foi iludido?

— Sim, Débora.

— Foi iludido porque quis.

Régis e Magali sustiveram a respiração. Luciano largou a colher sobre a taça de sorvete e arregalou os olhos.

— O que foi que disse, Débora?

— Isso mesmo que você ouviu. Foi iludido porque quis.

— Não estou entendendo.

— A vida sempre trabalha pelo nosso melhor, mesmo que tenhamos de levar uns sopapos de vez em quando. A sua vida com Gláucia seria muito infeliz. Vocês não nasceram um para o outro.

— Não mesmo. Depois do que descobri... Imagine a minha cara de otário no Instituto Médico Legal. Eu comecei a gritar com todos, briguei com o médico-legista. Demorei a acreditar que Gláucia não estivesse grávida. Achei que tinham assinado o laudo sem terem feito autópsia. Fiquei fulo da vida.

— Você está parado no passado. Já passou. Agora a vida o chama para novos desafios.

— Desafio maior do que ser traído?

— Se você tirar a lente do drama, os problemas ficarão menores. Pare de se sentir vítima da situação.

O garçom chegou com o pedido. Magali e Régis permaneceram em silêncio e Débora prosseguiu:

— Você está vivenciando um grande conflito. Dessa forma, vai se transformar no obsessor de Gláucia.

— Pensei que obsessor fosse um espírito mau — respondeu Luciano.

— Não. Obsessor, encarnado ou desencarnado, é companheiro, é colega por sintonia energética. Os espíritos, assim como nós, os encarnados, afinizam-se pela forma parecida de pensar. Se pensarmos em coisas boas, atrairemos pessoas e espíritos bons. O mesmo acontece com coisas negativas.

— Vai me dizer que eu estou obsedando a Gláucia? Essa é boa.

— Obsedar, obsediar, perturbar, importunar de maneira insistente... Dê o nome que quiser. Quem não estuda os assuntos espirituais com seriedade acredita que a obsessão é uma via de mão única e só os encarnados são atacados. Ledo engano.

Régis emendou:

— Outro dia, numa roda de desobsessão no centro, um espírito pedia pelo amor de Deus para conversarmos com a esposa dele.

— É — sorriu Débora. — A esposa rezava todos os dias para ele, pedindo para dar proteção a ela e aos filhos, pedia conselhos, ficava conversando com ele como se estivesse vivo. Ele não conseguia seguir adiante no plano espiritual. Estava paralisado por conta do apego dela.

— O meu caso é de traição. É diferente.

— O teor de energia é o mesmo — rebateu Débora. — Luciano, meu querido, acreditar em vingança, querer revidar ofensas pode desencadear um processo desses. Perdoar é libertar-se. Aquele que esquece vence o mal. Quem sofre de obsessão precisa, antes de tudo, compreender isso.

— Eu não sofro. Quem deve estar sofrendo é a Gláucia. Espero que sofra, que sofra muito...

Foi nesse momento que o garçom, que se aproximava, derrubou a bandeja e fez o sinal da cruz.

— Jesus amado! Eu vi uma assombração perto do rapaz — ele falava e tremia. — Bem que minha tia disse para eu frequentar um centro espírita. Eu vejo alma penada! — e retirou-se.

O garçom tinha mesmo visto um espírito. Gláucia estava ao lado de Luciano e chorava sem parar.

— Eu já pedi perdão. Eu não aguento mais a sua raiva. Será que não pode ao menos esquecer-se de mim e deixar-me em paz?

Débora sentiu pequeno calafrio e notou a presença da irmã. Fez uma sentida prece. Régis e Magali notaram a atitude da moça, fecharam os olhos e fizeram o mesmo. Logo, a força da oração fez-se presente e, na forma de um halo de luz, carinhosamente envolveu o espírito de Gláucia. Ela sumiu e Luciano, mais calmo, balbuciou:

— Como é difícil perdoar. Como é difícil.

— É difícil, mas não é impossível — rebateu Débora. — A lição veio para todos: para você, para mim, mamãe, papai, Gláucia...

Luciano franziu o cenho e Débora prosseguiu:

— De nada adianta essa raiva. Um dia você vai se cansar e verá que perdeu muito tempo com um sentimento que não faz bem.

— Ela...

Débora o cortou com firmeza. Régis e Magali arregalaram os olhos.

— Chega, por agora, de falar no mesmo assunto, de bater na mesma tecla. Você é um homem bom, bonito, culto e agradável, mas está se tornando uma pessoa chata e sem atrativos. Faz quatro anos que Gláucia morreu e você não moveu uma palha para mudar sua vida. O mundo continua indo para a frente, não tem como irmos para trás.

— A minha vida foi para trás — retrucou Luciano.

— Nada anda para trás. Podemos ficar estacionados, mas jamais andamos para trás. Você gastou quatro anos de sua preciosa vida lamentando algo que já está lá no passado. Se Gláucia estivesse grávida de fato, você estaria chorando o filho que não teria conhecido. Talvez estivesse brigando com Deus. No entanto, está brigando com Gláucia. Pare de seguir o triste caminho da obsessão.

— É muito fácil falar.

— Assim como é fácil agir. Você precisa largar e esquecer. Vai saber o porquê de você e Gláucia terem se encontrado nesta vida. Já pensou nisso?

— Não.

— Pois pense. Ninguém aparece no nosso caminho por acaso. A vida é inteligente e sempre une as pessoas de acordo com o aprendizado que cada um precisa ter.

— Sempre fui um bom rapaz e acabei sendo traído. Não sei o que a vida quer me mostrar com isso.

— Pare de se lamentar e aprenda a perdoar a si mesmo e a Gláucia. Depois vá estudar sobre o mundo espiritual, fazer análise, procure alguma atividade que lhe faça bem. Viver remoendo o passado não melhora a vida de ninguém.

O garçom chegou com a conta. Régis a apanhou:

— Hoje eu pago.

— Nada disso — rebateu Luciano.

— Faço questão.

— Então os convido para ir ao cinema. Topam? — indagou Luciano.

Todos concordaram. Débora percebeu que Gláucia não estava mais na sorveteria, por isso sorriu e enviou uma vibração positiva à irmã.

Sentada na calçada, Gláucia sentia um calor invadir-lhe o peito, por conta da vibração amorosa de Débora, mas ainda chorava. Uma mulher, usando um vestido surrado, que outrora fora chique e de marca, aproximou-se e sentou-se ao lado dela.

— O que acontece, menina?

— Quero melhorar e ele não deixa — disse Gláucia.

— Ele quem?

— O homem com quem eu ia me casar.

— Ele está entre nós, os mortos?

— Não. Continua encarnado. Mas me odeia tanto que não consigo ir para a frente.

— Bobagem. Você está dando muita trela para alguém que não faz mais parte de sua vida nesta dimensão.

— O ódio dele me puxa para cá. É como um ímã — tornou Gláucia, impotente.

— Defenda-se, criança. Use sua força para combater a raiva dele.

— Já tentei e não consigo.

— Então, aproveite.

— Aproveitar o quê?

— A vida nesta dimensão.

— Aprendi que este lugar não mais nos pertence, por ora. Só os encarnados devem aqui ficar. A Terra não é ambiente para desencarnados.

— Mas tem um monte perambulando por este mundo, não tem?

— Incrível. Como tem gente perdida!

— Eu não estou perdida. Estou me divertindo.

— Como consegue? — perguntou Gláucia, surpresa.

— Venha comigo. Preciso de roupas novas para uma festa que meu marido... quer dizer, ex-marido, vai dar.

— Não podemos comprar roupas — disse Gláucia.

— Não podemos comprar, mas podemos plasmar.

— O que é isso?

— Fazer uma cópia daquilo que apreciamos no mundo dos vivos. Por exemplo, se eu gosto de algo, faço um trabalho aqui com a minha mente — a mulher apontou para a própria cabeça — e consigo o que desejo.

— Eu já tentei tirar essa roupa de Madonna, mas não consigo — entristeceu-se Gláucia.

— Porque não sabe usar a força do seu pensamento. Eu vou ajudá-la. Qual é o seu nome, criança?

— Gláucia.

— O meu é Deolinda Carrão Whitaker. Os vivos me chamavam de Linda Whitaker, a megera — ela falou e gargalhou.

— Eu me lembro de você! — exclamou Gláucia. — Estava sempre nas revistas de celebridades. Sempre muito elegante.

— E com a língua muito afiada. Vi o que não devia, falei o que não podia e fui morta.

Gláucia levou a mão à boca.

— Morta? Mas eu me lembro de quando você morreu. Não foi em um acidente de carro?

— É o que ficou registrado. Meu marido mandou me matar — respondeu Linda.

— É por isso que está aqui?

— Sim. Eu ainda preciso colocar o Mário atrás das grades. Depois sossego e vou para uma colônia de luz, obviamente se lá tiver lojas como Chanel, Prada, Gucci...

Gláucia riu. Tentou imaginar as ruelas do posto de socorro que a atendera depois de seu desencarne cheias de lojas de grife. Depois disse:

— Eu estava num local de refazimento, mas as vibrações de ódio do meu ex estavam me torturando o espírito. Não aguentei e saí de lá... quer dizer, fui atraída para cá, num piscar de olhos — Gláucia falou e entristeceu-se.

— O que foi, criança?

— Morrer e largar tudo de uma hora para outra é uma dura lição.

— Mostra que não podemos ser apegados a nada. Quando morremos, só trazemos as memórias como bagagem.

— Eu ia me casar. Morri uma semana antes do meu casamento.

— Oh, pobre criatura! — disse Linda.

— Não realizei meu sonho. Nasci sonhando com o dia do meu casamento. Um dos meus passeios prediletos era ir a casamentos, fossem de parentes, amigos e até de desconhecidos. Quando era pequena, assisti a uma reprise do casamento da Lady Di e quase tive um treco.

— Você sonha como uma princesa!

— Não exatamente — ponderou Gláucia. — Na minha mente fico imaginando como seria meu casamento.

— Você poderá se casar. Seja onde for, onde estiver — tornou Linda.

— Imagine. Casar é ritual que acontece no mundo dos vivos.

— Quem disse?

— Tudo aqui é diferente — retrucou Gláucia. — Mas agora vou deixar meus sonhos de lado. Arrumei uma companhia.

— Arrumou uma amiga! — disse Linda. — Gostei de você, criança.

— Eu também gostei de você, Linda.

— Venha. — Linda levantou-se e lhe esticou o braço. — Dê sua mão, vamos entrar naquela loja — apontou — e nos divertir a valer.

Gláucia assentiu e logo estavam dentro de uma loja de roupas femininas caras. Por instantes, Gláucia deixou o sonho do casamento de lado e parou de sentir as vibrações negativas de Luciano. Ao contrário, sentiu bem-estar e ficou feliz por estar ao lado de uma celebridade como Linda Whitaker.

Armando terminou de inserir os dados na planilha. Desceu a tampa do notebook e suspirou com tristeza. Iara entrou no escritório com uma bandeja.

— Oi, meu bem. Fiz um chá de camomila para você.

Ele ensaiou um sorriso.

— Obrigado, querida.

— Está abatido.

Uma lágrima lhe escapou pelo canto do olho.

— É tudo muito difícil. Perder a minha filha assim, de maneira violenta, foi demais da conta.

Iara colocou a bandeja sobre a escrivaninha. Depois passou delicadamente a mão sobre os cabelos do marido.

— Não se torture. Lembre-se de que há dois anos recebemos notícias de que Gláucia não sofreu ao desencarnar.

— Será mesmo?

— Por que duvidar? Ainda bem que acreditamos na continuidade da vida após a morte. Eu também sinto que, mesmo tendo tido uma morte violenta, Gláucia não sentiu nada.

— Jura?

Iara beijou o marido.

— Eu sinto. Não estou tentando me enganar. Mas os médiuns daquele centro espírita são muito sérios, estudiosos e aplicados, pesquisam muito sobre a reencarnação. Se um deles disse que teve notícias de Gláucia e nos afirmou que ela nada sentiu quando desencarnou, devemos nos lembrar dela com alegria, tendo a certeza de que a vida passa num instante e logo teremos a chance de nos reencontrar. Agora, aquiete o seu coração.

— Impossível. Quando Miriam morreu, pensei que o mundo fosse desabar. Aí conheci você e minha vida ganhou novo sentido. Mas perder a minha filha... não, isso não é justo.

— Armando, você aprendeu muito enquanto frequentou um centro espírita. Onde está a sua fé, a crença na vida após a morte do corpo? Não crê que Gláucia continue viva em espírito? Que ela não está enterrada para sempre? Que sepultamos só um corpo de carne que perdeu sua função? O espírito dela libertou-se do corpo físico e retornou à pátria espiritual. Vamos pensar nela com amor, com alegria e vibrar para que siga seu caminho amparada por amigos espirituais.

Armando deixou o pranto correr livremente e a abraçou com força.

— Pensei que nunca mais fosse sentir essa dor. Esse vazio no peito nunca mais vai embora.

— Ficar sem aqueles que amamos, por agora, é triste e faz nosso coração chorar. Saber que não vamos mais ver aquele sorriso, sentir aquele abraço, ter aquela conversa amiga, tudo isso nos entristece. Viver na Terra é aprender a lidar com essas "perdas" temporárias, pois uma hora todos nós vamos nos reencontrar. Essa é a lei da vida: nascer, viver, morrer e nascer de novo.

— Acho que perdi a fé. Custo a aceitar.

— De que adianta não aceitar? A morte de Gláucia é concreta e não aceitar esse fato vai trazer mais dor e sofrimento para você e para sua filha, não importa em que dimensão ela se encontre. Você precisa ser forte para superar essa perda temporária. Tem a mim e Débora para se consolar e pode contar conosco, sempre.

— Obrigado.

Armando falou isso e deixou novamente o pranto correr solto. Depois, apanhou um lenço, assoou o nariz e recompôs-se. Pegou sua xícara de chá e bebericou o líquido ainda quente. O chá quente e as doces palavras de Iara aquietaram-lhe a mente e aliviaram o coração. Armando teria uma noite de sono tranquila e serena.

Capítulo Dez

Na madrugada em que Gláucia levou os tiros que a mataram, seu espírito adormeceu, desligando-se imediatamente do corpo físico. Foi como se ela tivesse desmaiado. Recebeu socorro imediato e foi resgatada por uma equipe de socorristas que se dedicam a receber jovens desencarnados por atos violentos com armas de fogo.

Gláucia permaneceu desacordada por alguns dias. Seu perispírito passara por uma pequena cirurgia para remoção da bala que se alojara em seu coração. O pulmão recuperou-se rapidamente.

Alguns meses depois, ela despertou e, ao se ver num leito compartilhado por vários outros doentes, imediatamente apertou o botão ao lado da cama. Uma simpática enfermeira aproximou-se:

— O que deseja, querida?

— Onde estou?

— Num hospital.

— Sim, eu sei. Dá para perceber — ajuntou Gláucia. — Mas deve ter ocorrido um engano.

— Como assim? — indagou a enfermeira.

— A empresa em que trabalho me paga um plano de saúde muito bom e muito caro. Eu tenho direito a apartamento privativo com banheiro.

— Sim, acontece que...

Gláucia apoiou-se nos cotovelos e sentiu um pouco de dor no peito. Suspirou e prosseguiu:

— Acontece que eu não posso e não quero ficar numa enfermaria, cheia de um monte de gente que não conheço. Aliás, quantos doentes têm aqui neste salão?

— Duzentos e cinquenta.

Gláucia fez um esgar de incredulidade.

— Que horror! Nunca pisei num hospital público.

— Aqui todos os hospitais são públicos.

— Você chegou a conferir a minha carteirinha de assistência médica?

A enfermeira sorriu paciente.

— Vi, mas estamos com a casa cheia. Logo você será transferida para um quarto só seu. Aguarde mais uns dias, pode ser?

A doçura em sua voz era tanta, e os olhos brilhantes e vivos da enfermeira eram tão puros, que convenceram Gláucia. Ela tomou uma medicação, adormeceu e, semanas depois, foi transferida para um quarto privativo.

A enfermeira reapareceu. Gláucia sorriu assim que a viu.

— Pensei que nunca mais fosse vê-la.

— Trabalho aqui há alguns anos. Com certeza iria me ver.

— Como se chama?

— Judite.

— Tenho a impressão de que a conheço.

— Já nos cruzamos em outras vidas.

— É tão difícil acreditar nisso! — suspirou Gláucia.

— Oras, você está ciente de que seu corpo físico morreu e de que seu espírito é eterno.

— Quase tive um chilique quando ouvi isso do médico que me transferiu para cá. Depois me deram um monte de livros sobre reencarnação para ler e uma penca de depoimentos em vídeo, de jovens como eu, contando suas experiências de pós-morte.

— Os depoimentos são maravilhosos, não?

— Gostei bastante. Ver que muitas outras pessoas passaram pelo mesmo que você...

— E que estão bem — complementou Judite.

— Sim, que morreram e estão bem, recuperando-se, procurando se readaptar à vida nesta dimensão... — Gláucia suspirou. — Não é fácil deixar o mundo de uma hora para outra.

— Você está viva, Gláucia. Não estamos aqui conversando?

— Sei disso, Judite. É que eu venho de um mundo em que acreditamos em outros valores, temos outras crenças.

— Nem todos. Débora, por exemplo, acredita na continuidade da vida após a morte.

Gláucia estremeceu e sentiu uma tontura.

— O que foi? — indagou Judite.

— Nada. Lembrar-me de Débora me deixa assim. Eu sempre senti certa aversão a ela, sem motivo aparente.

— Tudo na vida tem um motivo, principalmente o sentimento ruim que temos em relação aos outros.

— Eu sinto aversão e, ao mesmo tempo, uma coisa boa. Meu coração está confuso.

— Não. Seu coração não está confuso. É a sua mente que está.

— Por quê?

— Quando desencarnamos, sentimos de maneira mais intensa as vibrações dos encarnados.

— Li sobre isso num dos livros. Depois vi o depoimento de um senhor que não conseguia seguir adiante depois de desencarnado porque a esposa, ainda na Terra, faz pedidos para ele todos os dias, como se ele tivesse virado um santo ou algo do gênero.

— O pensamento dos encarnados nos chega com mais força — disse Judite.

— E por que tenho esse sentimento ambíguo em relação a Débora?

— Porque Débora é uma moça de sentimentos nobres e puros. Ela nutre verdadeiro carinho por você. É por isso que você sente uma coisa boa quando pensa nela.

— Pensei que fosse me sentir pior — Gláucia desconversou. — Morrer jovem é triste.

— Era chegada sua hora. Se partir da premissa de que temos a eternidade pela frente, não importa o tempo que ficamos no planeta, mas quanto aprendemos durante essa estadia.

— O que me diz de uma criança que nasce e morre em seguida, ou com poucos anos de vida?

— O espírito, muitas vezes, precisa reencarnar por períodos curtíssimos para harmonizar-se consigo e com o universo.

— Não entendi.

— Um dia vai entender. Temos muito a aprender. Por falar em aprender — Judite piscou um olho —, eu já a inscrevi numa palestra cujo tema é "Reencarne e desencarne: uma questão de eternidade". O palestrante é figura carismática, muito querida do público. Você vai relembrar temas com os quais já teve contato outras vezes em que passou pelo mundo espiritual, entre suas encarnações.

— Não seria mais fácil eu me lembrar de tudo assim, num piscar de olhos?

— À medida que tiver contato com os companheiros aqui deste plano e participar de cursos e palestras, terá acesso ao passado e compreenderá muito mais a vida e, o mais importante, você mesma.

Gláucia sorriu, feliz. Sentia grande carinho por Judite.

— Obrigada por me ajudar.

— Não precisa agradecer quando fazemos tudo movidos pelo genuíno sentimento de ajuda. Meu coração se alegra ao vê-la bem.

Os dias passaram e Gláucia foi se recuperando. Às vezes sentia uma tristeza vinda do pai, um lamento de Luciano, mas as vibrações de Iara e Débora tranquilizavam seu espírito.

Tudo mudou quando Luciano teve em mãos o laudo do legista que pagara para descobrir se Gláucia estivera ou não grávida. O rancor apoderou-se dele e não houve vibração positiva que a sustentasse.

Gláucia não conseguia ainda fazer uma oração, pedir proteção para ela mesma, e ficava vulnerável à negatividade de Luciano. A raiva foi crescendo e Judite a ajudava no que podia:

— Pense bem. Você está em outra dimensão. Não pode deixar que a vibração negativa dele a domine. Seja forte, aprenda a fortalecer seus laços com os espíritos protetores.

— Eu tento, mas o ódio dele é muito forte.

— Não tão forte quanto o seu amor por si mesma. Reaja, Gláucia.

Mas Gláucia não reagiu. Deixou-se levar pela raiva de Luciano. Aos poucos ela foi perdendo o equilíbrio emocional e não demorou muito para retornar ao planeta. Fazia dois anos que ela não conseguia voltar ao posto de socorro que a acolhera com tanto carinho. Enquanto ela não aprendesse a lidar com a negatividade de Luciano, seria difícil voltar à vida serena e de paz que começara a cultivar ao lado de Judite.

Como Luciano não parava de vibrar rancor e ódio, era como se Gláucia estivesse presa numa bolha. Era obsessão invertida, de um encarnado sobre um desencarnado.

O tempo passara e ela se sentia segura ao lado de Linda Whitaker. A mulher, que quando encarnada fizera parte da alta sociedade, tornara-se uma espécie de mentora para Gláucia. Linda conhecia alguns espíritos ligados ao umbral e sempre dava dicas de "serviço" para eles.

Saindo da loja de roupas, Gláucia assustou-se com um homem mal-encarado. Ele iria lhe fazer um gracejo, porém parou ao avistar Linda por trás do ombro dela.

— Desculpe — ele disse. — Não sabia que era sua protegida.

— Pois é — retrucou Linda. — Gláucia é minha amiga, e com amiga minha ninguém mexe.

— Sei disso.

— Arrumei um serviço para você.

O homem abriu a boca, cheia de dentes escurecidos e hálito pútrido, num enorme sorriso.

— O que é?

— Meu ex-marido está saindo com uma menina muito desejada no mundo. É modelo. Eu descobri que ela tem sensibilidade e não gosta de tratar do assunto. Vou lhe dar o endereço para atormentá-la durante o sono.

— Oba!

— Logo ela vai ficar tão magrinha, tão fraca... A pobrezinha vai achar que tem alguma coisa errada com ela e vai sumir para se tratar.

O homem anotou o endereço e sumiu. Gláucia não acreditava no que acabara de ver.

— Você é poderosa.

— Não, sou bem relacionada. Só isso. Eles não me incomodam e eu os adulo com serviços.

— Que tipo de serviço?

— Quando a gente morre, das duas uma: ou vamos para uma colônia de refazimento ou vamos para o umbral.

— Ou ficamos aqui.

— Aqui não ficamos muito tempo. Podemos ficar alguns anos, mas um dia teremos de escolher: colônia ou umbral.

— Eu sei. O umbral é um lugar para onde vão aqueles que se encontram em total desequilíbrio emocional.

— Isso mesmo. Mas nós — Linda apontou para as duas — não nos encaixamos em nenhum dos mundos e ficamos presas aqui na Terra, seja pelo sentimento de alguém que nos prende aqui, seja porque temos contas a ajustar com algum desafeto. É um mundo perigoso, e só os fortes e espertos conseguem suportar essa vibração pesada.

— Eu sou forte.

— Contudo, precisa aprender a ser esperta. Esses amigos, como o talzinho que saiu há pouco, me ajudam a não ser atacada pelas gangues do umbral, que, vira e mexe, aparecem por aqui, levando um monte de espíritos perdidos com eles.

Gláucia fez o sinal da cruz e Linda gargalhou.

— Não adianta fazer sinal da cruz, minha criança. Bem--vinda ao mundo cão. Aprenda a ser esperta e logo viverá muito bem aqui.

— Gostava do lugar onde fui acolhida. Conheci Judite, uma amiga especial.

— E por que não está com ela?

— Por conta da vibração pesada que meu ex destila sobre mim todo dia. — Gláucia ajeitou os cabelos e perguntou: — Não pretende ir para um lugar melhor, uma cidade astral?

— Não por agora — respondeu Linda. — Tenho contas a ajustar com meu ex-marido. Depois, talvez eu siga meu rumo. Agora vamos jantar.

— Jantar? — perguntou Gláucia, aturdida.

— É, criança. A gente precisa se alimentar.

— Como?!

— Eu vou ensiná-la a saciar a fome e a sede. Mas, antes — ela riu —, vamos trocar essa roupa?

Gláucia olhou para o seu corpo e notou que estava com a fantasia da noite em que morrera.

— Santo Deus! Estive tão perturbada por conta das vibra-ções negativas de Luciano que nem percebi ainda estar com esta roupa. Interessante, porque eu usava um vestido de li-nho azulado quando estava no posto de socorro.

Linda ria.

— Você morreu com a fantasia, mas foi enterrada com o vestido de linho azul.

— Como essa "troca" de roupas pode acontecer?

— É que, ao vir para cá, seu espírito imediatamente trouxe da memória o dia e a maneira como você morreu.

— Eu morri assim, vestida dessa forma.

— Parece a Madonna.

— Pois é...

Gláucia começou a contar a última noite que tivera na Terra. Linda se divertia e logo entraram num restaurante de luxo, lotado de gente... e de espíritos.

Capítulo Onze

Sarajane cantarolava uma música que tocava no rádio do carro. Ela nem percebeu quando o semáforo ficou vermelho. Ultrapassou a faixa de pedestres e quase atropelou uma mulher.

— Doida! — A mulher bateu sobre o capô do carro. — Não respeita pedestre? Não vê que o sinal fechou? Só porque tem um carrão acha que pode tudo?

Sarajane sorriu e olhou para os lados. Não havia ninguém. Ela desceu o vidro e chamou:

— Minha senhora, venha até aqui. Tenho que me desculpar.

A mulher fez um muxoxo e aproximou-se do vidro. Sarajane abriu uma sacola que mantinha no banco de trás do carro, apanhou uma fralda suja de Coriolano e esfregou-a na cara da mulher.

— Sinta o cheiro daquilo que você é!

Sarajane gargalhou, o sinal ficou verde e ela acelerou. A mulher, com ânsia de vômito, tentava se limpar daquela nojeira. As pessoas passavam por ela e faziam cara de nojo também. Ninguém quis ajudar a pobre senhora.

Meia hora depois, Sarajane sorriu e apertou o botão do controle remoto. Ficou feliz da vida quando trocou o portãozinho de ferro por um de alumínio, alto e que imprimia segurança. O portão se abriu e ela embicou o carro na garagem. Saiu, bateu a porta, o cachorro da vizinha apareceu e latiu.

— Oh, vermezinho! Eu li uma matéria em que médicos americanos estão tirando as cordas vocais de muitos cachorrinhos. Adoraria pagar a cirurgia para você, fofo — e moveu a boca, sem emitir som: — Au, au.

Justina apareceu com uma vassoura e tentou abrir o portão.

— Agora a senhora não pode mais empurrar o portãozinho e entrar. Só esse cachorrinho prestes a morrer é que consegue passar pelas grades.

— Tente mexer com o meu cachorro que dou parte sua na polícia.

Sarajane esboçou um sorriso enquanto guardava a chave do carro na bolsa e perguntou:

— É verdade que a senhora coloca três pratos à mesa?

Justina não prestou atenção.

— Eu não estou de brincadeira, garota.

Sarajane perguntou num tom carinhoso e calmo:

— Vem cá, dona Justina, cadê sua filha?

Justina não entendeu. Sarajane insistiu, voz afável:

— Cadê sua filha, a Miriam?

— Como?

— Eu queria falar com a Miriam.

— Falar... — Justina deixou a vassoura ir ao chão, trêmula.

— Olha, quando fizer uma sessão e o espírito da Miriam baixar, a senhora faz a gentileza de me chamar?

— Hã?

— Ela fazia um macarrão ao pesto tão gostoso! Eu preciso da receita. Mas é para agradar um gerente de banco com quem estou saindo. Vou ganhá-lo na cama e no estômago.

Justina estava perplexa e não sabia o que dizer. Sarajane meneou a cabeça:

— Tsc, tsc. Ô coitadinha. A senhora ficou branca de repente. Já foi ao postinho de saúde verificar a pressão? Acho que a senhora não está bem — e passou pelo corredor que levava até o quintal. — Boa noite. Dê um beijo na Miriam quando ela aparecer.

Justina sentiu as lágrimas escorrerem pelo rosto e voltou trôpega para casa. O cachorro a acompanhou. Bateu a porta e estirou-se no sofá.

— O que aconteceu, minha velha? — perguntou Eriberto, preocupado.

— Preciso de um copo de água primeiro. Com açúcar, cheio de açúcar, por favor.

Eriberto correu até a cozinha e voltou com o copo de água com açúcar. Justina sorveu o líquido de uma só vez. Aos poucos seu rosto foi readquirindo cor. Ela chorou, chorou e abraçou-se ao marido.

— A Sarajane falou da Miriam.

— Como assim?

— Ela tocou no nome da nossa filha, Eriberto.

— Não posso acreditar.

— Ela zombou de mim, de você e da memória de nossa filha. Pediu para falar com o espírito de nossa filha...

— Não pense nisso, querida. Sarajane não bate bem da cabeça.

— Precisamos dar a ela um corretivo.

— Venha cá, não pense em nada.

Justina abraçou-se ao marido. Eriberto era seu porto seguro. Depois de se acalmar, ela disse:

— Ela ameaça o nosso cachorro, maltrata o tio... Podemos dar queixa na polícia.

— De que vai adiantar? Não temos provas contra ela.

— O que me diz de fazermos um abaixo-assinado? Há outros vizinhos que não suportam a maneira como ela trata Coriolano.

— Ele não reclama. Nada podemos fazer.

— Ela tripudiou sobre a memória de nossa filha. Sarajane mexeu com algo que nos é sagrado, Eriberto.

— Tem razão. Não tolero desrespeito. Vou até lá.

Eriberto levantou-se, calçou os chinelos e vestiu um roupão sobre o pijama. Atravessou o jardim da frente da casa e tocou a campainha da casa de Coriolano. Tocou de novo, e de novo.

Sarajane apareceu numa combinação íntima minúscula e de saltos altos. Eriberto tentava desviar os olhos. Ela passou a língua sobre os lábios, de forma lasciva. Aproximou-se do portão.

— Em que posso ajudá-lo, seu Eriberto?

— Você... você...

— O que foi? Dona Justina está passando mal? Eu bem disse a ela que a pressão dela poderia ter subido. A idade é fogo.

Eriberto não sabia o que dizer.

— Oh, o gato comeu sua língua? Hum — Sarajane gemeu e colocou a língua para fora, movendo-a para os lados num ritmo frenético. — Será que o gato comeu mesmo a sua língua? Deixe eu ver a sua língua, velhinho.

Eriberto sentiu o hálito perfumado dela, seu corpo esquentou e ele ficou desconcertado. Rodou nos calcanhares e correu para casa. Bateu a porta e caminhou na direção do banheiro.

— Falou com ela? — indagou Justina, já recomposta.

— Falei — ele disse, enquanto corria e se trancava no banheiro. Eriberto sentira a sedução de Sarajane como garras afiadas que provocavam seu instinto. Ficou pasmado. Abriu a torneira da pia e abaixou a cabeça. Jogou muita água fria no rosto até sentir-se calmo e refeito.

Sarajane voltou para dentro de casa. Atendeu o celular, que tocava. Era o gerente do banco. Ela fingiu ser uma adolescente e atiçou a libido do outro lado da linha. Desligou o celular e jogou o aparelho sobre o sofá.

— Hoje eu vou matar esse gerente babaca de tanto prazer. E arrancar dele tudo de que preciso para satisfazer o Lucas.

Então, Coriolano a chamou do quartinho.

— Estou com fome, Sarajane.

Ela sorriu e, de roupas íntimas e saltos, foi até a edícula.

— O que disse, titio?

Coriolano a olhou e não acreditou. Ele sentiu o sangue sumir. Apanhou um cigarro e o acendeu. Tragou várias vezes.

— Já disse para parar de fumar.

— Por que está vestida assim?

Ela não escutava. Prosseguiu:

— A ferida da perna está feia.

— Deixe que eu cuido da ferida — disse ele. — Vista-se de maneira decente.

— Ora, titio. O senhor já viu mulheres assim, vai.

— Mas você é minha...

— Sobrinha do coração. Quantas vezes me pegou no colo? Um monte, né?

— Eu sei, mas agora é diferente.

— O que é diferente? — Ela ergueu uma das pernas e pousou-a sobre as pernas dele. — Diga-me. O que é diferente agora?

— Na... nada.

Coriolano estava deitado na cama e desviou os olhos para a parede. Tragou o cigarro e soltou as baforadas. Sentia-se constrangido.

— Você está quase nua. Vista-se.

— O titio está se sentindo constrangido comigo? Só porque estou assim, quase como vim ao mundo? Aproveite e encha seus olhos de prazer. Não é todo dia que se vê uma mulher assim gostosa, com tudo em cima — ela provocou.

— Pare, Sarajane. Em nome de Deus, pare.

— Vou parar, sim. Mas não é em nome de Deus. Vou parar porque tenho um encontro. Estou atrasada.

— Preciso do jantar. Estou faminto.

— Tem sopa de legumes.

— Está com gosto azedo. Acho que estragou.

— Ué, como pode ser? Eu fiz a sopa na semana passada! Usei legumes de primeira qualidade. Não pode ser.

— Mas está.

— Eu vou esquentar, espere um pouco.

Sarajane saiu da edícula, foi até a cozinha e, de fato, a sopa estava estragada. Mas ela deu de ombros, esquentou o caldo numa panela suja e colocou umas colheres de vinagre e um copo de água. Juntou um pouco de farinha de trigo para engrossar. Despejou a gororoba sobre um prato fundo e sujo e levou até o quarto de Coriolano. Antes, abriu a porta do forno e pegou um pão esverdeado. Passou a faca nas partes mofadas.

— O que não mata engorda — ela disse para si, enquanto levava o prato e o pão para o tio.

Pousou a gororoba sobre a mesinha de cabeceira e saiu.

Coriolano sentiu o cheiro azedo, mas não teve alternativa. Estava com fome e tomou aquele caldo estragado. Teve outra noite de pesadelos e intestino solto.

Sarajane saiu com o carro e nem notou a quantidade de sombras escuras que estavam no interior do veículo, alimentando-se de sua mente doente. Ela nem percebeu, porquanto estava acostumada a essas companhias desde muito cedo.

Criada por uma mãe solteira e drogada, Sarajane viu seu mundo ruir aos poucos. Por conta das drogas que a mãe precisava desesperadamente comprar, perderam a casa, o carro, tudo. Tiveram de morar na casa de Coriolano, irmão de Suellen — a mãe de Sarajane.

A vida não foi um conto de fadas. Os vizinhos escutavam gritos de horror e sabiam que Suellen era viciada. Ninguém quis ajudar a mãe, tampouco a filha pequena. O tempo passou, e Sarajane transformou-se numa menina quieta e retraída. Vieram o acidente, a morte de Suellen e a deficiência de Coriolano.

Ninguém entendia essa relação dos dois. Os vizinhos achavam que a garota revoltara-se pela vida que tivera até então, transformara-se numa mulher fria e insensível que descontava no pobre tio a sua raiva. Do jeito como viviam, não foi difícil para que espíritos desequilibrados invadissem a casa e passassem a compartilhar das sandices de Sarajane e alimentar-se do remorso de Coriolano.

A vizinhança, no entanto, embora tivesse pena de Coriolano, nada fazia. Preferia cada um cuidar da própria vida.

Os espíritos desequilibrados também eram muito apegados a Lucas. Os anos haviam passado e a raiva descontrolada dele aumentara sobremaneira. Havia aqui e acolá um ou outro caso de agressão contra mulheres. Com medo de se exporem, quase nunca elas davam parte na polícia. Só houve um caso em que a moça fez um boletim de ocorrência: na noite em que ele festejara a despedida de solteiro do irmão.

O tempo passou e a polícia tinha assaltos e crimes para averiguar. Logo o caso foi esquecido. Mas Lucas continuou a expressar sua raiva de maneira hedionda. Era só ser contrariado, era só receber uma crítica e logo explodia. Ele tentava se controlar ao máximo, entretanto, logo arrumava uma maneira de sair, encontrar uma garota e surrá-la até deixá-la desacordada. Depois ele a largava em qualquer lugar deserto e voltava para casa, como se nada tivesse acontecido.

Num domingo, ao acordar, notou que sua mão e seu rosto estavam bem machucados. Na noite anterior, ele saíra com uma moça e, já na cama, ela tentou defender-se. Lucas precisou usar de mais força e bateu bastante na mulher. Deixou-a desacordada na cama do quarto, sobre os lençóis empapados de sangue. Ao sair, chamou o gerente do motel — era geralmente o mesmo motel — e lhe deu algumas notas de cem.

— Trate de se livrar dela. Logo.

Agora, olhando para as mãos machucadas, ele sorriu para sua imagem refletida no espelho. Apanhou um pouco de espuma de barbear e massageou suavemente o rosto. Ao passar a lâmina sobre a pele, sentiu um pouco de dor.

— Isso passa. A vadia da noite de ontem deve estar sentindo muito mais dor. Pobrezinha.

Barbeou-se, tomou uma ducha reconfortante, vestiu uma roupa esportiva e desceu para o café da manhã. Sentou-se na mesa da sala de almoço e achou estranho haver ali quatro xícaras postas. Estranhou ainda mais a mesa muito bem-arrumada, com louça inglesa e decoração primorosa.

Desconfiou, mas nada disse. Então, um criado apareceu e serviu-lhe suco. Lucas bebericou e Andrei apareceu na soleira, bem-vestido e perfumado.

— *Kalimera* — disse Andrei.

— Bom dia para você também, pai. E aí, tudo bem?

— Sim, mas seu aspecto não está nada bom. Meteu-se em briga de novo?

— Não.

— O que são esses cortes no rosto?

— Eu me distraí ao fazer a barba. Acabei me cortando de bobeira.

Andrei iria retrucar. Havia arranhões no nariz e na testa, lugares onde jamais um homem passaria a lâmina ao se barbear. Ele silenciou por instantes e sentou-se à mesa. O criado aproximou-se e lhe serviu suco.

— Obrigado.

— Posso servir o café, doutor Andrei?

— Ainda não. Estou esperando uma visita.

— Sim, senhor — o criado falou e saiu.

— Hoje é domingo. Quem vem tomar café? — Lucas consultou o relógio e formulou nova pergunta: — Melhor, quem vem para o *brunch*? São quase onze da manhã. E não temos o costume de receber visitas aos domingos. Isso sempre foi regra em casa, desde que a mãe morreu.

— Toda regra tem exceção — asseverou Andrei. — Hoje teremos uma convidada.

Antes de Lucas articular som, Luciano aproximou-se e os cumprimentou:

— Bom dia!

— *Kalimera*, filho.

Luciano beijou a testa do pai, sentou-se ao lado dele e perguntou:

— Eu escutei direito, papai? Você disse *convidada*? — enfatizou.

— Ouviu direitinho. Hoje teremos uma convidada especial para o nosso café.

Luciano sorriu e abraçou Andrei.

— Fico feliz que tenha encontrado alguém. Fazia anos que eu não via seus olhos tão brilhantes. Quem é? Nós a conhecemos?

Andrei meneou a cabeça.

— Não. Lívia formou-se em Direito há dois anos, depois foi cursar pós-graduação e estagiar no exterior. Chegou há dois meses e trabalha no escritório de nossos novos advogados.

— Não entendo por que dispensou os serviços do doutor Elias — disse Lucas, contrafeito.

— Porque descobri que Elias é um canalha, estava metido em negócios escusos.

Lucas remexeu-se na cadeira e fez uma careta. Conseguira fazer muitos negócios ilícitos com Elias, mas alguém dera com a língua nos dentes, e Andrei, da noite para o dia, dispensara os serviços dele e contratara novo escritório de advocacia para cuidar da parte jurídica da construtora.

Vou ter de falar com Sarajane para dar em cima de algum sócio desse novo escritório. Não posso perder tempo.

Luciano estava contente e perguntou, enquanto apanhava um pote de granola e despejava-a no prato fundo.

— Ela é jovem, papai?

— Tem vinte e sete anos.

Lucas espantou os pensamentos. Levantou-se de maneira abrupta.

— Pelo amor de Deus, pai.

— O que foi, meu filho?

— Essa mulher tem idade para ser sua filha!

— Nunca pensei nisso.

— Quando duas pessoas se gostam, a idade não conta — ajuntou Luciano.

— Como não? — esbravejou Lucas. — O que nossos amigos vão dizer? A sociedade? Vão tripudiar sobre você, pai. E tenho certeza de que essa vagabunda só quer saber do seu dinheiro. Cuidado!

Andrei não gostou do tom do filho.

— Respeite-me porquanto sou seu pai! Não admito que fale assim de alguém que nem conhece. Que modos são esses? Pensa que está num botequim conversando com seus amigos de balada?

— Papai tem razão, Lucas. Como pode ser tão leviano a ponto de falar dessa forma sobre uma moça que mal conhece?

— Ela quer arrancar o nosso dinheiro! Vocês não enxergam? Estão cegos?

— Não estou cego — respondeu Andrei — e, de mais a mais, o dinheiro é meu e faço dele o que bem entender.

— O dinheiro é nosso!

— Não é.

— Metade do que você tem era da mãe. Agora é nosso. Se for se casar com essa... com essa...

Andrei aproximou-se do filho e apontou-lhe o dedo em riste:

— Com essa...? Vamos, complete a frase olhando nos meus olhos, se tiver coragem.

Lucas susteve a respiração, fechou os olhos, matou alguns carneirinhos e imediatamente seu rosto transpareceu calma e tranquilidade.

— O senhor sabe o que é melhor para si. Está prestes a completar sessenta anos e tem maturidade suficiente para saber se essa mulher é interesseira ou não. Mas — ele jogou o guardanapo sobre a mesa — não faço questão de conhecê-la, ao menos por hoje. Se me dão licença, eu preciso sair. Perdi o apetite.

Ele falou e saiu, passos rápidos. Andrei fez negativa com a cabeça e Luciano inclinou o tronco, apoiando a mão sobre o ombro do pai.

— Não esquente, papai. Lucas sempre teve ciúme de você.

— Qual nada! Ele tem ciúme do meu dinheiro. Sempre contou com a minha fortuna.

— Ele gosta muito de dinheiro, mas...

— Mas nada. Sabia que, na semana passada, ele veio me pedir um adiantamento de legítima?

— Como assim? — indagou Luciano, preocupado. — Quer que adiante a parte dele da herança?

— Sim. Lucas quer que eu faça doação em vida de alguns bens. Seu irmão quer receber a parte que seria dele caso eu morresse.

— Não posso crer.

— Sim. Isso me preocupa sobremaneira. Lucas está ficando cada vez mais intratável. Explode por nada, tem um comportamento estranho. Penso em marcar uma consulta com um psiquiatra.

— Não precisa chegar a tanto, papai.

— Não? Pois a minha intuição diz que algo estranho ocorre com seu irmão. Desde que sua mãe morreu, ele tem apresentado um comportamento para lá de esquisito.

Luciano deu um tapinha no ombro do pai e sorriu. Fez sinal para se sentarem à mesa e chamou um dos criados.

— Traga um pouco de café puro para nós, por favor.

O criado assentiu e saiu. Luciano cutucou o pai e piscou:

— Então quer dizer que o Richard Gere brasileiro está com o coração comprometido?

Andrei sorriu.

— Sim. Desde que sua mãe morreu, nunca mais quis saber de me envolver seriamente com uma mulher. Um homem na minha posição sempre atrai mulheres interesseiras, que querem saber de se dar bem financeiramente.

— E essa Lívia? Conte-me sobre ela.

Andrei abriu os lábios em grande sorriso, mostrando os dentes brancos e perfeitamente enfileirados.

— Mês passado fui ao escritório de nossos novos advogados para uma reunião sobre a compra de terrenos no litoral baiano.

— Aqueles terrenos para a construção do resort que tanto queremos?

— Isso mesmo. Fui tratar de assuntos totalmente burocráticos quando Anselmo, o advogado que está tratando dos papéis, teve um contratempo. Imediatamente apresentou-me a doutora Lívia. Não sei explicar, mas logo que a vi senti uma forte emoção. Era como se a conhecesse há muito tempo, de algum outro lugar do qual não me recordo agora.

Andrei foi discursando sobre o encontro, os sorrisos, os sentimentos que a aproximação de Lívia lhe despertara. Emendaram a conversa profissional a uma conversa sobre a Europa, e Andrei surpreendeu-se com a inteligência da moça e com o charme que dela naturalmente se fazia notar.

Daí para um café e depois para um jantar foi muito rápido. Estavam saindo havia três semanas e Andrei não cabia em si de tanta felicidade.

Ele finalizou:

— Ela é meiga, culta, firme, inteligente, independente, linda... tem tudo que um homem deseja numa mulher.

— É de família conhecida?

— É filha do Salgado Telles Bueno.

— O desembargador? — indagou Luciano, surpreso. — Ela é muito rica, papai!

— Lívia não precisa do meu dinheiro.

— Isso quer dizer que o amor está no ar? — brincou Luciano.

— É, meu filho. Parece que, depois de velho, apaixonei-me de novo.

— Não é velho. O senhor é atraente, cuida da saúde, do corpo. Tem uma vida ativa e agitada na medida certa. Merece o amor.

— Desejo o mesmo para você — rebateu Andrei.

Luciano fechou o semblante. Imediatamente a tristeza abateu-se sobre ele. Andrei suspirou e pousou delicadamente a mão sobre a do filho.

— Luciano, meu filho. Sei que você passou por momentos muito tristes. Não posso nem quero imaginar o que faria se passasse pelo mesmo que você. Mas já passou. O tempo cuida de diminuir a dor, de cicatrizar as feridas.

— Ela mentiu para mim — disse Luciano, ríspido.

— Sim, Gláucia mentiu. É fato. E daí? Faz parte do passado. Está na hora de você se libertar desse passado, abençoar e se despedir. Tem muito que viver.

— Não sei, papai. Tenho medo de me envolver com outra mulher.

— O medo paralisa e nos prende a situações mal resolvidas. Precisamos ter força e coragem para desafiar o medo e seguir em frente. Sinto que você ainda vai encontrar um novo amor.

— Não acredito.

— Posso lhe fazer uma pergunta, de amigo para amigo?

— Claro que pode. O senhor pode tudo!

— Esqueça o pai aqui na sua frente e me responda como um amigo camarada: você amava Gláucia?

Luciano mordiscou o lábio. Arriscou:

— Gostava dela. Muito.

— Não foi isso que perguntei. Quero saber se você a amava. De verdade.

— Não sei. Se for esse sentimento que transborda pelos seus olhos, deixando-os mais vivos e brilhantes, acho que não.

— Posso ser sincero?

— Sim, papai.

— Nunca achei que você a amasse.

— Verdade?

— Claro!

— Por que nunca me disse isso antes?

— Porque não cabe a mim dar palpite em assunto tão íntimo. Se você viesse falar comigo a respeito de seus sentimentos, eu poderia dar minha opinião sobre a relação de vocês. Como você nunca comentou nada comigo, fiquei quieto no meu canto.

Luciano abraçou Andrei com força.

— Obrigado. Sei que, além de ótimo pai, é bom amigo.

— Arranque e limpe essa mágoa de uma vez por todas. Ela atua como erva daninha que embota o coração. Abra espaço para o verdadeiro amor entrar aí nessa janelinha trancada — apontou para o peito de Luciano.

— É difícil. Toda vez que penso em Gláucia e em como ela tentou me fazer de otário, sinto raiva. Não consigo ainda mudar. Magali tem me ajudado bastante.

— Gosto muito da Magali. Moça bonita, educada, culta, inteligente...

Luciano não percebeu a indireta do pai.

Andrei ia finalizar o assunto, entretanto, um dos criados apareceu e anunciou:

— Senhorita Lívia Salgado Telles Bueno acaba de chegar, senhor.

Os olhos de Andrei brilharam emocionados.

Capítulo Doze

Lucas deixou a sala de almoço chispando de ódio. Apanhou um de seus carros e saiu em disparada. Assim que seu carro virou a esquina, Lívia encostou com o seu automóvel. Um dos seguranças se aproximou e ela deu o nome.

Enquanto isso, Lucas dava murros na direção e trincava os dentes de raiva.

— Não vai ser uma vagabunda qualquer que vai se apoderar do meu quinhão de herança.

— Isso mesmo — gritava uma voz soturna no banco de trás. — Não deixe que uma vadia qualquer se apodere da fortuna que lhe é de direito.

— Eu, se fosse você, pensaria numa forma de interditar o velho — dizia outra voz.

Lucas absorvia aquilo tudo como se fossem pensamentos dele mesmo. No estado de desequilíbrio em que se encontrava, não conseguia separar o que era sua consciência e o que era influência espiritual. Os espíritos davam corda e ele se irritava ainda mais.

— Preciso aliviar esse ódio. Preciso descontar essa raiva em alguém.

Pisou no acelerador e foi cortando os sinais vermelhos. Quase causou um acidente e por pouco não atropelou um casal que atravessava na faixa de pedestres. Parou numa rua deserta, desceu do carro e abriu o porta-malas. De lá tirou placas falsas. Um homem que caminhava por ali passou a olhar desconfiado para ele. Lucas pensou rápido: *Não vou poder trocar a placa agora. Vou passar fita isolante nas letras. Uma letra L pode perfeitamente se transformar em uma letra U.*

Ele gargalhou e adulterou as placas. Entrou no carro e acelerou, queimando os pneus. Depois de muito rodar pela cidade, Lucas avistou uma moça parada num ponto de ônibus. Encostou o carro no meio-fio e desceu o vidro do passageiro. Abaixou a cabeça e sorriu:

— Bom dia.

— Bom dia — respondeu a moça, olhos arregalados diante daquele carrão último tipo.

— Pode me dizer onde fica a avenida Marquês de São Vicente?

— Ah, moço, sei não. Não conheço. Moro em São Caetano e só venho aqui na cidade para trabalhar.

Lucas mostrou-se amável, simpático e muito cortês.

— São Caetano! Eu tenho uma tia que mora lá. Aliás, hoje é domingo e fiquei de dar uma passadinha na casa dela. Coisa de família, comer macarrão na casa de parente. — Ele pensou rápido e emendou: — Essa tia mora numa travessa da avenida Goiás.

— Eu moro numa travessa da avenida Goiás! — exclamou a moça.

— Qual é o seu nome? — ele perguntou.

— Eneida. E o seu?

— Vítor — mentiu ele.

— Prazer, Vítor.

Lucas foi ganhando a moça na conversa até que ela aceitou entrar no carro dele. Lucas era um tipo atraente e se vestia muito bem. Usava roupas de marca, relógio fino e elegante. Seu carro era um tipo esportivo muito apreciado pelas mulheres. Não dava para desconfiar de que, por trás daquela bela estampa, escondia-se um monstro prestes a atacar e dar o bote.

O trajeto foi tranquilo, a conversa agradável e Lucas foi tão convincente que a menina se deixou encantar pela fala mansa, pelo perfume amadeirado que dele emanava, pela música romântica que tocava no rádio.

Minutos depois estavam num motel, perto da Via Anchieta. Lucas surrou Eneida até não ter mais forças. A garota perdeu os sentidos e ele, temeroso, colocou-a no banco da frente. Limpou as feridas dela, colocou óculos escuros no rosto para disfarçar os hematomas e meteu-lhe um gorro na cabeça.

Uma hora mais tarde, aproximou-se do carro, trocou as placas do veículo. Ele tinha uma coleção de placas falsas no porta-malas e criara tremenda habilidade para trocá-las de maneira rápida.

Na sequência, ele deu partida, pagou em dinheiro a diária e recolheu os documentos que a atendente prendera na entrada. Ele olhou atentamente para a identidade e riu.

— Vítor Molina. Adoro esse nome!

Saiu devagarzinho do motel. Cutucou Eneida. Ela não se mexia. Cutucou de novo.

— Ei, acorda, garota. Já deu tempo para se recompor.

Nada. Lucas a cutucou com força e o corpo de Eneida pendeu para o lado da porta do passageiro. Encostou os dedos no pescoço dela. Nada de pulsação. Estava morta, tamanha fora a violência.

Lucas não se desesperou. Frio feito um psicopata, apanhou o celular no bolso da camisa e discou um número:

— Sarajane?

— Oi, Lucas, tudo bem?

— Não.

— O que foi?

— Problemas.

— Hum — ela riu. — Adoro problemas.

— Tenho um servicinho para você. Será que posso ir até a sua casa?

Sarajane não gostava de receber em casa. Temia que Coriolano abrisse o bico e falasse da maneira rude como ela o tratava. Ela era rápida de raciocínio e, percebendo nitidamente que Lucas devia ter se metido numa grande encrenca, sibilou:

— Sim, pode vir.

— Passe o endereço, por favor.

Ela deu as indicações e ele concluiu:

— Chego aí em meia hora.

Desligou o telefone e Sarajane sorriu, maliciosa:

— Lucas aprontou alguma. E deve ter sido uma encrenca bem grande. Ótimo, assim vou ganhar mais uns tostões para ficar rica e fazer crescer minhas aplicações no banco — disse para si mesma e foi caminhando até o quintal.

Coriolano estava no jardim, tomando sol.

— Titio, seu banho de sol terá de se encerrar.

— O sol está tão gostoso, quentinho. É bom pegar um pouco de cor, ficar corado, não acha? E quem sabe a ferida na perna cicatrize?

— Sim, mas você precisa se alimentar.

Coriolano fez cara de nojo.

— Nada de sopa. Não aguento mais.

— Que nada, titio. Comprei um frango na padaria. Iria comer sozinha, mas o bicho é tão grande! Para completar, veio recheado com uma farofa deliciosa. Acompanham batatas assadas, assim grandes — fez com as mãos.

Coriolano fechou os olhos e antegozou o prazer de saborear uma comida decente depois de tantos pratos estragados, fedidos e de gosto horrível que Sarajane lhe apresentava.

— Jura que esse frango é fresquinho? Não está me pregando uma peça?

— Eu? Imagina, tio. Nada disso. Vou preparar seu prato.

Sarajane voltou à cozinha e apanhou o frango. Cortou as melhores partes, juntou-as no prato e colocou a farofa e as batatas. Esquentou tudo no micro-ondas. Em seguida, apanhou um copo, pegou uma lata de cerveja da geladeira, abriu-a e a misturou com uma grande quantidade de um pozinho que usava de vez em quando para apagar os homens com quem saía. Colocou tudo numa bandeja e saiu contente.

— Veja, titio. Que prato lindo!

Coriolano olhou desconfiado para o prato. Mas o cheiro era irresistivelmente agradável e ele deu a primeira garfada. Depois deu outra. Fechou os olhos e lágrimas quase escaparam-lhe, tamanho o prazer que sentia.

Sarajane sorriu e apanhou o copo de cerveja.

— Beba, titio. Comprei aquela marca que o senhor adora.

Coriolano estava se fartando com a comida e pegou o copo. Sorveu a bebida num grande gole. Depois bebeu de novo. E, em menos de cinco minutos, estava com a cara caída dentro do prato.

Sarajane levantou a cabeça dele pelos cabelos ensebados. Coriolano apagara por completo.

— Coitado do titio. Vai dormir tanto! — Ela consultou o relógio e correu aflita: — Santo Deus! Lucas deve estar chegando. Preciso esconder logo esse velhinho.

Ajeitou o corpo do tio, limpou-lhe o rosto com um pano de prato sujo e empurrou a cadeira de rodas até o quartinho. Depois, tapou a boca dele com esparadrapo e amarrou as mãos do pobre homem à cabeceira da cama.

— Os pés não precisam ser amarrados — ela disse rindo. — Melhor eu fazer tudo direitinho e me garantir. Vai saber quanto tempo Lucas ficará aqui, não é mesmo? Titio não pode dar um pio.

Então, apagou a luz do quarto, passou a chave e o trinco na porta. Apanhou o prato e o copo sobre o gramado e voltou à cozinha. Arrumou-se rapidamente, e Lucas chegou em seguida.

Débora sentia-se uma mulher realizada e feliz. Estudara e formara-se em Ciências Contábeis, trabalhava no escritório do pai e estava apaixonada por Régis, o sócio de Armando. Arrumou-se com capricho e gostou da imagem que viu no espelho. Saiu do quarto, passou pelo corredor e encontrou Iara e Armando lendo jornal na sala.

— Vai sair? — indagou Armando.

— Sim, papai. Vou almoçar com a mãe do Régis.

Armando fez um muxoxo. Desdenhou:

— Hum, aposto que antes vai passar na farmácia para comprar algum remédio. Sabe como é — ele falava sem tirar os olhos do jornal —, namorar pessoas idosas pode gerar um alto custo. É remédio para dor, para a pressão, para o inchaço das pernas...

Iara o censurou:

— O que é isso, Armando? Agora deu para atacar nossa filha?

— Não estou atacando, estou avisando. Régis tem idade para ser pai dela.

— Acaso o senhor precisa de alguns desses medicamentos? — perguntou Débora.

Armando não respondeu.

— Seu pai não acordou bem — Iara procurou contemporizar.

— Mentira. Papai está estranho comigo desde que assumi o romance com Régis.

— E não era para estar? — Armando explodiu. Largou o jornal sobre o sofá e levantou-se de maneira abrupta.

— Por quê, papai?

— Régis era meu amigo de escola, foi padrinho do meu casamento com Miriam. Não posso crer que ele esteja namorando a minha filha caçula. Aliás, a única filha que tenho!

Iara não sabia o que dizer. Procurava colocar panos quentes.

— Não leve a mal, filha. Seu pai...

Débora a interrompeu com amabilidade na voz:

— Papai está inseguro. Acredita que vai me perder.

— Não é isso... — ele arriscou dizer.

— Claro que é!

— Não é certo um homem da minha idade se envolver com uma menina.

Ela riu.

— Sou mulher, papai. Cresci. Aqui não está mais a menininha que você carregava nos braços e de quem trocava fraldas. O tempo passou.

Ele tentou argumentar, mas Débora prosseguiu:

— Eu sei o que quero e amo o Régis. Ele poderia ter dezoito, quarenta ou oitenta anos. Não importa.

— Mas as pessoas...

— Vão dizer o quê? Que eu estou interessada no dinheiro dele? Vão me confundir com uma filha que ele poderia ter tido? Ora, papai, você dá muita importância ao que os outros dizem. O que importa é a minha felicidade. Eu sou feliz ao lado de Régis e vou me casar com ele.

— Isso já é demais! — ele protestou.

— Não é de mais nem de menos. Ninguém manda no meu coração. Quem o dirige sou eu. Nada nem ninguém vai me fazer mudar de opinião.

— Você tem se mostrado turrona.

— Não. Você quer que eu faça o que você acha que é melhor para mim. Mas eu tenho consciência de meus atos, sou dona de mim e sei o que quero de verdade. Não preciso da sua permissão para nada.

— Calma — retrucou Iara. — Seu pai está assim, meio descontrolado, porque teve pesadelos com Gláucia.

— Sonhou que ela estava com um maiô branco, espartilho, cabelos desgrenhados e sangue escorrendo pelo peito? — indagou Débora.

Armando empalideceu e deixou-se cair no sofá. Débora prosseguiu:

— Depois ela disse que estava com muitas saudades, mas que estava bem e, na sequência, sumiu num halo de luz. Ah! — Débora completou —, a Gláucia estava com uma moça. Alta, loira e magra. Linda é o nome dela.

— Co... co... como sabe tudo que ocorreu no meu pesadelo?

Débora sentou-se ao lado de Armando e colocou a mão dele entre as dela.

— Papai, você teve a chance de conhecer o espiritismo, frequentou centro espírita por anos, estudou bastante sobre a vida após a morte. Sabe que não foi um pesadelo; seu espírito despertou durante o sono e encontrou-se com Gláucia.

Armando nada dizia. Iara interveio:

— Eu disse ao seu pai que Gláucia está bem, mas ele custa a acreditar.

— Não deve mesmo. Gláucia não está bem.

— Como pode dizer uma coisa dessas? Quer matar seu pai de susto?

— De forma alguma.

— Sua irmã tinha gênio difícil, mas era boa moça — disse Armando. — Recebemos informação de amigos médiuns que afirmaram: Gláucia não sentiu os tiros e despertou num posto de socorro.

— Isso tudo é verdade. Mas Gláucia desencarnou há quatro anos. Depois, perturbada com os pensamentos de Luciano, não conseguiu ficar no posto de socorro e veio para cá. Faz dois anos que perambula pelo nosso mundo.

— Você está me dizendo que sua irmã está aqui?

— Aqui conosco, agora, não. Mas Gláucia está perdida, desorientada, precisando de ajuda.

— Gláucia sempre foi esperta e soube se virar — rebateu Armando.

— Sim, mas Gláucia nunca se interessou pelos assuntos espirituais. Sem conhecimento espiritual, o espírito fica perdido e sem rumo.

— Ela não gostava de ir ao centro espírita — defendeu-se Armando. — Queria que eu a amarrasse? Que eu a obrigasse a ser espírita?

— Não precisa frequentar um centro espírita para ser espírita. Ser espírita está aqui — apontou para o peito —, é ligar-se às forças universais do bem, é amar ao próximo como a si mesmo, é ser uma pessoa efetivamente do bem e jamais se corromper pelos valores nefastos do mundo. Ser espírita é muito mais do que conhecer e estudar Allan Kardec. É amar a si mesmo sobre todas as coisas!

— Uma menina não sabe escolher — Armando protestou. — Tentei levá-la ao centro, mas ela batia os pés. Nunca quis ser religiosa.

— Nem quis ser uma mulher de fé. Devo salientar que não precisamos de religião para ter fé. Cada um deve fazer o que gosta, o que lhe dá prazer. Se não tivesse obrigado Gláucia a ir ao centro, talvez ela naturalmente gostasse de estudar e entender melhor assuntos importantes, como vida, morte, reencarnação. Vocês não deram a ela o direito de escolher. Tentaram fazê-la frequentar um centro espírita na marra. Isso não é correto.

— O que deveria fazer? Você sempre gostou de ir.

— Cada um é um, papai. Eu gostava porque trago viva na memória a certeza de que o espírito é eterno e de que temos muitas vidas. Sempre me interessei pelos estudos espíritas. Nunca precisaram me obrigar a nada. No caso de Gláucia, melhor seria tê-la deixado escolher. Quando não somos pressionados, temos condições de fazer escolhas com clareza e certeza de acerto.

— Fiz o melhor para a minha filha.

— Por certo. Mas se esqueceu de orar por ela.

— Hã? — Armando não entendeu.

— Falo de fé, papai. A fé é uma conquista valiosa que fortalece e ilumina nosso espírito. A espiritualidade nos dá respostas que alimentam nosso espírito e nos ensinam a viver bem melhor, seja aqui ou no astral.

Armando nada disse. As palavras tocaram fundo em seu coração. Iara sentiu o mesmo. Débora finalizou:

— Gláucia está aqui em casa.

Armando sentiu a saliva sumir da boca. Iara arregalou os olhos. Débora sorriu.

— De nada adianta ficarem nesse estado. Os desencarnados têm uma capacidade natural de absorver o nosso pensamento. Precisamos fazer uma prece para que o espírito de Gláucia siga para um local de refazimento, acordando para a grandeza da vida e preparando-se para viver na eternidade.

Gláucia, atraída pelos seus pensamentos sobre ela, tentou dizer alguma coisa. Estava irritadiça. Débora prosseguiu:

— A obsessão a que ela se sente presa vem, como já disse, dos pensamentos negativos de Luciano. Gláucia — Débora falou olhando para o canto da sala, fitando o vazio —, aprenda a se defender das energias negativas que vêm dos outros. Está no momento de aprender a entender os mecanismos de influenciação espiritual, ou seja, está na hora de notar as palavras que você valida ou não. Quando damos força para essas palavras negativas, não importa de onde venham, seja de um encarnado ou desencarnado, acabamos por enfraquecer as nossas capacitações, afastando-nos daquilo que o espírito precisa desenvolver para ser feliz. Você só será feliz quando se libertar dos pensamentos perniciosos de Luciano.

— Mas como? — Gláucia gritou com todas as forças. — Eu não consigo.

Débora captou a inquietação e disse:

— Não quer. Conseguimos tudo que queremos. Você está presa na mágoa, na dor, nos mesmos sentimentos que Luciano. Ambos vibram na mesma sintonia. Mude de sintonia. Livre-se desses pensamentos ruins que só lhe causam mal-estar.

— Como? A voz dele me perturba. É como se fosse uma faca rasgando a minha carne. Dói. Dói muito.

— Não pode se deixar influenciar por uma voz que surge do nada. Ela é boa? Então é para você. Ela não é boa? Livre-se imediatamente dela.

— De que forma?

— Imagine que as ondas que Luciano emana são como ondas de rádio. Mude de estação, mude a sintonia.

— Quero melhorar, quero seguir em frente, mas Luciano me prende aqui na Terra.

— Ninguém é mais forte do que seu espírito, Gláucia. Ninguém. Lembre-se de que você tem Deus como aliado. Junte-se a Ele, faça conexão com as forças do bem e tudo vai mudar. A sua melhora depende única e exclusivamente de você.

— Estou cansada. — Gláucia ajoelhou-se e as lágrimas corriam sem cessar. — Eu só queria casar. Sou uma menina que queria casar...

Débora aproximou-se do espírito da irmã e logo Judite apareceu. Sorriu para Débora e tornou:

— Obrigada, querida. A sua energia permitiu que eu pudesse me aproximar e levá-la de volta à nossa aldeia.

Judite abaixou-se e abraçou Gláucia.

— Vamos, querida, você está cansada.

— Estou sem forças.

— Pense em alguma coisa boa.

— Não consigo.

Imediatamente Judite pousou uma das mãos sobre a testa de Gláucia. A região tocada passou a ter uma coloração azulada e Judite disse firmemente:

— Lembre-se das férias na praia, muitos anos atrás. Você e Armando. Só os dois. Você era bem pequena. Foi um dos momentos mais alegres da sua infância.

Gláucia parou de chorar e começou a esboçar um sorriso. Logo as cenas da infância na praia vieram com força. Era como se ela estivesse vivendo tudo aquilo naquele momento. Era nítida a imagem do pai pegando a pazinha e enchendo o baldinho de areia. Gláucia ria com satisfação, Armando a beijava e em seguida a levava até o mar, ensinando-a a andar e pular as ondas.

As cenas persistiram até Gláucia sentir-se bem. Ela suspirou e apoiou-se nos braços de Judite. Levantou-se e agradeceu Débora, coisa rara.

— Não sei. Quando estava no mundo dos vivos, eu tinha aversão a você. Agora não consigo sentir tanta raiva de você e de Iara. Por quê?

Débora iria falar, mas Judite respondeu:

— Porque ela a ama de verdade.

Gláucia sentiu uma lágrima escorrer.

— Obrigada, Débora. Muito obrigada.

— Fique bem, querida — respondeu Débora.

Gláucia passou por Armando e o beijou no rosto. Ele não viu, mas sentiu o toque e levou a mão até uma das faces, emocionado.

— Amamos você, Gláucia. Siga em paz.

Gláucia fez um sim com a cabeça e, antes de partir, perguntou a Judite:

— E Linda? Ela estava comigo há pouco. Sumiu.

— Preferiu seguir o caminho dela.

— Ela precisa de ajuda. Não pode ficar perambulando aqui no mundo.

— A ajuda chega na hora em que estamos prontos para recebê-la. Linda está muito presa aos conceitos do mundo.

— Ela foi morta, pobrezinha.

— Não foi. Ela foi vítima de um acidente. Ninguém a matou.

— Mas ela jura que foi assassinada.

— Linda precisava de um motivo forte para ficar no mundo. É muito difícil morrer e ter equilíbrio emocional suficiente para largar tudo. Linda Whitaker era da alta sociedade, aparecia em revistas e era admirada por muitos. De uma hora para outra, tudo acabou, e ela, presa às ilusões e à vaidade, esqueceu que, quando desencarnamos, levamos somente o reflexo dos atos praticados, mais nada.

— Ela me falou isso, tempos atrás.

— Linda fala, mas não pratica.

— Ela é boa pessoa — considerou Gláucia.

— É, sim. Quando decidir enxergar a verdade e cansar de lutar contra algo que não mais lhe pertence, Linda vai voltar.

— Será?

— Um dia vamos reencontrá-la. Agora tratemos de seguir nosso caminho. Vamos.

Judite abraçou Débora e sussurrou em seu ouvido:

— Obrigada. Mandarei as vibrações mais sublimes para manter acesa a chama do seu amor por Régis. Vocês foram feitos um para o outro. Adeus.

Elas partiram e Débora emocionou-se.

— O que foi que disseram? — perguntou Armando.

— Que a vida é bela e devemos não só praticar o bem, mas viver no bem — respondeu Débora.

Iara sorriu emocionada.

— A sua sensibilidade me comove. Nunca imaginei que Gláucia fosse aceitar ajuda vinda de você.

— Nós mudamos, mamãe. Simplesmente mudamos. Agora preciso ir. Régis deve estar lá embaixo — e saiu, radiante e feliz.

Armando abraçou Iara.

— Ainda estou muito emocionado.

— Agora acredita que sua filha está bem?

— Acredito.

— Você é forte, Armando. Largue essa tristeza e ame a vida.

— Uma filha partiu e a outra vai partir. O que será de mim?

— Ora, você tem a mim! Vamos aproveitar que não temos mais filhas embaixo das nossas asas e vamos namorar, o que me diz?

— Gostei. — Sorriu e trocaram um beijo apaixonado.

Capítulo Treze

Sarajane jogou a última pá de terra sobre o jardim. Passou a mão sobre a testa empapada de suor.

— Nunca pensei que fosse dar tanto trabalho enterrar alguém — disse, arfante.

— O problema foi cavar o buraco — falou Lucas, esbaforido.

— Essa moça era miudinha, mas pesada.

Lucas terminou de bater com outra pá sobre a pequena montanha que se formara.

— Amanhã você compra novas mudas de grama e de flores. Vê se faz um jardim bem bonito aqui.

— Deixe comigo. Nunca vão saber que aqui jaz uma mulher.

— Sarajane apanhou a bolsa da moça e pegou a identidade.

— Eneida da Silva. Cara e nome de gente simples. Se bem que ninguém fica bem na foto do documento de identidade. Quer dizer, eu sou exceção.

Lucas não estava entendendo. Sarajane sorriu e perguntou:

— Tem certeza de que não deixou rastro algum?

— Tenho — respondeu categórico. — Troquei as placas do carro. E o motel era bem modesto, não tinha câmera de segurança.

— Melhor assim.

Lucas tirou a carteira do bolso e apoiou o talão sobre a coxa. Preencheu o cheque e entregou-o a Sarajane.

— Isso cobre o trabalho extra de hoje?

Sarajane apanhou o cheque e seus olhos quase saltaram das órbitas:

— Mas isso é uma pequena fortuna! Tem certeza de que preencheu corretamente?

— Claro. Só peço que o deposite depois de amanhã. Não tenho essa dinheirama na conta-corrente. Preciso pedir baixa de alguns fundos de investimento.

— Espero até mais. Um mês, se quiser.

— Depois de amanhã pode depositar.

— Nossa, Lucas! Com esse dinheiro vou poder comprar uma casa, vou poder viajar para a Europa.

— Você é leal. Pessoas leais a mim são regiamente compensadas.

— Obrigada.

— Agora que enterramos a moça, me diga, onde se encontra seu tio?

— Aos domingos eu o levo para fazer sessões de fisioterapia.

— Ele vai voltar a andar?

Claro que Coriolano jamais voltaria a andar. Uma perna fora praticamente esmagada e o pé da outra entortara de tal modo, que os médicos tinham sido unânimes em afirmar que ele dificilmente colocaria os pés no chão. E a ferida em uma das pernas estava começando a escurecer. Sarajane sorriu e, com meiguice na voz, respondeu:

— Os médicos dizem que a esperança é a última que morre. Agora que você me deu esse dinheiro, vou aproveitar uma parte para levá-lo a especialistas de renome.

— Você gosta mesmo do seu tio, não?

— Adoro-o, Lucas. Amo titio de um tanto assim. — Ela abriu os braços fazendo um círculo.

— Bom, agora preciso ir.

— Melhor ir para casa e descansar.

— Não quero ir para casa. Aliás — Lucas teve uma clareza súbita —, você quer ganhar mais dinheiro?

— Mais quanto?

— O suficiente para se aposentar cedo. Tipo, ano que vem. Imagine não ter mais de trabalhar e viver de rendas? Eu posso lhe proporcionar isso.

— Como? O que quer que eu faça?

— Meu pai arrumou uma namorada.

— Ah, vá! Doutor Andrei namorando? Duvido.

— Isso mesmo.

— Não estou sabendo de nada. E olha que acompanho todos os passos dele no escritório.

— Ele se envolveu com uma periguete! Pode um absurdo desses?

— Doutor Andrei, com toda aquela estampa... Quem diria? Deixe comigo. Eu vou revirar o escritório: vou procurar no celular dele, anotações em agenda, tudo. Descubro o nome da fofa em dois tempos.

— Vou mostrar ao meu pai que essa mulher não serve para ele.

— Conte comigo. Eu nunca falhei com você.

— Nunca mesmo. Obrigado.

Lucas despediu-se e saiu. Entrou no carro e deu partida. No banco de trás, um espírito tentava, meio que anestesiado, ter ideia de onde estava e do que tinha acontecido. Eneida morrera e ainda não tinha consciência de seu novo estado.

Sarajane encostou o portão, o cachorro da vizinha correu pela garagem e parou sobre o montinho do jardim, no quintal. Latia sem parar. Sarajane bufou e correu até o quintal.

— Oi, cachorrinho atrevido. O que se passa? Vamos brincar de morrer? Você primeiro.

O cachorro continuava a latir e Justina entrou.

— Totó é danado. Desculpe-me.

— Melhor tirar esse cachorro daqui logo.

— É o que estou fazendo.

A mente perversa de Sarajane não tinha limites.

— Imagine, dona Justina, eu acabei de encher a terra do jardim de pesticida.

— Como?

— Será que seu cãozinho ingeriu o veneno?

Justina levantou as mãos em desespero.

— Jesus, me salve! Totó, pelo amor de Deus, venha.

O cachorro não saía do montinho de terra. Justina deu um passo e apanhou o cachorro no colo. Sarajane atormentou:

— Fiquei sabendo que, quando um animal ingere uma grande quantidade de veneno, morre rapidinho. Bom, ao menos agora, se ele morrer, a Miriam vai ter companhia. Au, au!

Justina não quis ouvir nem mais uma palavra. Saiu em disparada gritando para o marido:

— Eriberto! Tire o carro da garagem e vamos para o hospital veterinário.

— O que foi, minha velha?

— O Totó vai morrer. O Totó vai morrer!

Sarajane fechou o portão rindo aos borbotões.

— Pobrezinha! Meu Pai do Céu, como ela é desequili-brada. Acreditou que havia veneno na terra. — Depois olhou para o monte recém-formado e perguntou: — Quanto tempo vai levar para você se decompor, Eneida?

Em seguida, caminhou até o quartinho. Destrancou a porta e encontrou Coriolano ainda adormecido.

— Continue dormindo, titio. Vou trocar de roupa e sair para dançar. É domingo de pagode e mulher gostosa não paga! — gargalhou e saiu para se arrumar, como se tivesse acabado de enterrar um saco de batatas.

Luciano encantara-se com Lívia. Tudo que o pai dissera era verdade: a moça era bonita, agradável, bem-humora-da, tinha uma maneira inteligente de ver a vida. Sentiu uma pontinha de ciúme do pai. Não que estivesse interessado na moça, mas gostaria de viver, de sentir o mesmo que Andrei demonstrava sentir.

Papai mudou. Ele está mais alegre, mais feliz. Há anos não via um rosto tão iluminado. Lívia está lhe fazendo um tremendo bem. Que eles sejam muito felizes.

Andrei o cutucou novamente e Luciano voltou à realidade.

— Desculpe-me, papai. Estava aqui divagando.

— Pensando que também poderia viver uma história de amor? — sugeriu Lívia.

— Você é bruxa? — Todos riram. — Eu estava pensando nisso mesmo.

— A tonalidade de cor da sua aura mudou rapidamente. Você tem bons pensamentos. É um bom moço — disse Lívia.

— Obrigado.

— O que foi que disse? — perguntou Andrei, interessado.

— Sobre aura?

— Sim.

— A aura é como se fosse uma energia que envolve seres ou objetos. É um atributo inerente aos seres vivos. A forma e a cor da aura refletem o estado físico, mental e emocional da pessoa. Foi isso que vi em Luciano.

— Preciso aprender mais sobre isso.

— Por mais que eu estude e tente entender as leis e o Direito, procuro me ligar na sensibilidade e nas características áuricas de um cliente.

— Para saber se ele está certo ou errado — completou Luciano.

— Não. Para saber se o meu cliente está sendo sincero naquilo que me pede. Procuro ser justa. Só isso.

— Acho que vou contratá-la para trabalhar exclusivamente para mim — falou Andrei.

Lívia sorriu e ele pousou a mão sobre a dela. O carinho que emanava de ambos era tão intenso que tocou profundamente Luciano.

Foi nesse momento — aliás, no mesmo momento em que Débora conversava com Gláucia — que ele sentiu um brando calor aquecer-lhe o coração.

Ele se levantou.

— Preciso ir. Fiquei de pegar Magali para uma sessão de cinema. Coisa de domingo: matinê de cinema e pipoca. Foi um prazer conhecê-la, Lívia.

Após a despedida, ela disse firme, encarando Luciano nos olhos:

— A espiritualidade abre a nossa consciência, nos traz sabedoria e ilumina a nossa alma. Use o seu livre-arbítrio para conquistar sabedoria e viver em paz. Está na hora de deixar os sentimentos ruins de lado e valorizar o que sente no coração. Você pode viver o mesmo que eu e seu pai estamos vivendo.

— Impossível. Não acredito.

— Espere e verá. Um dia seus olhos vão ficar livres do véu da maledicência. Não se esqueça de que a firmeza no bem afasta todo o mal. Que Deus o abençoe! Agora vá apanhar sua amiga e divirta-se. Você é bom e merece viver coisas boas — finalizou Lívia.

Luciano emocionou-se, pigarreou e saiu. Andrei a abraçou e sussurrou em seu ouvido:

— Quer curtir uma sessão de cinema a dois, no meu quarto?

Lívia riu, abraçou-se a ele com força e beijaram-se com amor.

Capítulo Catorze

Magali terminou de arrumar a cozinha. Subiu e tomou um banho rápido. Colocou um vestido de cores alegres, colares, pulseiras e sandálias costuradas com pedrinhas coloridas. Soltou os cabelos alourados e mexeu a cabeça para os lados. Gostou da imagem no espelho. Estava jovial, olhos brilhantes, pele corada. Apanhou um frasco de perfume e borrifou sobre o corpo alvo e esguio.

Ao descer e apanhar a bolsa, encontrou Ivete ao pé da escada, olhando para a porta.

— O que foi, mãe?

— Nada. Você estava arrumando a cozinha e agora está assim, toda bem-vestida. Vai sair?

— Vou.

— Posso saber com quem?

— Luciano vai passar em casa para me levar ao cinema.

— Hum, sei. — Ivete levantou o lábio superior e fez uma careta.

— Sei o quê, mãe?

— Andam muito juntinhos. Cuidado. Ele pode abusar de você.

Magali riu.

— Abusar de mim?

— É. Neste mundo de hoje, não podemos confiar em ninguém.

— Não é bem assim. Há pessoas a quem não devemos mesmo dar confiança. Entretanto, há muita gente boa no mundo. Basta estarmos na mesma sintonia para perceber isso.

— Não acredito. Só vejo violência na televisão. Cada caso!

— Desligue a TV. Ou assista a um canal que lhe transmita bem-estar. Você decide o que entra pela sua telinha.

— Bobagem.

— Ou vá caminhar, frequentar um clube, ler um livro...

— Caminhar é ruim, porque me dá dor nas pernas. Não tenho mais idade para frequentar clube e ler um livro. Meus olhos ardem muito.

— A senhora coloca empecilho em tudo. Difícil agradá-la.

— É. A vida é muito sem graça.

— Vivemos de acordo com nossas crenças. Já pensou em mudar seu jeito de olhar a vida? Que tal ver o mundo com olhos mais alegres?

— Como posso ter alegria se seu pai, quando saiu por aquela porta — apontou —, levou junto toda a alegria que eu tinha? Como recuperar algo que me foi roubado?

— Papai foi embora porque não a amava mais.

— Ele jurou me amar na alegria e na tristeza, na saúde e na doença. Não aceito que tenha me abandonado.

— Mamãe... — Magali fez uma pausa, pensou e, enquanto falava, conduziu Ivete até o sofá.

— O que foi?

— Papai não a abandonou. Foi você quem se abandonou.

— Não entendo.

— A senhora foi uma moça tão bonita! Olho para as fotos de sua juventude e mal posso crer em tanta beleza.

— Eu era a mais bonita do quarteirão. Seu pai passava, descia do ônibus, ficava me paquerando. Eu tinha muitos pretendentes, mas quem manda no coração? Apaixonei-me por Getúlio e acreditei que viveríamos juntos para sempre.

— Depois que se casaram, você mudou bastante.

— Não, foi seu pai quem mudou. Quando nos conhecemos, ele me chamava de gatinha. Quando foi embora, me chamava de baleia.

Magali não conteve o riso.

— Papai foi espirituoso. Foi uma metáfora, uma maneira de dizer que conheceu uma mulher e se casou com outra. Você foi a responsável pelo fim de seu casamento.

— Eu?!

— Sim. Papai me contou que você transformou-se em outra mulher. Ele se apaixonara por uma moça bonita e in- teligente e casara-se com outra, carrancuda e reclamona.

— Mas é claro! Depois do casamento, virei esposa. Tive de assumir responsabilidades, apareceram as contas da casa para administrar e pagar, fazer economia com as compras de mercado, vieram Carlinhos e você... — Ivete suspirou.

— Sei que muitas responsabilidades surgiram depois de assinarem os papéis e viverem juntos sob o mesmo teto, mas a senhora deixou de ser aquela moça bonita...

— Deixei porque virei esposa. Uma mulher casada precisa se comportar de maneira diferente, precisa usar roupas diferentes. Eu deixei a minha vida de lado para cuidar de Getúlio e de meus filhos.

— Falou o que eu queria escutar: a senhora largou a sua vida, abandonou-se.

— E de que outra forma eu poderia seguir com meu casamento? Como conciliar tudo?

— A senhora absorveu o papel da esposa. Deixou de ser quem era para se transformar numa mulher completamente diferente. Papai sentiu muito essa mudança. Vocês foram se afastando e...

Ivete concluiu:

— E ele me largou assim, da noite para o dia.

— Não. Um casamento não acaba da noite para o dia. Um casamento vai acabando aos poucos, mesmo que um dos parceiros leve mais tempo para se dar conta do naufrágio da relação. A falta de interesses comuns, a falta de sintonia, de companheirismo, de amizade, de intimidade... existem tantos problemas que vão se acumulando ao longo do tempo que, de repente, um dia acordamos, olhamos para quem está dormindo ao nosso lado e perguntamos, estupefatos: *Quem é essa pessoa?*

— Eu engordei, deixei de me cuidar, fiz economias, parei de fazer pé e mão, comecei a tingir os cabelos em casa. E tudo para quê? Para nada.

— Papai perdeu a atração que tinha por você — contrapôs Magali.

— Fala isso assim, na minha cara? Duvido que Getúlio tenha perdido o interesse por mim. Ele me idolatrava.

— Disse bem, mãe: idolatrava. Mas um dia ele se cansou da vida sem graça que tinham e partiu. Eu e Carlinhos presenciamos muitas brigas de vocês.

— Desentendimentos são normais entre casais. Você vai ver o dia em que se casar.

— Não. Um ou outro conflito, ideias divergentes, opiniões contrárias, tudo isso faz parte de uma relação afetiva saudável. Afinal, são duas pessoas diferentes que têm em comum o sentimento de amor que nutrem uma pela outra. Quando o sentimento é forte, a relação é duradoura.

— Seu pai me trocou por umazinha. Ele ainda vai voltar. Eu tenho certeza.

— Eu não teria tanta certeza assim — respondeu Magali, de maneira pausada.

— Claro que vai. Seu pai saiu de casa para se aventurar com um rabo de saia bem mais jovem que ele. A sirigaita tem pouco mais que a sua idade, Magali. Acha que uma relação dessas vai durar? Claro que não. Daqui a algumas semanas ele entra pela porta da sala e tudo voltará a ser como era antes.

— A senhora não quer enxergar a realidade. Isso é duro, pois tolda a nossa visão e enfraquece o nosso raciocínio. Perdemos o senso e, pior, perdemos o rumo de nossa vida.

— Mas ele vai voltar. Sabe por quê? Porque essa sirigaita vai se cansar do seu pai. Daqui a pouco ele vai estar velho e gagá. Ela vai trocá-lo, assim como ele me trocou.

— Mamãe, acorde. Papai saiu de casa há cinco anos.

— Cinco anos não é nada! Entre namoro e casamento passamos vinte e cinco anos juntos.

— Papai me ligou ontem.

Ivete mordiscou os lábios.

— Continua falando com seu pai?

— Por que não? Ainda sou filha dele, oras.

— Você está me apunhalando pelas costas. Como pode fazer isso?

— Ele é meu pai — defendeu-se Magali. — Eu não tenho nada a ver com os desentendimentos ou com a separação de vocês. Eu amo os dois da mesma forma.

Ivete desconversou:

— Traga-me um copo de água. Minha garganta secou.

Magali levantou-se e foi até a cozinha. Nesse meio-tempo, Luciano ligou avisando que estava próximo do quarteirão. Ela desligou o celular, encheu o copo e entregou-o a Ivete.

— Tome.

— Obrigada. — Ivete bebeu, pousou o copo sobre a mesinha lateral e prosseguiu: — O que seu pai lhe disse? A jovenzinha cansou-se dele? Tenho certeza de que foi isso.

— Não. Papai me ligou para dizer que vou ganhar dois ir-mãozinhos. A mulher dele está grávida de gêmeos.

Um soco não teria provocado dor maior no estômago de Ivete. Ela fechou os olhos e recostou-se ao sofá.

— Você está bem, mamãe? Está pálida.

— Não foi nada. Nada.

— Como não? Está branca feito cera. Vamos ao posto médico.

— Não, Magali. Estou bem — Ivete falava com modulação de voz firme.

Ouviram uma buzina. Era do carro de Luciano.

— Vou avisar a Luciano que não vou ao cinema.

— De forma alguma.

— Vou ficar a seu lado. Eu não devia ter lhe dado essa notícia.

— Que notícia? — Ivete perguntou, como se nada tivesse escutado.

— Mãe, por favor, vamos ao médico?

— Não. Já disse que estou bem.

Ivete levantou-se e foi arrastando a filha até a porta.

— Vou cancelar o encontro.

— Não vai.

Magali abriu a porta e Ivete estugou o passo até o carro.

— Oi, Luciano, como vai?

— Muito bem, dona Ivete. E a senhora?

— Estou ótima. Olha — ela abaixou o tom de voz —, depois do cinema você poderia levar a Magali para lanchar?

— Claro! Será um prazer.

— É que eu quero ficar um pouco sozinha, sabe? Quanto mais ela demorar a voltar, melhor.

— Pode contar comigo, dona Ivete.

Magali inclinou a cabeça e perguntou:

— Por que estão falando tão baixinho?

— Não é nada, filha. Nada.

Ivete beijou Magali no rosto, esperou que entrasse no carro e acenou até que Luciano dobrasse a quadra. Ela cumprimentou uma vizinha que atravessava a rua, entrou em casa e trancou a porta. Caminhou até a cozinha e abriu a gaveta sob a pia. Apanhou uma faca e uma tesoura. Feito um robô, Ivete subiu as escadas e trancou-se no quarto.

— Agora eu me vingo de você, Getúlio.

Magali cumprimentou Luciano e perguntou:

— O que estava cochichando com minha mãe?

— Nada de mais.

— Eu não devia ter contado a ela...

— Contado o quê?

No trajeto até o cinema, Magali contou com detalhes a conversa que tivera há pouco com a mãe.

— Não sei se deveria ter falado. Dei com a língua nos dentes.

— Mais dia, menos dia, sua mãe receberia a notícia. Não seria pior saber pela boca de um estranho?

— É, pensando assim, creio que fiz o melhor.

— Uma notícia dessas pode ter abalado por completo o mundo interior de dona Ivete.

— É isso que me causa medo. Depois que falei, mamãe transformou-se. Não parecia mais a mulher reclamona e chata de sempre. Estava com um olhar duro, apresentava uma altivez que nunca vira antes. Acho melhor voltarmos. Tenho medo de que ela faça alguma besteira.

— Negativo. Cão que ladra não morde. Sua mãe sempre reclamou, sempre ficou chorando pelos cantos da casa. Não acredito que ela vá cometer alguma loucura.

— Acha mesmo?

— Sim. Confie em mim um pouquinho.

Magali sorriu encabulada. Ultimamente percebera-se mais "alegre" toda vez que estava ao lado de Luciano. Em respeito à memória de Gláucia, ela evitava dar algum tipo de asa à sua imaginação.

Uma amiga do trabalho dissera que talvez ela estivesse gostando de Luciano muito mais do que poderia imaginar, ao que ela rebateu:

— Bobagem, somos ótimos amigos.

Luciano prosseguiu:

— Como disse, há notícias que mudam por completo a nossa vida. Veja a minha história. Eu era apaixonado pela Gláucia. Sonhava com uma vida feliz ao lado dela. Na minha cabeça, iríamos casar, morar num belo apartamento, constituir família. E de uma hora para outra — ele fez um estalo com os dedos — meu sonho se transformou em pesadelo. Gláucia morreu, o casamento jamais foi consumado. Devolvi os presentes, cancelei o contrato de aluguel e paguei pesada multa, dei as passagens da viagem de lua de mel para o meu irmão. Descobri que a mulher que amava me traiu, mentiu para mim e tripudiou sobre meus sentimentos. Tentou me aplicar o velho golpe da barriga.

— Não foi bem assim.

— Fala desse modo porque Gláucia era sua amiga.

— Não. Falo porque sei que ela nutria sentimentos por você.

Luciano soltou uma gargalhada nervosa.

— Sentimentos? Que tipo de sentimentos? Se ela me amasse de verdade, jamais teria feito o que fez.

Magali sabia que o rapaz estava certo. Ela perguntara a Gláucia se amava Luciano, e Gláucia desconversava, mudava de assunto, até confessar, naquela fatídica noite, que não o amava.

Luciano estacionou o carro. Eles saíram e permaneceram na fila da bilheteria. Era tardezinha de domingo e a fila estava grande. Conversaram amenidades e Magali disparou, do nada:

— Você amava a Gláucia?

— Como assim?

— Ora, como assim! Você amava ou não amava a Gláucia?

— Por que pergunta?

— Porque, depois de tantos dissabores, depois de alguns anos, você sabe se a amava ou não. Será que é tão difícil me responder?

Luciano coçou a cabeça e, quando pretendia falar, foi surpreendido pela aproximação de um casal. Débora e Régis acabavam de chegar.

Eles se cumprimentaram e Débora elogiou Magali.

— Está tão bonita! Você fica bem quando usa roupa colorida.

— Magali fica bem de qualquer jeito — respondeu Luciano.

Régis sorriu e enlaçou Débora pela cintura.

— Débora também fica bonita de qualquer jeito. Até quando acorda, sem maquiagem e despenteada, é linda!

Ela deu um tapinha no ombro do amado.

— Régis fala assim porque nos amamos de verdade.

— Fomos feitos um para o outro.

— Almas gêmeas? — perguntou Luciano.

— Depende do seu conceito de alma gêmea. Eu e Débora preferimos definir como almas afins.

— É a mesma coisa — disse Magali.

— Não — corrigiu Débora. — A expressão "alma gêmea" ganhou força e acabou sendo distorcida de seu sentido original. Prefiro "afins" porque dá o sentido de ligação verdadeira, de afinidade.

— Adoraria sentir esse amor espontâneo de vocês — tornou Luciano, um tanto enciumado.

Meu pai está apaixonado. Agora encontro Débora e Régis apaixonados. Será que eu tenho algum problema? Por que diabos não me apaixono?

Débora disse, séria:

— O amor não é espontâneo.

— Não? — perguntou Magali. — Pensei que fosse.

— Mas não é. O amor é potencial que se desenvolve, que educamos, que cresce, desabrocha e cultivamos. Amor não vem de graça. Precisa ser estimulado, provocado.

Todos ficaram pensativos por instantes. Depois, Luciano perguntou:

— Seu pai parou de implicar com o namoro de vocês?

— Sim. Hoje a Gláucia esteve em casa e...

Luciano arregalou os olhos.

— Em casa? Na sua casa?

— É. O espírito dela estava bastante atormentado. — Débora falava com naturalidade. — Queria melhorar, seguir adiante no mundo espiritual, mas estava presa ao seu ódio, Luciano.

Ele engoliu em seco. Régis tentou contemporizar:

— Débora é direta.

— E por que rodeios? Luciano nutre um ódio por Gláucia que estava adormecido.

A fila andou um pouco e ainda faltava muito para comprarem os ingressos. Magali olhou para Régis e fez sinal para se afastarem. Ele captou a mensagem e sorriu:

— Magali, vamos comprar pipoca e refrigerantes?

— Vamos.

Os dois afastaram-se e Luciano endireitou o corpo. Cruzou os braços, numa clara postura de defesa.

— O que quis dizer com ódio adormecido, Débora?

— A infelicidade percorre suas vidas há muitas encarnações. Não é de hoje que você e Gláucia sentem esse desconforto.

— Nunca senti desconforto. Ela me traiu.

— Não. Ela fez o que achou melhor para ela naquele momento.

— Agiu errado.

— Quem somos nós para dizer o que é certo ou errado? Não fazemos tudo em nossa vida por pura conveniência?

— Eu me senti usado.

— Você se colocou nessa posição de vítima para não ter de olhar para dentro de si e fazer as mudanças de crenças e atitudes de que precisava para ter uma vida plena e feliz. Prefere reclamar, jogar a culpa de sua infelicidade sobre alguém que passou por uma série de situações desagradáveis e tenta, de toda sorte, seguir adiante.

— Gláucia não sofreu o tanto que eu sofri!

— Como não? Ela morreu no auge da juventude. Tinha uma vida pela frente. Pensa que é fácil morrer e acordar em outra dimensão, em uma nova condição? Acaso não pensa que Gláucia queria mesmo casar, ter filhos? Não consegue imaginar como deve ter sido difícil para ela? Num dia ia se casar, ter uma casa só para ela, um marido, viagem de lua de mel, talvez quisesse no futuro ter filhos. E, num piscar de olhos, foi obrigada a se desapegar de seus sonhos e desejos. Teve de largar, na marra, as coisas do mundo e dedicar-se aos assuntos do espírito.

— Mas eu...

Débora falava de maneira firme. Judite estava próximo dela e lhe dava sustentação.

— Você ficou aqui. Não teve de se afastar de seu pai, de seu irmão, de seus pertences. Você continua vivendo aqui e agora. Não sabe o que é ser obrigado a largar o mundo para seguir os anseios de sua alma.

— Nunca imaginei o que teria acontecido a ela. Eu não conheço a espiritualidade e custei a acreditar que a vida continua depois da morte do corpo.

— É preconceito. Há milhares de anos boa parte do mundo acredita na reencarnação, mas, por vaidade, ignorância e brigas de poder, fomos contaminados e muitos acabaram por acreditar que os "assuntos ocultos" vêm de mentes perturbadas, de gente fanática, ignorante. Pode passar o tempo que for, uma hora teremos de abrir os olhos e a mente para aceitar e entender que essa verdade explica muitos problemas pelos quais o mundo vem passando. As desigualdades sociais, as diferenças de temperamento, as deficiências de nascença, tudo tem uma razão de ser quando observamos tais aspectos pela luz da espiritualidade. E a reencarnação é a chave para entendermos tudo isso.

— Não frequento lugar algum.

— Frequentar um centro espírita é bom, mas conhecer e estudar os assuntos espirituais, sem os rótulos de religião, ampliam nossa lucidez e nos ajudam a viver melhor. Quer melhorar a sua vida, Luciano?

— Pois é claro. Estou cansado de carregar o peso da tristeza em meu coração.

— Faça tudo melhor, ame melhor, perdoe mais, vá para a frente porque a vida segue rápido.

Ele a abraçou com carinho.

— Débora, como posso agradecer tanta coisa boa que você me diz, tanta serenidade que me passa?

— Fique na força da alegria, na força da fé. Acredite que tudo no universo está em constante mutação. Temos a bênção de poder modificar e transformar toda crença que impede o nosso progresso. E, antes que eles cheguem... — Débora abaixou a voz e sussurrou no ouvido dele: — Judite manda lembranças. Diz que o amor que os une é mais forte que tudo.

— Você disse o nome de minha mãe. — Ele estremeceu.

— Ela está aqui e diz para você abrir seu coração. O tempo está passando e você não está dando chance ao amor verdadeiro. Abençoe a sua relação com Gláucia, perdoe a si próprio e liberte-se para abraçar nesta vida o que ela tem de melhor a oferecer-lhe.

Os olhos dele marejaram. Luciano estava muito emocionado. Régis e Magali apareceram com um balde de pipocas e refrigerantes.

— Enquanto os dois tagarelavam, compramos também os ingressos — tornou Régis.

— A sessão vai começar agorinha — disse Magali.

— Vamos — convidou Débora, depois de dar uma piscada para Luciano.

Em seguida, ela abraçou-se a Régis e os quatro entraram na salinha escura com os corações pulsando de felicidade.

Capítulo Quinze

Magali adorou o passeio. O filme era uma comédia romântica e todos saíram do cinema esboçando um sorriso. Débora seguiu com Régis para o apartamento dele, e Luciano, seguindo o conselho de Ivete, convidou Magali para um lanche.

— Comi muita pipoca. Não estou com fome.

— Pelo menos vamos tomar um café e comer uns biscoitinhos. Conheço uma cafeteria pequena e aconchegante aqui perto.

Ela assentiu e foram para o local, não muito distante do cinema. Luciano entregou a chave do carro ao manobrista e entraram no recinto. O local estava um pouco cheio e os dois se sentaram numa mesinha logo à entrada. Fizeram o pedido e Luciano considerou:

— Conversei com Débora e as palavras dela não saem da minha cabeça. Foram profundas e me tocaram o coração.

— Débora tem uma habilidade natural de nos provocar bem-estar. Ela é um doce de pessoa, compartilhar sua amizade me faz tremendo bem.

— Impressionante ela ser irmã de Gláucia. São tão diferentes.

— Assim como você e Lucas. São como água e vinho.

— Sim. Gosto do meu irmão...

Luciano parou de falar e fitou um ponto indefinido. Magali notou a ausência momentânea e perguntou:

— Algum problema, Luciano?

— Não, nada. É que Lucas anda muito esquisito nos últimos tempos.

— O que ele tem?

— Já aconteceu de eu acordar no meio da noite para tomar água e encontrá-lo tendo pesadelos horríveis. Grita, está sempre agitado, nervoso, e acorda suando em bicas.

— Lucas sempre foi nervosinho. Isso não faz bem.

— Papai tentou convencê-lo a fazer análise, procurar ajuda médica, mas ele diz que é sadio e normal. E que é adulto para decidir o que é melhor para ele mesmo.

— O melhor a fazer, nesses casos, é não dar opinião. Deixe-o seguir seu caminho e estenda a mão quando ele precisar.

— Gostei muito do filme.

— Eu também. Adoro os finais felizes.

— Sabemos que tudo não passa de delírio, mas é bom sonhar com finais felizes.

— Por que delírio? Não acredita em finais felizes?

— E por acaso o que a vida me trouxe? Algum final feliz? A minha história está mais para novela mexicana.

— Não se torture, Luciano. O que passou passou.

— Débora me disse para perdoar a mim mesmo e Gláucia. Disse-me que ela deseja seguir adiante no mundo espiritual, mas encontra barreiras porque a minha raiva a paralisa e entristece.

— O que acha de fazermos uma oração para Gláucia?

— Uma oração?

— É. Uma oração. Vamos fechar os olhos por um instante e imaginá-la bem. Vamos lhe enviar bons sentimentos. Levante os braços e me dê as mãos.

Luciano esticou os braços e deram-se as mãos. Fecharam os olhos e fizeram, cada um à sua maneira, uma prece, uma mentalização positiva para Gláucia. Magali terminou e abriu os olhos.

— Nossa, que coisa boa!

Luciano permanecia de olhos fechados e continuava a segurar as mãos dela. Logo depois ele abriu os olhos e sorriu.

— Foi difícil, entretanto consegui. Procurei na memória uma cena em que Gláucia estava feliz e contente. Depois desejei a ela tudo de bom.

— Como está seu coração?

— Mais leve. Parece que um peso foi arrancado daqui.

Magali assentiu.

— Fico feliz que você esteja mudado.

— A vida segue em frente. Creio que perdi muito tempo com as lamúrias. Agora é olhar para a frente e ir ao encontro da minha felicidade.

Ela fez sinal e Luciano não percebeu. Ele perguntou:

— O que foi?

— Você continua segurando as minhas mãos.

Luciano imediatamente soltou suas mãos das dela. Ficou vermelho feito um pimentão e pediu desculpas. Magali sentiu uma pequena onda de calor e prazer, mas nada disse. O garçom trouxe o café e os bolinhos, e ambos comeram em silêncio.

Uma hora depois, Luciano estacionou na porta da casa de Magali. Despediram-se e ela notou tudo escuro. Passou a chave, abriu a porta e acendeu a luz. Então, deu um passo para trás e levou a mão à boca para evitar o grito de susto.

A casa estava toda revirada. Os móveis estavam fora do lugar. Havia papel picado por todos os lados. Documentos e fotos espalhados pelos cômodos, todos rasgados, cortados. Começou a gritar por Ivete:

— Mãe! Cadê você?

Nada. Nenhum barulho, nenhum sinal de vida. Magali sentiu o coração querer saltar pela boca. Foi até a cozinha e os pratos estavam em pedacinhos. Não sobrara uma louça inteira. Tudo quebrado em cacos.

Rodou nos calcanhares e subiu as escadas aos pulos. Entrou direto no quarto de Ivete. A cena era surreal. O colchão da cama fora queimado e o ar estava carregado, abafado. Magali correu e abriu a janela. Respirou o ar fresco da noite e viu que havia algo escrito com batom no espelho da penteadeira: *Não aguento mais. É o fim!*

Sobre o móvel havia um envelope onde estava escrito o nome de Magali. Ela abriu e leu:

Filha querida,

Depois do que me disse hoje à tarde, parece que finalmente despertei de um pesadelo. Foi um choque de realidade. Refleti bastante e decidi que preciso dar um rumo em minha vida. Liguei para sua tia Romilda em Londrina e pedi que me acolhesse por um tempo.

Levo comigo algumas mudas de roupa e o cartão do banco. Tenho um bom dinheiro na poupança. Desculpe-me pelos estragos. Fiquei um pouquinho nervosa e descontei minha ira em alguns móveis e objetos.

Mande beijos ao Carlinhos. Não tenho dia nem hora para voltar. Liguei para a rodoviária e pretendo pegar o ônibus das dez da noite.

Assim que chegar, vou comprar um celular pré-pago e ligo para tranquilizar você e seu irmão. Cuide da casa e de sua vida.

Com amor,

Mamãe

Magali encostou o corpo sobre a parede, recompondo-se do susto.

— Meu Deus! Mamãe enlouqueceu!

Régis abriu a porta do apartamento e acendeu a luz. Fez um gesto cavalheiresco com o braço e Débora entrou. Depois que fechou a porta, ele a abraçou e beijou várias vezes nos lábios.

— Eu a amo tanto!

— Também amo você.

Passaram da sala para o quarto e entregaram-se ao amor. Tomaram uma ducha e voltaram para a cama. Débora aninhou-se sobre o corpo relaxado do amado.

— Estou tão feliz!

— Eu também — respondeu Régis. — Só estou mesmo preocupado com seu pai.

— O que tem ele?

— O clima no escritório não anda tão bem. Desde que assumimos nosso namoro, Armando mudou o jeito de se relacionar comigo.

— Natural. Você era o melhor amigo de papai. Agora é forte candidato a genro. A mudança na cabeça dele ainda não foi processada.

— Candidato a genro? Por quê? Existem outros?

Eles riram e Débora respondeu, aninhando-se mais ainda sobre o corpo do amado:

— Eu só tenho olhos para você.

— Eu também, Débora. Conheci muitas mulheres ao longo da minha vida. Tive pouquíssimos compromissos sérios. Sempre tive medo de me envolver afetivamente. Entretanto, quando a conheci, deixei a resistência de lado. Nunca, mas nunca mesmo, amei uma mulher como amo você.

Ela o beijou longamente nos lábios. Em seguida, sorrindo, disse:

— Então por que não nos casamos?

— Assim?

— É. Nós nos amamos. Sabemos o que sentimos um pelo outro. Por que esperar?

— Sabe que tem razão? O que me diz de casarmos amanhã cedo?

— Bobinho! Preciso ao menos de uma semana.

— Imagine. Temos que conversar com seus pais, marcar a data, distribuir convites...

Débora o cortou com amabilidade:

— De forma alguma.

— Por quê?

— Não sou de seguir esses protocolos.

— Não?

— Negativo. Podemos fazer uma pequena reunião, convidar alguns amigos e familiares. Tudo simples.

— Não quer véu e grinalda?

Ela fez que não com a cabeça.

— Nem igreja, vestido, festa, nada?

— Nada.

— Nunca conheci mulher que não desejasse se casar de véu e grinalda.

— Agora conhece. Nunca tive esse sonho. Gláucia é que sempre sonhou em se casar de acordo com a tradição. Comprava revistas de noivas, adorava ir a casamentos. Ela sempre foi a menina que queria casar.

— E você?

— Eu quero, mas sem essa confusão toda.

— O que faremos, então?

— Troco tudo isso por uma viagem de primeira classe para Paris.

— Espertinha!

— Melhor uma viagem do que passar pelo estresse de um evento tão grandioso, em que sempre alguém vai dizer que não estava bom.

— Combinado!

Abraçaram-se e amaram-se novamente. O dia estava amanhecendo quando finalmente adormeceram.

Capítulo Dezesseis

Gláucia despertou de supetão. Estava um pouco assustada, pois tivera um sonho ruim. Arregalou os olhos e procurou reconhecer o local. Era um quarto simples, pintado de um azul bem clarinho. Tateou a cama e moveu a cabeça para os lados. Viu uma mesinha de cabeceira, uma poltrona à sua frente e mais nada. A janela era no estilo veneziana e estava fechada. Havia uma tênue claridade que transpassava as suas frestas.

— Onde estou? — ela indagou numa voz quase sumida.

Gláucia avistou sobre a mesinha um copo de água. Apanhou-o e sorveu o líquido com prazer. Passou as costas da mão sobre os lábios e sentou-se. As ideias vinham embaralhadas e ela abriu e fechou os olhos várias vezes.

Em seguida, levantou-se e notou que estava com uma camisola branca. Foi se movimentando lentamente até a beirada da cama, depois chegou próximo do peitoril e abriu a janela.

— Meu Deus! — exclamou. — Que lugar mais lindo!

A beleza era impressionante. No parapeito da janela havia uma floreira com rosas cujo perfume inebriava a alma. Era delicado e calmante. Gláucia aspirou o cheiro das flores e encheu o pulmão de ar. Depois exalou um longo suspiro, sentindo enorme bem-estar.

Da janela, era possível ver uma pracinha com uma fonte e chalezinhos de madeira que, lado a lado, formavam um círculo. Algumas pessoas andavam na rua e a cumprimentavam pelo nome:

— Oi, Gláucia! — dizia um.

— Bom dia, Gláucia — sorria outra.

— Como vai, tudo bem? — perguntou uma senhora.

Ela acenava com a mão e sorria.

— De onde essas pessoas me conhecem?

Gláucia ouviu a porta abrir-se e virou o rosto. Um rapaz alto, aparentando uns trinta anos de idade, olhos amendoados e sorriso encantador, entrou no quarto. Encostou a porta e a cumprimentou:

— Como está? Dormiu bem?

— Do-dormi... — ela balbuciou. Sentiu uma emoção diferente.

— Que bom! Você estava sem energia. Pensei que fosse ficar doente.

— Estou me sentindo bem — disse ela, tentando desviar os seus olhos dos dele.

— Tem certeza?

Gláucia estava curiosa. Respondeu e emendou:

— Sim. Onde estou?

— Numa cidadezinha astral, ou melhor, numa aldeia astral.

— Agora me recordo. Estava na casa de meu pai e Judite me trouxe para cá.

— Você estava dormindo havia uma semana.

Gláucia espreguiçou-se de maneira displicente e bocejou.

— Estava na janela há pouco e as pessoas me cumprimentaram como se me conhecessem.

— De fato, muita gente conhece você.

— Não sei onde estou. Não me recordo deste lugar, ou mesmo dessas pessoas.

— Porque ainda não teve acesso ao seu passado.

— Passado?

— É. Falo de uma outra vida que você teve, antes de retornar ao mundo como Gláucia.

— Judite havia me falado algo a respeito. Confesso que estava bastante perturbada e não registrei muito do que ela me disse. Só sei que ela é muito especial para mim.

— Judite gosta muito de você.

— Sinto por ela um carinho de filha para mãe.

— Mesmo?

— Sim. E o mais estranho é que...

— O quê? — ele perguntou, interessado.

— Pensei que fosse reencontrar minha mãe, a Miriam.

— Miriam está aqui.

Gláucia sentiu um friozinho na barriga.

— Minha mãe? Onde?

Ele sorriu, abriu a porta e fez um sinal com os dedos para fora. Em seguida, uma moça muito bonita, de cabelos longos e castanhos, tez alva e olhos expressivos, entrou no local. Ficou parada na porta e cumprimentou:

— Como vai?

Gláucia sentiu uma ponta de decepção. Esperava encontrar sua mãe da maneira como recordava por meio das fotos que guardara durante anos. Mas Miriam parecia outra pessoa, outra mulher. Não tinha absolutamente nada a ver com os arquivos de sua memória.

— Não se parece com minha mãe.

Miriam sorriu.

— Eu decidi reencarnar para usufruir de novas experiências e me redimir perante Armando e Iara. Eu já havia construído um laço de afeto com você, mas precisava também que os laços de amizade perdidos entre mim, Armando e Iara fossem recuperados. Por isso tive que entender melhor como funciona o perdão. Na Terra, acreditava piamente no provérbio: "Morto o cão, acaba a raiva".[1] Aprendi, de maneira dolorosa, que o provérbio não se aplica.

Miriam suspirou e tornou, voz cadenciada:

— Depois que deixei a Terra, passei por um estágio de grande perturbação e desequilíbrio emocional. Aos poucos fui me recompondo, aprendi a controlar meus pensamentos e dominar minhas emoções. Ampliei minha lucidez e, ao ter acesso às minhas vidas passadas, deparei-me com uma encarnação que me trouxe boas lembranças. Decidi que adotaria o mesmo "corpo" dessa encarnação pretérita.

— Foi uma encarnação em que Miriam se sentiu muito feliz — ajuntou o rapaz.

Miriam concordou e disse:

---

1 Sobre o entendimento do perdão a que Miriam se refere, ler *O Evangelho segundo o Espiritismo*, capítulo X, "Bem-aventurados os misericordiosos", em especial os itens 5 e 6. Utilizamos a tradução, enriquecida de notas explicativas, feita pelo professor José Herculano Pires (1914-1979), publicada pela Lake – Livraria Allan Kardec Editora.

— É por isso que ficou desapontada. Eu nada me pareço com a imagem que tem guardada de sua mãe.

Gláucia esboçou um sorriso. Miriam aproximou-se e abriu os braços. Abraçaram-se, mas Gláucia não sentiu nada. Miriam notou e perguntou:

— Você não se emocionou?

— Fiquei mais de vinte anos sonhando com este reencontro e não esperava que fosse assim.

— Depois da morte, continuamos mais vivos do que nunca.

— Por isso, o provérbio não se faz valer — concluiu Gláucia.

— Exatamente! Choramos, aprendemos, sorrimos, trabalhamos, amamos, reencontramos afetos e desafetos. Os anos passam e, muitas vezes, um ente querido que ficou no mundo acredita que, ao regressar ao mundo espiritual e reencontrar aquele que morreu, tudo será como se nada tivesse acontecido.

— Eu não a vejo como minha mãe. Não sinto...

— Nada arrebatador, certo? — ajuntou Miriam.

— É. Não quero ser grosseira, mas o sentimento que tenho por Judite é o que mais se aproxima do amor entre mãe e filha.

— Sei disso. Eu e você, Gláucia, tivemos muitos desentendimentos no passado. Passamos muitas vidas nos acusando e nos odiando. Esquecemos que um dos maiores fortificantes do espírito é o perdão. Há algum tempo, a vida nos uniu no palco do mundo para uma nova visão dos fatos, para reciclarmos os sentimentos. Amadurecemos nossas almas e ficamos anos sem voltar juntas à Terra.

Antes de Gláucia perguntar, Miriam prosseguiu:

— Num passado distante, conheci Armando, casado com Iara e pai de Débora. Estava iludida e precisava resolver meu complexo de inferioridade. Quis destruir o casamento deles para me sentir envaidecida. No fim, ledo engano. Acreditei que estivesse resolvendo meus problemas de inferioridade quando na verdade trouxe desarmonia para o meu coração.

— Então, foi por esse motivo que morreu jovem em última vida?

— Sim. Voltei à Terra, uni-me a Armando e trouxe você ao mundo. Depois, como previsto, saí de cena para que Iara pudesse resgatar esse amor ao lado dele. Eu cumpri meu papel e meu dever. E, depois que mandei uma carta psicografada para Armando, o meu coração ficou em paz com ele e Iara. Agora preciso acertar-me com Débora.

— Eu nunca acreditei em cartas psicografadas. Papai sempre falava da sua carta, mas eu desdenhava. Achava impossível.

— O intercâmbio entre os dois mundos ocorre de diversas formas, seja por meio de cartas psicografadas, sonhos, visões... Eu fui levada até um centro espírita muito conceituado, cujos médiuns estão preparados para receber mensagens ditadas por espíritos aos seus entes queridos. Claro que pode haver mudança no conteúdo, na maneira de escrever, visto que não somos nós que escrevemos. Tudo que queremos ditar passa pela mente do médium.

— Se eu soubesse que isso era verdade, poderia ter me poupado dissabores na chegada a esta dimensão.

— Pois é. Mas acontece que seu espírito está mais forte e você está mais lúcida. Nenhum dissabor vem em vão.

— E agora, o que pretende fazer? — perguntou Gláucia.

— Reciclei meus sentimentos, reavaliei atitudes e amadureci minha alma a fim de perceber melhor a realidade, para assim reencarnar ao lado daqueles que machucamos de alguma forma no passado, porque, nascendo em outros corpos e vivendo novas situações, vamos nos relacionar sob novas perspectivas. Sei que, com essa nova maneira de enxergar a vida, serei amiga de Débora.

— Não consegui fortalecer meus laços com Iara e Débora — disse Gláucia, entristecida.

— Elas gostam sinceramente de você. Acredite.

— Hoje sei. Se não fossem as orações e vibrações de Débora, eu não conseguiria me livrar tão facilmente das energias negativas que Luciano me remetia como dardos envenenados.

Miriam pousou sua mão sobre a de Gláucia.

— A sua sensibilidade vai abrir-se e você vai perceber muitas outras coisas. Eu fui mais uma companheira de sua jornada. Hoje posso dizer, com franqueza, que estou em paz com meus sentimentos.

— Precisamos conversar mais — disse Gláucia. — Quando eu estiver mais forte e mais ativa, irei procurá-la.

— Não será possível — revidou Miriam.

— Por quê? — perguntou Gláucia, curiosa.

— Porque estou me preparando para retornar ao planeta. Vim para revê-la, dar-lhe as boas-vindas e desejar que, ao toque dos seus pensamentos renovados, tudo mude para melhor. E aproveito para despedir-me.

Miriam abraçou Gláucia com carinho e, em seguida, abraçou e beijou o rapaz.

— Até mais ver.

Depois da despedida, Gláucia considerou:

— A mulher que estava aqui agora não era a minha mãe.

— Miriam deu-lhe a vida no mundo, mas o compromisso de ambas era o de fazerem as pazes com Iara e Débora.

— Não consegui em vida.

— Agora pode — concluiu o rapaz. — Você pode fazer as pazes agora, se quiser.

— Como proceder? Estou confusa.

— Faça o mesmo que Débora faz para você: transmita a ela todo o seu carinho, todo o seu amor.

— Só isso?

— Acha pouco? Pois tente e verá.

— Interessante. Aqui é tudo muito diferente!

— O mundo astral é o mundo real. E neste mundo real tudo se processa de maneira simples. Se você vibra ódio, atrairá imediatamente o ódio. Se vibrar amor, atrairá tão somente amor.

Gláucia concordou com a cabeça, depois passou a mão pelos cabelos e indagou:

— Quando vou poder sair?

— Quando se sentir melhor. Ainda se sente fraca?

— Um pouco. Antes de Miriam entrar, eu tinha desperta-do de um sono pesado. Tive um sonho estranho, vi-me com roupas antigas e pessoas que não reconheci no momento. Depois aconteceram coisas desagradáveis e eu despertei.

— São cenas do passado. Logo tudo vai fazer sentido para você.

— Tem certeza?

— Claro. Já passei pelo mesmo que você, Gláucia.

Ela riu.

— Parece que aqui todos me conhecem!

— Por certo.

— Como se chama? — ela perguntou curiosa.

— Xenos — ele falou e aproximou-se ainda mais. Esten-deu a mão para Gláucia. Ela a apertou e sentiu um frêmito de prazer.

Nunca vi esse homem antes e já sinto isso?, pensou aflita.

— O que faz nesta aldeia, Xenos?

— Sou um dos coordenadores desta região astral. Eu, Judite e mais alguns companheiros dedicados.

— Eu já estive aqui antes?

— Algumas vezes, muitos anos atrás.

— Engraçado, agora que estou conversando com você, parece que o lugar não me é estranho. E você... bem, eu posso jurar que não o conheci nessa última encarnação, mas seu rosto me é tão familiar!

— Somos conhecidos de outros tempos. Na hora certa você vai se lembrar de muitas coisas sobre nós.

Xenos falou de uma maneira tão doce, com olhar tão carinhoso, que Gláucia sentiu o peito agitar-se. Levou a mão ao peito e percebeu que o coração batia descompassado. Ela suspirou fundo e mudou o assunto:

— Só queria entender por que morri daquele jeito.

Xenos abriu um sorriso lindo e convidou:

— Vamos tomar um ar fresco? O sol está morno e a temperatura agradável. Podemos sair e caminhar. Tem um bosque muito bonito aqui perto e poderemos entrar e procurar um banco, se é que vamos encontrar algum!

— Por que diz isso?

— Porque as pessoas daqui gostam de passear no bosque. Muitos usam o contato com a natureza para refazer o perispírito. Outros utilizam o espaço para meditar, repensar a vida e até planejar uma próxima etapa reencarnatória. Veja ali — Xenos apontou pela janela do quarto.

Gláucia virou o rosto e viu Miriam sentada na grama da pracinha, olhos fechados, em profunda meditação. Em volta de seu corpo formara-se uma luz violeta, cuja intensidade era muito forte.

— Ela está tão iluminada!

— Ela é iluminada — corrigiu Xenos.

— Não faria o que Miriam vai fazer. Eu é que não volto mais para a Terra. Ainda bem que essa foi a minha última passagem por lá.

— Quem lhe disse isso?

— A minha amiga, Linda. Conhece?

— Não.

Gláucia balançou a cabeça de forma negativa.

— Como não? Linda Whitaker. Uma celebridade. Todo mundo conhece.

— Não estou muito informado em relação ao dia a dia do mundo terreno.

— A Linda me garantiu que a gente não volta mais, que eu sou evoluída o suficiente para viver no mundo dos espíritos, que quem volta para a Terra é gente que não pensa, que não tem juízo.

— Você tem juízo?

— Sim. Não consigo enxergar defeito em mim. Só vejo qualidades.

— Entendo.

Xenos abriu a porta do quarto e saíram. Pegaram um corredor à frente, passaram por uma simpática recepcionista e ganharam a rua.

A conversa fluiu de modo agradável e logo estavam no bosque. Andaram um pouco mais e sentaram-se sob uma frondosa árvore que exalava perfume doce e delicado.

— Parece que estou no paraíso — ela disse.

— Muitos acreditam que aqui seja o paraíso.

— Eu me sinto muito bem. Fiquei um bom tempo presa a uma energia de ódio muito grande. Imagine! O homem com quem eu ia casar me odeia. Pode isso?

— Por que ele a odeia tanto?

— Bom, acho que... que...

— Seja sincera.

Gláucia abaixou a cabeça e fechou os olhos. Refletiu por instantes e respondeu:

— Eu menti para ele.

— Mentir sempre gera problemas. Por que mentiu?

— Para garantir um bom casamento.

— Qual foi o motivo de querer se casar?

— Bem, eu nasci com essa vontade. Mesmo fazendo parte de uma sociedade cujos padrões de comportamento mudaram bastante nos últimos anos, eu ainda alimentava o sonho de conhecer um bom homem, apaixonar-me por ele, casar, constituir família...

— Você amava seu noivo?

— Eu gostava dele.

— Gostar é uma coisa. Amar é outra.

Gláucia mordiscou os lábios e pensou. Xenos prosseguiu, de forma paciente:

— Gostava ou amava?

— Posso ser sincera?

— Hum, hum.

— Eu gostava do Luciano. Não o amava.

Xenos deixou escapar um sorrisinho no canto do lábio. Gláucia não percebeu e ele indagou:

— E por que você iria dar um passo tão importante se não o amava?

O rosto dela ficou rubro. Gláucia sentiu-se envergonhada.

— Porque eu tinha que casar.

— Esse *ter que* é complicado. Tudo que fazemos por obrigação gera desconforto e não dá certo.

— Judite me disse outro dia que reencarnamos com deveres e obrigações. O que fazer?

— Nascemos, sim, com dever e obrigação. Temos o dever de desenvolver e aprimorar nossas qualidades, engrandecer o espírito, ampliar a lucidez. E temos a obrigação de ser feliz.

— Como posso ser feliz se tenho que fazer tantas coisas de que não gosto? Impossível.

— Já disse. Desligue-se do *tem que*. Temos muita coisa boa na vida. Se dermos atenção a tudo que é bom, o ruim perde a força e fica longe.

— Fácil falar.

— Não é difícil. É uma questão de postura, de determinação, de disciplina. Traga o melhor da vida para você e o melhor vai acontecer na sua vida.

— Simples assim?

— Sim. A alegria é o coração da felicidade. Pense nisso.

Xenos em seguida levantou-se.

— Aonde vai? — indagou Gláucia, contrafeita. — A conversa está tão agradável.

— Preciso partir. Tenho uma reunião logo mais. Fique mais um pouco, aproveite o ar puro e fresco deste bosque. Judite está quase chegando. Aproveite alguns minutos para refletir sobre a sua última vida. Quem sabe, logo, logo fatos de um passado distante não vão surgir à mente? Fique atenta.

Ele apanhou a mão de Gláucia e beijou-a, num gesto de cavalheirismo à moda antiga. Em seguida, apanhou uma rosa e lhe deu.

— Fique com isso.

Quando ele se afastou por completo, ela esboçou um sorriso, aspirou o perfume da rosa e emocionou-se.

Capítulo Dezessete

Sarajane desceu do carro último tipo. Estava moída. Saíra com um engenheiro da empresa concorrente a fim de arrancar informações úteis a Lucas. Depois de passar três horas no motel, ela conseguira alguma informação.

— Que homem sujo, Deus me livre! Preciso de um banho, urgente — ela falou, fechando o portão com o controle. Ouviu um barulho estranho e o cachorro da vizinha veio em disparada, passando por entre as pernas dela. Sarajane tomou um susto e se recompôs rapidamente.

— Cãozinho xereta. O que será que estava fazendo no meu quintal?

Imediatamente ela correu até os fundos e notou que uma parte da terra estava remexida. Chegou mais perto e viu que parte da mão de Eneida estava à vista. Faltava um dedo.

— Cãozinho sapeca! Será que ele apanhou o dedo da coitadinha? E agora, como saber?

Ela caminhou até o portão, procurando olhar para cada canto. Nada. Não encontrou o dedo. Sarajane deu de ombros, foi até debaixo do tanque e apanhou um saco de terra. Abriu-o e despejou tudo sobre o jardim, cobrindo a mão de Eneida.

— Será que vai demorar muito para ficar só no osso? Pensei que a decomposição ocorresse de forma mais rápida.

— Sarajane? Sarajane, é você?

— Sim, titio. Está acordado a essa hora?

— Estou com sede.

Ela foi até o tanque, apanhou um copo sujo e colocou sob a torneira. Depois levou-o até o quartinho.

— Aqui está.

Coriolano olhou para o copo com desconfiança.

— Posso beber? — perguntou, enquanto apagava o cigarro.

— Por que pergunta, tio? Claro que pode.

— Não colocou nada na bebida?

— Não. Claro que não.

— É que da outra vez...

Sarajane o cortou com doçura na voz:

— Tio, como implica comigo, não? Ainda acredita que eu coloquei algo em sua bebida no outro dia? Imagine. Eu nunca faria uma coisa dessas. Nunca.

— Bom...

— Vamos, pode beber.

Coriolano levou o copo até a boca e tomou um gole. Percebendo que se tratava de água mesmo, sorveu o líquido com vontade.

— Estou com muita sede. Pode me trazer mais um pouco?

— Claro.

Ela apanhou o copo e foi até o tanque. Encheu um balde e o trouxe junto.

— Vou deixar esse balde para poder encher o copo à vontade.

— Quanta gentileza! Obrigado.

— De nada, titio. Por acaso percebeu o cachorro da dona Justina fuçando aqui no nosso quintal?

— Sim. Ele rosnava e latia bastante. Fez muito barulho. Será que remexeu no nosso lixo?

— Pode ser.

Ela ia sair, quando Coriolano perguntou:

— Será que pode me esquentar alguma coisa? Estou morrendo de fome.

— A essa hora? Fome?

— É tarde e não jantei ainda.

— Esqueci de lhe dar o jantar. Deixe que vou esquentar alguma sobra de comida.

Ela saiu, foi até a cozinha e abriu a geladeira. Havia uma tigela de arroz. Ela apanhou a tigela e cheirou. Fez uma careta pavorosa. Em seguida jogou sobre uma panela suja, levou ao fogão e esquentou de qualquer jeito. Levou o prato para o tio e ordenou:

— Coma tudinho, hein? Vou tomar um banho e depois volto para também lhe dar um bom banho.

— Hoje não. É tarde.

— Está bem — e se retirou.

Coriolano coçou a cabeça.

— O que será que se passa com essa menina? Ela está me tratando tão bem! O que a preocupa tanto?

De fato, ela estava preocupada. Tinha certeza de que o cachorro bisbilhoteiro havia arrancado o dedo de Eneida. Sarajane subiu a escada, apanhou uma toalha limpa e entrou no banheiro.

— Preciso ver isso com o Lucas. Esse corpo precisa sumir. Logo o cheiro pode ficar mais forte e a futriqueira da dona Justina poderá desconfiar. Mas depois penso nisso. Preciso dar um banho nesse pedaço de carne arrebatador — disse, enquanto passava as mãos pelo corpo de maneira sensual.

Durante o banho veio a ideia. Antes de dormir, Sarajane enviou uma mensagem de texto para o celular de Lucas. No dia seguinte, às oito da manhã, um caminhão-betoneira da construtora encostou na rua e, em menos de uma hora, concretaram o quintal.

— Não pode pisar durante um dia inteiro, senhorita.

— E depois?

— Com essa mistura que o doutor Lucas mandou fazer, só um terremoto para arrebentar esse chão — respondeu o funcionário, crente de que fizera um ótimo trabalho.

Sarajane sorriu. Deu-lhes uma boa gorjeta, e os rapazes foram embora felizes da vida, sem desconfiarem de nada. A moça deu tchauzinho para eles e fechou o portão.

Coriolano gritou do quartinho:

— Preciso de banho.

— Hoje não, titio. O quintal foi cimentado e não podemos pisar nele ou deixar cair água. Vê se passa o dia jogando sabão para Santa Clara. Dizem que, se você joga sabão para esta santa, ela faz a chuva parar na hora.

— E o meu café?

— Esqueci.

Sarajane foi até a cozinha, abriu o forno, apanhou o pacote de pão de forma. Arrancou duas fatias completamente mofadas. Limpou as bordas, passou margarina e encheu um copo de leite. Levou para Coriolano e sorriu.

— A gostosinha aqui vai trabalhar.

— Estou sentindo muita fome. Deixe um pouco mais de pão.

— Não. Olha a dieta! Não pode ingerir tanto carboidrato. Quando eu voltar, se estiver bem, trago comida da rua, pode ser?

— Verdade?

— Conta comigo, tio.

Sarajane saiu apressada. Apanhou o carro e foi costurando o trânsito e assustando os pedestres. Adorava irritar as pessoas. Era divertido para ela viver dessa forma.

Como fora filha de uma mãe viciada, sem nunca saber quem fora o pai, Sarajane crescera num ambiente pobre e insalubre. As drogas fizeram a mãe perder o emprego, os móveis, a casa, tudo. As duas foram viver na casa do tio por um tempo, depois aconteceu o acidente de carro que matou a mãe e deixou Coriolano com graves sequelas. Sarajane, depois do acidente, ficou meio abestalhada. Mesmo assim voltou a estudar, repetiu muitos anos e por fim concluiu o curso de Secretariado. Era uma menina estranha, esquisita mesmo, mas fascinava os homens. Tinha o dom de deixá-los doidos com suas artimanhas e peripécias sexuais.

Chegou ao escritório no instante em que Lucas tentava lhe mandar uma mensagem de texto. Ela subiu de elevador e, quando chegou ao andar, empurrou uma moça que queria entrar. Sarajane gargalhou com o tombo da moça e correu até a sala dele.

— E então?

— Deu tudo certo, Lucas. Os rapazes fizeram uma camada assim grossa — fez um gesto — e cobriram todo o quintal. Agora ninguém arranca a pobrezinha de lá. Nunca mais. Daqui a trezentos anos, quando algum arqueólogo for escavar o quintal, vai se maravilhar com a descoberta de uma ossada.

— Será que ninguém vai mesmo desconfiar?

— Não. Fique sossegado. Está tudo sob controle.

— O velho continua saindo com a periguete. Tem como arrumar um jeito de aprontarmos alguma armadilha para essa Lívia cair feito um peixe na rede a fim de afastá-la de meu pai?

— Acho difícil, Lucas.

— Podemos criar fotos comprometedoras. Os programas de computador hoje fazem milagres!

— Não creio. Seu pai está muito apaixonado.

— Levantou a ficha dela?

Sarajane fez que sim:

— Puxei tudo. Ela é mais limpa que água sanitária. Não tem nada que possamos fazer. A família é corretíssima.

— Não pode ser! Temos de armar alguma coisa. Que tal disparar um e-mail com fotos comprometedoras dela? Imagine fotos íntimas rodando o mundo?

— Isso acontece de minuto em minuto. As pessoas não ligam mais — considerou Sarajane. — Essas armações a que você se refere são do tempo do onça, coisa antiga. Esses clichês não funcionam mais nos dias de hoje.

— Eu preciso afastar essa biscate da vida do meu pai.

— Isso é fácil, né, Lucas!

— Não sei o que fazer.

— Matar.

— O que disse, Sarajane? Não entendi.

Ela passou a língua sobre os lábios carnudos e vermelhos.

— Eu disse que a única solução é matar essa mulher. Simples, fácil, sem contraindicações.

— Matar?

— Nada de planos mirabolantes, de ideias grandiosas, de armações descabidas. Para que perder tempo em arquitetar um plano se pode matar a periguete?

— É?

— É. Acompanhe o meu raciocínio.

— Estou pronto. Diga.

— Você contrata um matador profissional e manda encher ela de bala. Não tem um monte de procurador, juiz e advogado que é morto assim neste país? Pois faça o mesmo. Aí, sim, você pode plantar provas falsas, induzir a polícia a acreditar que essa mulher tinha ligações com o tráfico de drogas, coisas assim.

Lucas viu o sol se abrir à sua frente.

— Você é incrível, Sarajane. Tem ideias fantásticas!

— Eu sei — gabou-se. — E então, posso pesquisar preço para resolvermos logo essa questão?

— Fique à vontade. Mas, cuidado — ele abaixou o tom de voz —, não use os telefones da empresa, tampouco o seu particular. Compre um celular pré-pago para fazer as ligações pertinentes ao assunto em questão. Use dinheiro e identidade falsa. Eu posso lhe conseguir uma, se quiser.

Sarajane lembrou-se da identidade de Eneida.

— Não vai ser necessário. Eu tenho uma aqui comigo.

— Brilhante! Fantástico!

Lucas estava radiante.

— Deixe comigo, chefinho. — Ela abriu a bolsa e tirou um papel.

— O que é isso?

— Ontem saí com o engenheiro da concorrente. Aqui está o que me pediu.

— Sua eficiência me alegra o coração. — Lucas abriu a gaveta da escrivaninha, pegou um talão. Preencheu um cheque rapidamente e entregou-o a ela. — Tome, por mais esse serviço.

Sarajane nem abriu o cheque, apenas o apanhou e colocou na bolsa.

— Obrigada, chefinho.

— Não há de quê.

— Agora, deixe-me ir para a minha sala. Tenho muita coisa para fazer. Bem que podia ter um catálogo on-line de matadores, não? Facilitaria minha busca.

Os dois gargalharam e não perceberam as sombras escuras que dançavam em volta deles e se alimentavam de seus pensamentos sórdidos.

Capítulo Dezoito

O casamento de Débora e Régis ocorreu num dia claro de domingo. Armando alugou uma chácara destinada a eventos a poucos quilômetros da capital e Iara contratou uma empresa de paisagismo para compor um lindo cenário.

Tudo simples, mas extremamente elegante. Havia trinta convidados. Seis mesas para cinco pessoas cada e uma maior, para os noivos e respectivos pais, compunham a festa. Régis convidou um amigo juiz para celebrar a união.

Débora estava linda. Usava um vestido branco de corte reto, confeccionado em puro algodão, próprio para dias quentes. O cabelo estava preso num elegante coque. Nada de véu.

Segurava um buquê redondo de rosas amarelas. Régis vestia um conjunto esporte em tons claros.

Depois de assinarem os papéis, os noivos receberam calorosos abraços dos convidados. Todos sentaram-se às mesas e o bufê contratado começou a servir deliciosas iguarias. Tudo correu de maneira agradável e, logo que foi servido o almoço, Débora e Régis se prepararam para pegar o carro e partir para o aeroporto de Viracopos, ali perto. Pegariam um avião para Salvador e voltariam depois de dez dias.

Armando finalmente cedeu. Abraçou a filha, emocionado.

— Desculpe tanta implicância. Agora, vendo esse rostinho feliz, sei que você ama seu marido.

— É bom entender que a diferença de idade não impede que o amor aconteça. Ainda estamos muito presos a conceitos antigos e arraigados. Amo Régis e fico feliz que agora tenha percebido isso.

— Percebo, sim. Fui um tolo e...

Débora pousou delicadamente o dedo nos lábios do pai.

— Nada de tristeza ou de cobranças. Tudo passou e mudamos para melhor. De que adianta remexer sentimentos que não nos fazem bem?

— Você é incrível, minha filha.

— Lembra-se de quando li *Poliana* e passamos a fazer o "jogo do contente"?

— Como poderia esquecer? Você adorava brincar com todo mundo. Sempre falou palavras bonitas, arrancou a tristeza de muita gente e alegrou centenas de corações.

— Então, vamos brincar. Hoje é dia de alegria e nossas vidas mudaram. Eu sou uma mulher casada e feliz. Você tem uma esposa amorosa e precisa dedicar-se a esse casamento. Por que não viaja com mamãe?

— Agora não posso. A minha gerente e o meu sócio vão viajar. Não posso largar o escritório.

Débora sorriu, alegre.

— Quando voltarmos de viagem, eu tomo as rédeas do escritório e você vai viajar com mamãe. Promete?

— Prometo.

Abraçaram-se e beijaram-se. Débora despediu-se do pai e foi ter com a mãe. Armando enxugou os olhos com as costas da mão. Estava muito emocionado. Aproximou-se de Régis e, ao cumprimentá-lo, não conteve o pranto.

— Obrigado por tudo — disse Régis, também emocionado. — Meu grande amigo transformou-se em meu sogro!

Ambos riram. Armando pediu:

— Cuide bem da minha menina.

— Fique tranquilo, meu amigo. Eu amo a sua filha mais que tudo neste mundo. Prometi amá-la e respeitá-la, viver ao lado dela na saúde e na doença. Até que a morte nos separe.

— Fui duro e implicante. Somos amigos desde sempre. Você foi meu padrinho de casamento. Sempre imaginei Débora ao lado de um rapaz jovem como ela.

— Eu sou jovem! — protestou Régis. — Os cabelos ficaram brancos, a pele perdeu um pouco do viço, mas a minha cabeça, o meu coração e o meu vigor ainda permanecem jovens. Débora fez renascer em mim o rapaz que há tempos eu abandonara.

— Entendo. Iara tem feito o mesmo por mim, por nós. A nossa relação melhorou sobremaneira. Vivemos como namorados.

— Isso é o que vale: o amor, mais nada. Quando deixarmos este mundo, meu amigo, levaremos as alegrias e as tristezas.

— Desejo levar mais alegrias do que tristezas.

— Pois então faça o seguinte: não tenha vergonha de ser feliz.

Abraçaram-se mais uma vez e Débora chamou:

— Amor, estamos atrasados. Vamos.

Régis acenou para Armando, entrou no carro, deu partida e algumas horas depois ele e Débora estavam no voo que os levaria para uma agradável lua de mel.

Foi mais no fim da festa, depois que a filha e o genro partiram, que Iara pôde dar uma atenção maior à sua amiga Jussara. Elas se falavam ao telefone, mas não se viam fazia um bocado de tempo.

— Estou tão feliz por esse casamento! — exclamou Jussara.

— Eu também.

— Casamento com amor é outra coisa.

— A minha garotinha se casou. Pode uma coisa dessas, Jussara?

— O tempo corre célere, amiga. Eu vi Débora nascer, peguei essa menina no colo e agora ela está casada. Aliás, muito bem casada, diga-se de passagem.

— Quem diria que ela iria se casar com o melhor amigo do pai dela? Como a vida é mágica, interessante. Régis nunca se envolveu a sério com mulher que fosse. Houve uma época em que eu, por ter uma mentalidade estreita, achava que ele fosse gay.

— Eu também — Jussara riu, bem-humorada. — Dei em cima dele e nada. E olha que, naquela época, eu era uma moça bem bonita.

— E ele estava se guardando, sem ter consciência, para a minha menina. Quem diria!

— Quando há amor de verdade, a diferença de idade desaparece por completo.

Jussara fitou um ponto indefinido. Voltou ao passado. Iara a cutucou, chamando-a para a realidade:

— Ei, viajou para onde?

Jussara balançou a cabeça.

— Estava me lembrando daquela história minha com o Novaes.

— Desenterrando um assunto desses, Jussara? Faz tanto tempo que essa história acabou.

— É que eu tinha a mesma idade de Débora quando me apaixonei. E, se me lembro bem, Novaes devia ter a idade de Régis.

Iara pousou sua mão sobre a da amiga:

— Você viveu o que tinha de viver. Vamos deixar o passado em seu devido lugar, lá atrás.

— Tem razão.

— E você, minha querida, me conte tudo.

Jussara olhou para os lados, baixou o tom de voz e falou:

— Decidi fechar e vender a pizzaria.

— Por quê? Você se esforçou tanto para o negócio dar certo, Jussara.

— Sei disso.

— Investiu tanto dinheiro...

— Sim. Usei tudo que minha mãe tinha deixado na poupança. Aí é que está o problema. Eu investi muito dinheiro e não vi nada de retorno. Para piorar a situação — os olhos de Jussara estavam marejados —, Cirilo pegou todo o dinheiro das aplicações e até da poupança. Sacou todo o dinheiro, não deixou nem um centavo!

— Mas não era você quem assinava os cheques e fazia os pagamentos?

— Era.

— Você cuidava das contas. Sempre foi organizada, metódica. Controlava as contas com mão de ferro.

— Cirilo sabia a senha, Iara.

— Você sempre me disse que mudava a senha com regularidade!

— É. Entretanto, eu anotava a senha num caderninho. Também, é tanta senha: para o banco, para o computador, para o cartão de crédito — justificou Jussara. — Eu tinha mania de anotar tudo.

— Cirilo achou o caderno.

— Achou e levou. Pegou-me desprevenida. Sabia que ele até adulterou um cheque e rapou o dinheiro de outra conta? Estou sem um tostão.

— Santo Deus, Jussara!

— Estou quebrada, Iara. Literalmente quebrada. O que farei da minha vida? Estou com cinquenta anos de idade. Sinto-me desesperada... — Jussara falou, abraçando-se a Iara. As lágrimas corriam insopitáveis.

— Chi! Não fique assim. Tudo se resolve.

— Será? Estou me sentindo tão frágil.

— É natural, você está abalada emocionalmente.

— Bem que você havia me alertado. Não segui meu instinto e me liguei a um homem horrível.

— Agora já passou, Jussara.

— Se pudesse voltar no tempo, eu jamais teria me envolvido com Cirilo, ou com Novaes, ou com qualquer outro homem!

— Mas se envolveu. E aprendeu uma grande lição: você é sua melhor amiga.

— Não sou. Fui burra.

— Claro que não! Deixou-se levar pela insegurança, acreditou que estava ficando velha.

— E não estou? O tempo está passando, amiga.

— O corpo envelhece naturalmente. Não podemos brigar com o tempo.

— Estou arrasada. Não quero mais viver.

— Vai viver, sim, e muito — Iara procurou tranquilizá-la. — Vamos conversar com Armando. Ele é contador e vai poder apurar direitinho os movimentos contábeis, ver se dá para você fazer algum dinheiro com a venda de móveis e utensílios, por exemplo. Fique calma. Não pense em nada agora.

— Enquanto o Cirilo estava arrumando as malas, peguei o celular dele. Fui direto nas ligações e encontrei numa sequência o telefone daquelas "amigas".

— De novo isso, Jussara?

— Não aguentei. Liguei para uma delas.

— E?

— Uma mulher atendeu, toda dengosa.

— O que você fez?

— Fiquei muda, sem saber o que fazer. Desliguei o telefone e o atirei contra a parede. Depois o Cirilo quis tirar satisfações. Eu me fiz de boba e disse que nem sabia onde estava o celular.

— Você passou por muita decepção num dia só.

— E sabe o que o desgraçado falou para mim, Iara?

— O quê?

— Que nunca mais queria ver a minha cara. Falou assim, com desdém, como se eu fosse um ser repugnante. Depois, apanhou uma mala, uma sacola, subiu na moto e sumiu. Para sempre.

— Não pense nisso agora, Jussara. Tivemos um dia de festa, não entre nessa sintonia. Deixe Cirilo seguir a vida dele. Procure manter seu coração limpo de ressentimentos.

— Não quero mais amar ninguém nesta vida.

Iara a abraçou com ternura e emendou:

— Será que você amou de verdade alguma vez?

Jussara não respondeu.

Armando aproximou-se e Iara contou-lhe por alto o que havia acontecido.

— Que maçada!

— Estou sem dinheiro para pagar os meninos da entrega, estou sem um tostão.

— Fique sossegada por agora — tornou Armando, voz amável. — Vamos dormir aqui na chácara e você volta conosco amanhã.

— Não quero atrapalhar.

— Não vai atrapalhar nada — disse Iara. — Vamos terminar de nos despedir dos convidados e descansar. Depois, vamos sentar na varanda e relembrar os velhos tempos. O que me diz?

Armando insistiu:

— Fique e esqueça seus problemas. Ao menos poderá ter uma noite tranquila de sono.

— Vou tentar.

— Ótimo — comemorou Iara.

— Obrigada — disse Jussara, emocionada. — Vocês são meus melhores amigos.

Justina despertou sentindo enjoo, mais uma vez. Levantou-se, a cabeça girava, o corpo doía.

— Mas você não comeu nada de mais ontem — retrucou Eriberto. — Tomamos chá com torradas. O de sempre. O que aconteceu?

— Não sei. Tive pesadelos horríveis. Estou com dor de cabeça.

— Também sinto um pouco de dor de cabeça, Justina. Meu sono anda agitado. Parece que há gente no quarto.

— Tenho a mesma sensação, querido.

— Estranho...

— Farei um pedido especial para nossa filha hoje. Quem sabe Miriam vem e faz uma limpeza energética do ambiente?

— Não gosto de mexer com os mortos.

— Nossa filha não morreu! — protestou Justina. — Miriam continua viva.

— Será?

— A vidente não disse na televisão?

— Disse o quê, Justina?

— Que os mortos continuam vivos em algum lugar?

— Mas você é católica.

— E daí?

— Como pode dar trela para uma vidente?

— Porque faz mais sentido pensar que morremos e continuamos vivos numa outra dimensão. Dá uma sensação boa. E sei que os mortos vivem para nos agradar. A vidente ensinou a fazer uma simpatia para manter uma alma presa em casa.

— Será que funciona?

— Tem que ser feito durante sete dias seguidos. É só acender uma vela, escrever o nome da pessoa e a data em que ela morreu, colocar num prato com água benta e pedir para o reino dos mortos permitir que esse ente querido permaneça em contato direto conosco.

Eriberto sentiu um calafrio percorrer-lhe o corpo.

— Deus me livre e guarde, Justina! Não somos dados a esse tipo de influência.

— Não custa nada tentar. Só precisamos ir à igreja apanhar um pouco de água benta.

— Não acha melhor a gente ir até um centro espírita? Pelo menos teremos informações mais claras. Os espíritas entendem de morte, de espírito, alma penada...

Justina o cortou com secura:

— Nada de centro espírita. Acha que eu vou me enfiar num lugar desses? Eu tenho classe. Sou inteligente.

— Está se deixando levar pelas crendices de uma vidente que atende por telefone e resolve todos os nossos problemas. Nada confiável.

— Confiável ou não, ela prometeu que esse ritual funciona mesmo. De verdade!

Justina estava redondamente enganada. Sabemos que nunca é bom seguir simpatias ou rituais que envolvam os desencarnados. Um encontro saudável com desencarnados só pode ocorrer de duas formas: por sonho, quando nosso espírito se liberta do físico e reencontra entes queridos que se foram, ou dentro de um centro espírita, cujo recinto está devidamente preparado para esse intento, por meio da incorporação ou de cartas psicografadas.

Infelizmente, o nosso planeta está infestado de espíritos perdidos, desequilibrados, que nem ao menos têm consciência de que não fazem mais parte deste mundo, por agora, e precisam de orientação e auxílio.

Muitos, ainda presos aos hábitos do mundo, afeiçoam-se por encarnados a fim de conseguir suprir as necessidades físicas que tinham no mundo, seja para ter novamente o prazer de aspirar a fumaça de um cigarro, comer alguma comida de que gostava ou beber.

Quem está ligado no bem, firme em seus propósitos, jamais vai ter essas companhias ao lado, visto que elas se aproximam de mentes invigilantes, de pessoas dependentes das tentações do mundo. As tentações acabam por representar velhos problemas não solucionados que carregamos ao longo desta vida ou de outras. Não importa a origem. Importa que precisamos aprender a resistir a eles, porque é assim que eles perderão a força e acabarão por completo. Lutar e reagir nos tornam mais fortes e, por conseguinte, aptos a vencer.

Justina e Eriberto não percebiam estar rodeados de espíritos em total desequilíbrio. A mania que Justina tinha de "chamar" o espírito da filha para as refeições ou mesmo para solucionar os seus problemas do dia a dia acabava por atrair hordas de espíritos cujo objetivo era instalar-se na casa dela e absorver suas energias vitais. Por isso ela estava se sentindo cansada e enjoada. Era por isso também que tinha pesadelos constantes.

O seu corpo físico estava começando a somatizar toda aquela energia negativa. De duas uma: ou Justina mudava seu jeito de entender os assuntos espirituais, abrindo a mente para reavaliar crenças e mudar posturas, ou então, muito em breve, ficaria doente.

— Nós vamos rezar, Justina.

— Não. Vamos terminar esse ritual. Pegue a chave do carro e vamos até a igreja.

— Aproveitamos e rezamos.

— Negativo, querido. Vamos apanhar um pouco de água benta e voltar. Preciso da ajuda da minha filha.

Eriberto baixou a cabeça, consternado. Não estava gostando das ideias disparatadas da esposa. Justina andava nervosa, não falava coisa com coisa, levantava da cama no meio da madrugada, gritando com o vazio e suando em bicas.

Então, ele fechou os olhos e fez uma prece em favor da esposa, à sua maneira.

Capítulo Dezenove

No dia seguinte, Armando sentou-se com Jussara e, depois de checar os extratos dos bancos e todas as contas da pizzaria, decretou:

— Sinto informá-la.

— A situação é grave, Armando?

— Sim. Cirilo deixou os saldos do banco no vermelho. Não sobrou uma aplicação, uma conta de poupança, nada.

— E?

— Você está quebrada, minha amiga.

Jussara deixou que as lágrimas dessem livre curso.

— Tantos anos me dedicando a esse negócio e o perdi assim, da noite para o dia.

— Você tem duas motos e o salão, que é próprio.

— Mas só sobrou isso! Eu moro em cima deste disque-pizza. Se vender o salão, para onde vou? Para a rua?

— Não se preocupe — tornou Iara. — Vamos ajudá-la.

— Não posso viver na casa de vocês.

— Não é isso. Eu e Armando conversamos — ela piscou para o marido — e decidimos que vamos apoiá-la no que for preciso e no que estiver ao nosso alcance.

— Já me ajudam. Só de estarem aqui, ao meu lado, não tenho como agradecer. Não me sinto só.

— Não é só isso — interveio Armando. — Você precisa de um lugar para morar, para recomeçar a vida.

— Nós temos o apartamento em Santos — Iara apressou-se em dizer. — Usamos poucas vezes. Poderá ficar lá o tempo que quiser.

— Não é justo.

— Não tem escolha, Jussara — disse Armando, voz firme. — Agora é momento de manter a cabeça fria, recolher os cacos e recomeçar.

— Como se fosse fácil.

— A situação está aí. Precisa aceitá-la, resignar-se e fazer o que tem de ser feito.

— Não sou mulher de me resignar.

— Não confunda resignação com passividade — emendou Iara. — A resignação é aceitar o que não se pode mudar. Há situações na vida em que não temos o que fazer. É o caso de uma doença em família, por exemplo. De que adianta não aceitar a situação? Fugir do problema não o resolve. Precisamos enfrentá-lo e, assim, nos tornamos mais firmes.

— E a passividade — completou Armando — é ficar parado e não fazer nada. Você ao menos está fazendo alguma coisa para tentar sair dessa situação.

— Qual é o primeiro passo? — indagou Jussara, insegura.

— Vender o salão o mais rápido possível. Depois vamos pagar os funcionários, saldar as dívidas bancárias, pagar os impostos atrasados. Com tudo acertado e pago, poderei me incumbir de fechar sua empresa. Isso leva alguns anos, mas meu escritório vai fazer isso para você sem custo. Vou acompanhar pessoalmente o encerramento da sua firma.

— Não sei como agradecê-los.

— Nem precisa — disse Iara. — Vamos para casa, comemos alguma coisa, amanhã você volta e faz a sua mudança.

— Tem certeza de que não vão usar o apartamento da praia?

Iara riu, bem-humorada.

— Tenho. Usávamos o apartamento quando as meninas eram pequenas. Depois as idas começaram a se espaçar e hoje acho ótimo que você vá morar ali. Promete que vai cuidar direitinho dele?

— Prometo.

— E depois poderá pensar em começar de novo.

— Com essa idade?

— Idade não é fator limitante, Jussara. A cabeça da gente é que cria essa limitação. Você pode estar mais enrugadinha por fora, mas por dentro é a mesma moça de trinta anos atrás.

— Nunca considerou voltar a praticar enfermagem? — indagou Armando.

— Não sei. Fiquei com tanto trauma por causa daquela paixão que enterrei essa vontade.

— Você sempre foi ótima profissional. Lembro-me de que cuidou de minha tia Hilda com tanto carinho — tornou Armando.

— Tem tanta gente precisando dos cuidados de uma boa enfermeira, Jussara. Tudo tem remendo na vida, minha amiga.

O negócio é ter confiança em si, acreditar ser capaz de realizar as mudanças necessárias para uma vida mais prazerosa e feliz. Você é dona do seu sucesso!

— Mas estou fora do mercado há muito tempo.

— Pois vá se reciclar — sugeriu Armando. — Nós podemos ajudá-la também nisso. Pagamos um curso para você se reciclar, conhecer novas técnicas de enfermagem e voltar a trabalhar.

— Não sei se estou pronta.

— Novaes faz parte do passado — salientou Iara. — O bom disso tudo é que a partida de Cirilo deu novo gás à sua vida.

— Obrigada pela força, Iara. É como uma irmã para mim.

Ela abraçou a amiga e depois abraçou Armando.

— E você sempre foi o amigo de todas as horas, desde os tempos de adolescência.

— Sempre serei grato a você, Jussara. Tudo que lhe fizer não será nada perto do que me fez.

— O que fiz de tão importante, além de cuidar de sua tia Hilda? Cuidei da sua tia porque gostava dela e da profissão.

Ele deu uma risadinha.

— Apresentou-me Iara. Foi graças a você que conheci a mulher da minha vida.

Abraçaram-se novamente. A amizade deles era de longa data e estava fortalecida pelos elos do verdadeiro amor.

Andrei estava ansioso com o jantar.

— Calma, papai. Parece que seu coração vai saltar pela boca — tornou Luciano.

— Sei, meu filho, mas estou muito nervoso. Sinto-me um adolescente.

— Isso é bom. Você está apaixonado!

— Não fica triste?

— Eu? Por que ficaria, papai?

— Por conta da sua mãe...

Luciano balançou a cabeça para os lados.

— Mamãe morreu faz tempo. O tempo passou e o senhor merece ser feliz.

— Fiquei muito abalado com a morte de Judite. Eu não poderia, nem queria, me relacionar com outra mulher. O tempo foi passando, eu fui me envolvendo cada vez mais na sua criação e de seu irmão, atirei-me nos negócios e me esqueci do amor.

— Aí, Lívia surgiu em sua vida e abriu a caixinha do amor!

Andrei riu. Um sorriso encantador.

— Abriu a caixa e apoderou-se do meu coração. Estou vivendo um momento mágico da minha existência.

— Fico feliz por você, papai. Lívia vai fazê-lo muito feliz.

— Será que ela vai aceitar o meu pedido de casamento?

— Claro que vai. Ela o ama.

— Disso não tenho dúvida.

— Nada de ansiedade ou insegurança. O momento é de alegria.

— Tem razão.

Andrei ajeitou a gravata, checou os últimos preparativos. Foi até outra sala e comunicou a um dos criados:

— Está tudo em ordem?

— Sim, doutor Andrei. O queijo feta, o carneiro assado com batatas, está tudo pronto.

— E o *moussaká*? Por favor, quero que a berinjela e a carne moída sejam gratinadas somente quando a convidada chegar.

— Sem dúvida, doutor.

— Pode servir o *mézede*,[1] por favor.

— Sim, doutor.

Andrei sorriu satisfeito com a eficiência dos seus empregados, aproximou-se de uma bandeja sobre uma cômoda e apanhou dois copos e uma garrafa de uísque. Pegou os cubos de gelo no baldinho ao lado e preparou um drinque para ele e Luciano. Levou para o filho.

— Façamos um brinde.

Luciano apanhou seu copo e brindaram.

— À felicidade! — falou Andrei.

— Ao amor! — disse Luciano.

Bebericaram o uísque e, depois de estalar a língua no céu da boca, Luciano agradeceu:

— Obrigado por convidar Magali.

— Obrigado por quê? Estão sempre juntos.

— Ela é uma boa amiga.

— Gosta dela, não?

— Sim. Mas de uma maneira diferente.

— Como assim, diferente? — perguntou Andrei, interessado.

— Gláucia foi a única namorada que tive. Eu me afeiçoei e acostumei-me com a presença dela, afinal ficamos juntos durante sete anos. Depois Gláucia morreu, veio a descoberta de que ela havia inventado uma gravidez e fiquei preso na raiva por muito tempo. Passei a prestar um pouco mais de atenção aos meus sentimentos. Eu a amava de verdade?

— Amava? — indagou o pai.

---

1 Antepasto servido com pão grego para acompanhar uma bebida antes da refeição.

— Não sabia ao certo. Então passei a sair com Magali. Daí veio a amizade com Débora e Régis. Passei a notar a relação deles, o carinho que um tem pelo outro, o sentimento de cumplicidade que ambos irradiam quando estão juntos. Logo depois, o senhor conheceu Lívia e passei a notar em ambos os mesmos sinais de cumplicidade e intimidade que vejo em Débora e Régis.

— É o amor, filho.

— Não era o que sentia por Gláucia. E sinto que ela também não me amava. Estávamos presos ao comodismo, aos padrões da sociedade, cegos de ilusão. Depois que ela morreu, foi como se um véu fosse arrancado de meus olhos e eu passasse a enxergar os fatos e a vida de outra forma.

— E sua amizade com Magali?

— O que tem?

— Fale-me um pouco sobre essa relação tão bonita — instigou Andrei.

Luciano terminou de beber e seus olhos brilharam.

— Magali é uma companhia muito agradável. Ao lado dela, não sinto as horas passarem. Conversamos sobre tudo, temos opiniões diferentes acerca de muitos assuntos, mas cada um convence o outro com seu ponto de vista. Gostamos de fazer os mesmos passeios, somos confidentes. Depois que dona Ivete foi para Londrina e ela ficou sozinha, passamos mais tempo juntos. Eu me preocupo com o bem-estar dela.

Conforme Andrei ouvia o relato de Luciano, uma certeza formava-se em sua mente: seu filho estava apaixonado por Magali e não sabia.

Creio que a noite de hoje será muito importante para Luciano.

Ele também terminou seu copo de uísque, consultou o relógio e disse:

— Está quase na hora de Lívia chegar. Cadê seu irmão?

— Lucas disse que tinha uma reunião, mas chegaria a tempo para o jantar. Parece que agora a ficha caiu e ele quer conhecer a futura madrasta.

— Nunca quis participar dos nossos encontros. Lívia sente que ele jamais vai aceitá-la.

— Com o tempo, Lucas vai acabar se acostumando.

— Não sei. Estou preocupado com seu irmão. Ouço comentários negativos sobre ele no trabalho. Parece que a única criatura do universo com quem ele se relaciona bem é Sarajane.

— Que eu saiba, ele não tem amigos.

— Vocês não saem mais juntos?

— Não, papai. Quando comecei a sair com Magali, deixei de frequentar a noite. O Lucas adora uma balada, uma rave.

— Isso me preocupa.

— Lucas não é de beber, não fuma.

— Tem o pavio muito curto. Não gosto disso. Ainda poderá se meter numa grande encrenca.

Continuaram conversando e Lucas apareceu pouco depois. Cumprimentou Andrei e Luciano a distância.

— Por que estão tão bem-vestidos?

— Esqueceu-se do jantar? — perguntou Andrei.

— Que jantar, pai?

— Não se faça de sonso.

Lucas sabia, sim, mas queria irritar Andrei.

— Esqueci. Mas aqui estou.

— Não. Vá tomar banho e se arrumar — sentenciou Andrei.

Lucas cheirou as axilas.

— Não estou fedido. Posso me sentar à mesa.

— *Apa pa pa pa!*[2] — gritou Andrei. — Vá se arrumar agora.

— Por quê?

---

2 "De jeito nenhum", em grego.

— Porque ainda sou o dono desta casa. Eu mando. Suba já e vá se arrumar. Você tem vinte minutos. E "ai" de você se não descer no prazo.

— Vai fazer o quê? Bater em mim? — provocou Lucas.

Andrei teve uma sacada de gênio.

— Não. Se passar dos vinte minutos, a cada minuto extra vou passar um imóvel para o nome do seu irmão.

— Está maluco, pai?

— Atrase e verá. Começa agora. — Andrei consultou o relógio. — Vinte minutos.

Lucas subiu as escadas feito um maluco.

— Papai, você foi genial! — parabenizou Luciano.

— É a única maneira de manter seu irmão na linha.

Um dos empregados veio anunciar a chegada de Magali. Luciano sorriu e foi até a porta de entrada para recebê-la. Impressionou-se com tanta beleza. Magali usava um vestido longo de seda na cor azul royal. Os cabelos estavam soltos e balançavam delicadamente sobre os ombros. A maquiagem era leve e ela estava radiante. Muito charmosa.

— Como está bonita!

— Obrigada.

Cumprimentaram-se e Luciano lhe estendeu o braço. Magali apoiou-se nele e seguiram até a saleta contígua à sala de jantar. Andrei fez elogios parecidos.

— Está muito elegante, Magali.

— Obrigada, doutor Andrei.

— Por favor, me chame de Andrei. O doutor fica só para as relações profissionais.

— Aceita uma bebida? Sei que não bebe, mas gostaria de um coquetel de frutas, um suco? — perguntou Luciano.

— Um suco, pode ser.

Luciano fez sinal para um dos empregados e pediu o suco. Lucas desceu em menos de vinte minutos, barbeado, de banho tomado, perfumado, com a vasta cabeleira negra penteada e elegantemente vestido. Ele podia ser um verme, mas se vestia de maneira sofisticada e requintada. Cumprimentou Magali com um beijo rápido e encarou Andrei, preocupado:

— E agora, pai?

— Agora o quê?

— Não vai passar nada no nome de Luciano, vai?

— Como pode pensar só nisso?

Eles iam iniciar uma pequena discussão, mas Luciano pediu:

— Vamos procurar manter o mais alto grau de civilidade esta noite. Pelo menos nesta noite.

— Está certo — concordou Lucas. — Vou me comportar. Finalmente vou conhecer a vad... — Ele fingiu pigarrear para não falar um palavrão. — Vou conhecer a namorada do pai.

— Trate-a com respeito — ordenou Andrei. — Afinal, ela será sua madrasta logo, logo.

Lucas respirou fundo, procurando forçar um sorriso. Precisava ocultar a raiva que tentava dominá-lo. Fechou os olhos, respirou fundo, matou alguns carneirinhos e, como em um passe de mágica, estava sorridente.

— Quer mais um suco, Magali?

— Não, obrigada.

O relógio do hall deu oito badaladas e um dos empregados anunciou:

— Senhorita Lívia Salgado Telles Bueno.

Andrei sentiu um friozinho na barriga. Luciano apertou levemente o ombro do pai, transmitindo-lhe força. Lucas meteu as mãos no bolso das calças. Estava apreensivo e queria conhecer a "usurpadora", segundo suas palavras.

Lívia entrou e o ambiente foi contagiado por sua beleza e jovialidade. Ela cumprimentou Andrei, depois Luciano. Foi apresentada a Magali e surgiu entre ambas uma simpatia natural, aflorando genuíno sentimento de amizade.

Lucas estava no canto da sala e observava tudo a distância. Mediu Lívia da cabeça aos pés.

O velho ainda tem bom gosto, pensou. E continuou a observá-la. *Engraçado. Eu conheço essa mulher de algum lugar.*

Lucas forçou a memória e, num relance, lembrou-se de Lívia. A cena veio forte em sua mente. *Então é ela? Aquela vadia?*

Andrei conduziu Lívia pela mão até chegarem a Lucas. Lívia estava preocupada com a cauda do vestido e olhava para o chão. Ao chegar próximo de Lucas, seus olhos se cruzaram e ela também se lembrou dele.

— Lívia, esse é meu outro filho, Lucas.

Lucas procurou ser gentil e ocultar o sentimento ruim. Lívia mexeu a cabeça para cima e para baixo, indignada. Lucas estendeu a mão e Lívia afastou-se um passo.

Andrei não entendeu.

— O que foi?

Ela não mediu palavras. Disparou:

— Esse é o cafajeste que tentou me pegar à força anos atrás. Lembra-se da história que lhe contei? E da minha amiga que apanhou naquela mesma noite?

Andrei engoliu em seco. Claro que se lembrava. Num dos momentos de intimidade, estirados na cama e trocando confidências, Lívia lhe contara sobre uma noite, anos atrás, em que saíra para encontrar uma amiga de faculdade em um bar e tivera um momento tenso quando Lucas a puxara pelo braço. Tinha sido na noite da festa de despedida de solteiro de Luciano.

Lívia ainda tinha viva a memória daquela noite horrível. Cada detalhe vinha com uma força incontrolável.

— Que delícia de perfume! Passou no corpo todo?

— Babaca! Só tem essa cantada chinfrim na lista? Entra no Google e procura outras melhores.

— Gostei de você. Tem atitude. Eu a quero.

— Como?

— Quero você. Vamos entrar e ir para um lugar reservado.

— Quem disse que eu vou entrar no bar com você?

— A festa é minha. Se não quiser entrar comigo, não entra nem por decreto.

— Problema seu. Engula o bar. Tem mais quatro bares só neste quarteirão.

Ela fez um gesto obsceno com o dedo, rodou nos calcanhares e foi caminhando até outro estabelecimento, menos movimentado. Lucas foi atrás e puxou-a pelo braço, com força.

— Escute aqui.

— Que é isso? Está me machucando — ela gritou e tirou o braço bruscamente das mãos dele.

— Mulher nenhuma fala comigo nesse tom.

— Pois agora encontrou uma que fala.

Ela rodou nos calcanhares e Lucas a puxou de novo. Dessa vez a garota cravou as unhas grandes sobre o braço dele, rodopiou sobre o corpo esguio e ágil. Deu um chute que pegou em cheio os miúdos do rapaz. Lucas deu um urro de dor, colocou as mãos no baixo-ventre e caiu de joelhos.

— Desgraçada!

— Babaca. Dez vezes babaca!

— Ainda te pego...

Foi mais forte que ela. No instinto, Lívia levantou a mão e plaft!, meteu um tapa na cara de Lucas.

— Isso é para você nunca mais se meter a besta com mulher que seja.

Andrei a amparou nos braços.

— Calma, Lívia. Você pode ter se confundido.

— Não sou de me confundir. Nunca fui abordada de maneira tão baixa e vulgar em toda a minha vida.

Lucas ainda sentia o rosto quente pelo tapa. Fingiu um sorriso:

— Está enganada. Você me confundiu com algum outro.

— Não. Jamais esqueceria seu rosto. E, naquela noite, coincidentemente, a minha amiga foi atacada por um troglodita. A sorte é que tanto eu quanto ela demos queixa na polícia e entregamos material de DNA que tínhamos na ponta dos dedos.

— Você não pode me obrigar a fazer esse exame. Sabe disso.

— Não tenho pressa. Ainda vou pegar você.

— Está me ameaçando? Eu processo você por danos morais — rebateu Lucas, irônico.

— Não tem coragem — desdenhou Lívia. — Homem que pega à força e bate em mulher é fraco e covarde.

— Tem certeza do que diz? — interveio Andrei, assustado.

— Tenho. Infelizmente seu filho é um desequilibrado. Anda solto nas ruas aterrorizando garotas indefesas. Sabe-se lá se não cometeu outras sandices.

Lucas deixou a ironia de lado e ficou branco como cera. Lembrou-se de Eneida.

Se ela descobrir sobre Eneida, estou frito!, reconheceu em pensamento.

Lívia meneou a cabeça e foi categórica:

— Desculpe, Andrei, mas não posso ficar.

— Por favor, Lívia. O jantar foi preparado especialmente para você.

— Sei disso.

— Então...

— É que estou chocada. Jamais pensei que fosse reencontrar esse homem. Mil desculpas. Não posso me sentar à mesa ao lado desse infeliz.

Ela se despediu de todos com um aceno e foi embora. Andrei estava triste, muito triste.

— Você fez isso a ela? — questionou, numa voz irritadiça.

— Mas quê...

— Seja sincero uma vez na vida, Lucas, e me diga a verdade. Você tentou mesmo pegar Lívia à força e machucou a amiga dela? — Andrei o pegou pelo braço e começou a sacudi-lo.

Lucas explodiu. Desvencilhou-se do pai à força. Estava tão transtornado que disparou em grego:

— *Astodialo!*[3]

E saiu em disparada. Foi derrubando tudo que encontrava pela frente. Alcançou o jardim, pegou um dos carros na garagem, mandou abrir o portão e saiu feito um demônio, acelerando e cantando os pneus.

O clima ficou tenso e pesado. Magali e Luciano procuraram fazer de tudo, mas Andrei ficou num canto, amuado. Não sabia o que pensar ou fazer. Tinha medo de perder Lívia.

— Ela não pode me deixar. Não agora!

---

3 "Vão para o inferno", em grego.

Capítulo Vinte

Gláucia havia se recuperado das toxinas astrais que seu perispírito absorvera. Depois de tanta raiva que Luciano destilara sobre ela, tinha sido necessário um bom tratamento que combinava passes e ervas aromáticas para livrá-la desses miasmas.

Judite tornara-se companheira constante.

— Como pode? Não vivemos juntas nesta última encarnação e temos tantas afinidades!

— Porque tínhamos planos distintos. Para aliviar minha consciência, assumi o casamento com Andrei. Ambos nos comprometemos a dar vida a Luciano e Lucas.

— Se estivesse na Terra e tivesse me casado com Luciano, adoraria tê-la como sogra.

— Eu sabia que minha permanência no planeta seria curta. Você também sabia disso. Quer dizer, seu espírito reencarnou sabendo que ficaria pouco tempo no mundo.

— Depois desses anos, prefiro estar deste lado.

— É natural, Gláucia. O mundo espiritual é a nossa verdadeira casa. A Terra é só um local de aprendizado, aonde vamos para experienciar situações, resolver velhos conflitos, aprender a desapegar-nos de crenças e posturas enferrujadas e inúteis. A cada novo ciclo reencarnatório, nosso espírito fica mais forte, mais lúcido e assim alcançamos mais facilmente o equilíbrio e a paz mental.

— Eu nem me lembro de que fui morta.

— Melhor não pensar nisso.

— Pode me responder algo que me intriga? — perguntou Gláucia.

— O quê?

— Quem me matou vai ficar impune?

— Não sabemos. A lei dos homens é falha, mas a lei de Deus não é. Um dia todos nós teremos que reparar o mal que fizemos aos outros e a nós mesmos. Não se trata de pagar por dívidas do passado. Nosso espírito possui em sua essência uma característica fantástica.

— Qual seria? — perguntou Gláucia, interessada.

— Nosso espírito não consegue progredir enquanto não faz as pazes com aqueles com quem teve dissabores, conflitos, brigas.

— Deixei de me preocupar em saber quem me ceifou a vida. Aprendi, a duras penas, que só acontece o que Deus permite.

— Deus, sem dúvida alguma, só permite o que é melhor para nós — completou Judite. — Estou muito feliz com o seu progresso. Você está aprendendo rápido.

— Os cursos e as palestras têm me ajudado bastante a mudar minha maneira de enxergar a vida — tornou Gláucia. — Fiquei impressionada com os ensinamentos sobre a Lei do Retorno.[1]

Judite considerou:

— Em relação ao seu malfeitor, digamos assim, nada pode ser feito a não ser orações pela melhora dele. Infelizmente, pelas próprias atitudes, vai sofrer um pesadelo infernal. Mas isso é assunto dele, não seu.

— Ele vai ser punido?

— Cada um é responsável por aquilo que pratica. Deus não cobra nada. É a nossa alma que é tremendamente exigente.

Entraram no bosque, procuraram um banco e sentaram--se de maneira confortável. Judite apanhou uma flor de rara beleza e, enquanto alisava delicadamente as pétalas, disse:

— Tudo é provocado pelo uso constante do seu poder de crença. Nós temos uma capacidade natural de impressionar a mente, que transforma essa crença em realidade, dando a cada um a chance de experimentar seus momentos, agra-dáveis ou não, e até mesmo de atrair amigos e inimigos.

— Lembrar-me do passado clareou minha mente e aquie-tou meu espírito.

— Ao menos entendeu por que tinha certa aversão por Iara e Débora.

— Sim.

---

1 Para entender melhor como ocorre a Lei do Retorno, comentada por Gláucia, sugerimos a leitura do livro *Ação e reação*, de Francisco Cândido Xavier, ditado pelo espírito André Luiz, em especial os capítulos 1 — "Luz nas sombras" e 2 — "Comentários do instrutor". Utilizamos a 16ª edição da FEB.

Gláucia fechou os olhos, e algumas lembranças — as mais marcantes — vieram fortes à mente...

Sua memória retornou ao Brasil do século dezoito, na cidade de São Salvador da Bahia de Todos os Santos. Gláucia era filha de Armando e Judite. Depois que Judite morreu, seu pai casou-se com uma cortesã viúva que tinha duas filhas. Iara era mãe de Débora e Magali.

Desde o início, Gláucia deu-se bem com Magali. A amizade foi instantânea. Assim como ela e Débora se estranharam desde o início. Débora era uma menina pedante, voluntariosa, cheia de quereres. Gláucia passou por um período de muitas privações. Iara e Débora a atormentavam por qualquer coisa e abusavam de sua ingenuidade. Os anos passaram e, já adultas, Magali ficou noiva de Luciano, rico fazendeiro envolvido na comercialização de cana-de-açúcar e algodão.

Gláucia precisava fugir de casa. Não suportava mais os maus-tratos de Iara e Débora. Armando havia morrido e não tinha deixado herança. Desesperada, ela perambulou pelas ruas da capital e sede administrativa da colônia.[2] No porto da cidade conheceu Loukás, um jovem grego ambicioso, mas sem um vintém nos bolsos. Loukás era casado com Lívia, moça simples, porém de elevada espiritualidade. Como espiritualidade não colocava comida no prato e Loukás odiava o batente, uniu-se a Gláucia e tornaram-se amantes.

No astral, Judite incitava a filha a cometer todos esses desatinos. Judite acompanhava todos os seus passos e dava-lhe dicas para enriquecer de maneira fácil. Gláucia e Loukás passaram a ambicionar cada vez mais dinheiro e viram em Luciano a solução de seus problemas. Loukás fingiu ser um rico mercador, criou uma falsa empresa e, com alto poder de sedução, convenceu Luciano a ser seu sócio.

---

2 Salvador foi capital do Brasil de 1549 a 1763.

Na apólice de seguro, caso Luciano morresse, constava uma cláusula em que Loukás receberia uma grande quantia em dinheiro. Alguns dias antes do casamento de Luciano e Magali, Gláucia e Loukás contrataram um matador.

O homem fez o serviço. Loukás recebeu o dinheiro do seguro e fugiu com Gláucia. Ele tinha apreço por uma menina que conhecera nas ruas de Salvador. Sarajane era uma menina maluquinha, meio abobada, que se deitava com os homens em troca de um prato de comida. Era conhecida como a "louca do Pelourinho". Loukás se afeiçoara à menina e, sob as asas dele, Sarajane cometia todo tipo de desatino. Logo, a moça ganhou um pedaço de terra e, orientada por Loukás, passou a cultivar algodão em terras baianas.

Ricos, Gláucia e Loukás partiram para Pernambuco e adquiriram grandes glebas de terra para o cultivo da cana-de-açúcar, o produto que dava bom lucro à Coroa, além de colaborar no fortalecimento da colonização da colônia portuguesa do Brasil. Loukás tornara-se rico dono de engenho.

Havia, naquela época, "homens livres" que vendiam cana aos donos de engenhos em Pernambuco. Um desses mercadores, sentindo-se passado para trás numa negociação, foi tirar satisfações com ele. Os dois brigaram, e Loukás acabou sendo morto.

Viúva, Gláucia tornou-se a senhora do engenho e praticava todo tipo de crueldade com seus colonos. Certo dia, foi morta numa emboscada. Reencontrou Loukás no umbral e passaram muitos anos doentes e tristes. Xenos era um antigo e grande amor de Gláucia e, de forma paciente, esperou que ela perdoasse a si mesma e aos demais desafetos para viverem juntos no plano astral. Lívia, abandonada pelo marido, recomeçou a vida na Região Sul e conheceu o jovem capitão André.

Gláucia abriu os olhos, sentindo bem-estar.

— Oh, Judite, sinto-me tão mais leve depois dessas revelações do passado! Parece que meu espírito vai flutuar.

— Pode ser difícil aceitar a verdade, mas é ela que nos arranca das amarras da ilusão e promove a lucidez do espírito.

— Perdoo a mim e todos a quem ofendi.

— O bem é o veículo que nos guia pelo mundo físico e astral. É ele que nos permite permanecer em harmonia e comunhão com o universo.

— Melhorei muito, mas ainda ficou presa em mim a vontade de casar.

— Mesmo?

— Hum, hum. Sei que o casamento é algo da Terra, um ritual que ocorre de várias maneiras, porque no planeta vivenciamos muitas culturas. Eu tenho em mim uma vontade louca de entrar na igreja, subir ao altar, ter uma dama de honra que leve as alianças... Não sei explicar, eu tenho esse desejo muito forte em mim. Eu só queria casar...

— Houve outras situações em que você desejou isso e não aconteceu. Seu espírito ficou carregado de desejo e...

— E o quê? — perguntou Gláucia.

— A única forma de extinguir o desejo é realizá-lo.

— Como?

— Fazendo-o acontecer.

Gláucia riu.

— Imagine! Estamos numa outra dimensão, num outro mundo. Aqui os espíritos não se casam, não há padre, tampouco igreja.

— Lembre-se de que aqui podemos criar tudo que quisermos, para o bem ou para o mal. O poder de realizar está em nossas mãos.

Um friozinho percorreu o corpo de Gláucia.

— Será que poderei realizar esse desejo?

— Creio que sim.

— Mas não tenho com quem me casar!

— Mesmo? — provocou Judite. — Às vezes o amor está ao nosso lado e não percebemos.

Gláucia deu um gritinho de emoção e levou a mão à boca:

— Xenos!

Judite abriu largo sorriso.

— Agora começa a entender por que ele está sempre ao seu lado e a quer tão bem?

Gláucia enfim compreendeu o amor de Xenos. Suas memórias voltaram a um passado distante, nos tempos da Grécia Antiga, e ela se viu ao lado dele, amando-o e respeitando-o. Depois apareceu uma sucessão de vidas, e ela percebeu que havia séculos amava o mesmo espírito. Eles se desencontravam por conta dos projetos reencarnatórios distintos. Por conta do livre-arbítrio, os espíritos nem sempre caminham lado a lado em todas as encarnações.

— Xenos é o meu amor!

— Por certo, querida. O amor que Xenos tem por você é puro.

Gláucia estava muito emocionada com as lembranças do passado e exultava com a possibilidade de realizar com Xenos o sonho de casar-se.

Judite investigou meticulosamente a mente e o coração de Gláucia.

— Continua sendo a menina que quer casar...

Gláucia ouviu a voz atrás de si e reconheceu Xenos.

— Você!

Ela se levantou e o abraçou.

— Xenos, tenho tanta coisa para lhe contar!

Xenos sorriu e Judite levantou-se.

— Preciso ir. Tenho alguns afazeres.

Depois que ela se despediu e retirou-se, Xenos sentou-se no banco. Entregou uma rosa branca para Gláucia. Ela aspirou o perfume adocicado e agradeceu, emocionada.

— Obrigada.

— Trouxe essa rosa de outra aldeia. Lá as rosas crescem de acordo com o pensamento positivo das pessoas.

— Ela é linda. As pétalas são grandes, macias. Obrigada, mesmo. Nunca recebi flores quando estava viva.

— Um pecado. Falta de cavalheirismo. Toda mulher, em qualquer lugar do mundo, gosta de receber flores. Vamos fazer um trato?

— Sim!

— A cada viagem que eu fizer, trarei um ramalhete de flores para você. O que acha?

— Lindo. Simplesmente lindo, Xenos. Você é um homem nobre, alma sensível. Acabei de recordar algumas vidas e vi você...

Ele exultou:

— Então apareci?

— Como não apareceria? Você sempre foi o anjo que me conduziu ao longo de tantos séculos!

Xenos emocionou-se. Apertou-a contra o peito e sentiu o perfume de seus cabelos.

— Gláucia, eu a amo tanto!

— Por que não ficamos juntos? O que ocorreu? Você estava em vidas minhas muito antigas. Depois não estava mais presente.

— Não estava presente encarnado. Mas como espírito estava sempre ao seu lado.

— Prometa-me uma coisa?

— Claro, o que quiser.

— Nunca mais vamos nos separar.

Ele a fitou e fecharam os olhos. Seus lábios se encontraram e eles se beijaram com amor. Permaneceram abraçados por muito tempo, sem nada dizer, aproveitando a companhia um do outro.

Gláucia estava mudada. O convívio com Judite e Xenos transformara a vida dela para melhor. Agora, estava longe de ser aquela menina petulante, mimada, birrenta e de gênio forte. Aprendera que conviver com boas pessoas só pode gerar e extrair o melhor de nós.

Xenos beijou a mão da jovem e comentou:

— Judite me contou que você recordou-se de uma encarnação distante.

— É. Não sei ao certo se foi minha última encarnação na Terra, mas foi a que marcou significativamente o meu espírito.

— Você reencarnou mais duas vezes depois daquela vida em Salvador.

— Mesmo? Será que um dia vou me lembrar?

— Naturalmente.

— Oh, Xenos, sinto que o amo tanto!

— O sentimento ficou represado em seu coração por muito tempo. Nós nos amávamos, mas houve uma época em que a vaidade e o orgulho cegaram-na por completo.

— Por que não me fez enxergar a verdade? Por que não me fez voltar a amá-lo?

— Porque esse exercício competia a você, não a mim. Há coisas que não podemos fazer pelo outro. Nem sempre o planejamento reencarnatório é feito com todos os que queremos bem. O processo ocorre para ampliar a nossa lucidez, fortalecer o nosso espírito e nos trazer esclarecimento, conforto e paz. Cada encarnação é uma etapa decisiva para aprimorar o nosso grau de evolução.

— Será que teremos chance de reencarnar juntos, depois de tantas vidas separados?

— Pode ser. Assumi compromissos aqui no astral que me impedem de reencarnar por agora. Mas tudo é possível.

Xenos fechou os olhos e divagou por um momento. Ao abrir as pálpebras, viu certa tristeza no semblante de Gláucia.

— O que a faz triste?

— Não estou triste.

— Não é o que parece.

— É que eu tenho tanta vontade de me casar!

— E por que não nos casamos?

— Sério?

— Por que não?

— Tenho vontade de me casar de acordo com os costumes assimilados em nossa cultura. Adoraria usar véu, grinalda...

E, assim, Gláucia passou a relatar a vontade que tinha de realizar esse sonho tão antigo.

Xenos escutava com atenção e sentia um prazer indescritível por estar ao lado de sua amada.

Capítulo Vinte e Um

O dia estava raiando quando Régis despediu-se de Débora.

— A que horas passo para levá-la ao médico?

— Só depois do almoço — disse ela. — Por que está tão ansioso?

— Porque hoje você vai fazer um ultrassom morfológico e vamos finalmente descobrir o sexo do bebê.

Régis passou a mão sobre o ventre levemente avolumado da esposa. Débora estava grávida de cinco meses e era chegado o momento de fazer a ultrassonografia para identificar o sexo da criança.

— Vai ser menina — sentenciou Débora.

— Que nada! Vai ser menino. Você vai ver! Aposto um doce.

— Eu aposto todo o meu amor — tornou ela.

— Está muito convincente.

— Tenho sonhado com uma menininha linda. Sei que vamos ter uma menina.

— Não vou mais abrir a boca. Só depois do exame.

Régis a beijou com delicadeza nos lábios e foi para o trabalho. Débora espreguiçou-se e caminhou até a varanda do apartamento. O dia estava nascendo e o sol, timidamente, se apresentava. Ela sorriu e resolveu dar uma caminhada.

Quando se casou e mudou para o novo apartamento, Débora quis levar junto seu cachorro, Bolinha. Régis afeiçoara-se ao cachorrinho e Bolinha vivia muito feliz no novo lar.

— Bolinha — ela chamou. — Acorde, vamos.

O cachorro nem se mexeu. Adorava o aconchego de sua caminha.

Débora proferiu a palavra mágica:

— Passear!

Em poucos minutos estavam na rua. Levando Bolinha pela coleira, dobrou a quadra, andou alguns quarteirões até chegar a um parque. Deixou Bolinha divertir-se na natureza.

Logo ele fez amizade com outro cachorrinho, também muito simpático. A dona o chamou:

— Totó, vamos. Chega de brincadeiras por hoje. Estou velha e não aguento o seu pique.

O cachorro nem dava trela. Brincava com Bolinha e ficaram assim, até que Débora apareceu e também chamou:

— Está na hora de irmos embora, Bolinha. Venha pôr a coleira.

Justina apressou o passo e pegou Totó no colo. Sorriu para Débora.

— Esses bichinhos são inteligentes, mas impossíveis. Adoram uma arte, uma brincadeira.

— Eles gostam de estar ao ar livre. Ficam muito presos em casa.

— Tem razão. O seu cachorrinho é muito fofo. Qual é o nome dele?

— Bolinha. E do da senhora?

— Totó.

— Que graça! — Débora aproximou-se do cachorro e passou delicadamente as mãos sobre o focinho. — Oi, Totó.

O cachorro pulou do colo de Justina para os braços de Débora. Justina desculpou-se:

— Ele não é dado assim. Nunca vi Totó ter essa liberdade. Ele gostou de você.

— Eu também gostei dele, não é, Totó? — Débora falava com voz infantil. — Que cachorrinho mais lindo!

Justina notou a barriguinha saliente e perguntou:

— Está grávida?

— Estou. De cinco meses.

— Oh, que lindo! Ter um filho é a experiência mais sublime que uma mulher pode ter — Justina falou e os olhos marejaram.

Débora não percebeu. Colocou Totó no chão e acariciou o ventre.

— Se Deus quiser, vou ter uma menina.

Justina não segurou o pranto. Débora assustou-se.

— Minha senhora, desculpe. Falei algo que não deveria?

— Não, minha querida. Não.

— Quer um copo de água?

— Não. Estou bem. — Justina procurou se recompor.

Mal conheço a moça e já caí no choro? A mocinha vai achar que sou louca, pensou.

Débora a levou até um banco e se sentaram. Os cachorrinhos vieram atrás. A jovem pegou dois ossinhos da sacola e deu a

239

eles. Bolinha e Totó ficaram brincando ali ao lado, chupando e mordendo os ossinhos.

— Desculpe-me pela fraqueza — disse Justina.

— A senhora não deve se desculpar por nada. Tenho certeza de que teve um motivo muito forte para se emocionar.

— É.

Débora consultou o relógio e sorriu.

— Tenho tempo para conversarmos um pouco mais. Quer me contar o que a aflige?

Justina fez que sim com a cabeça.

— Vou lhe contar a minha história...

E, assim, contou sobre o casamento com Eriberto, o nascimento da filha, o casamento de Miriam e sua morte prematura. Depois falou do ex-genro e, conforme Justina lhe participava os detalhes, Débora tentava ocultar o susto. Não precisou de cinco minutos de conversa para saber que Justina era a mãe de Miriam e avó de Gláucia.

E agora, o que faço?, ela perguntou para si. *Se eu disser a essa mulher que sou filha de Armando e Iara, ela é capaz de me bater.*

Débora teve muita vontade de contar a verdade a Justina, mas temia a atitude da velha senhora. Ela estava grávida e não era prudente revelar-se a Justina nesse momento. Pretextou que tinha de se preparar para o ultrassom e despediu-se.

— Adorei conhecê-la. Você não disse seu nome.

— Débora.

Justina mal se lembrava do nome da meia-irmã de Gláucia e também nunca a vira.

— Foi um prazer conhecê-la, Débora. É menina atenciosa, simpática. Venho todas as manhãs ao parque. Totó acostumou-se com o lugar.

— Farei o possível para nos encontrarmos. Pode acreditar que adorei de verdade conhecê-la.

— Quer conhecer meu marido?

Débora fez sim com a cabeça e acompanhou Justina até um banco. Eriberto estava lendo o jornal. Justina cutucou-o.

— Eriberto, deixe-me apresentar uma nova amiga.

Ele baixou o jornal com as mãos e ergueu o rosto. Sorriu e levantou-se.

— Olá.

— Bom dia. Meu nome é Débora.

— Ela não é uma graça, Eriberto?

— Sim, uma moça muito bonita.

Ele olhou para o ventre avolumado e Débora respondeu:

— Sim, estou grávida de cinco meses.

Ele se lembrou da gravidez de Justina e estremeceu. Fechou e abriu os olhos. Depois, encostou a mão sobre a barriga dela e disse:

— Que você tenha uma linda menina!

Justina moveu a cabeça de um lado para o outro:

— Imagine, Eriberto. Como pode dizer uma coisa dessas?

— O que foi que eu disse?

— Que ela vai ter uma menina. Débora nem sabe ainda o sexo da criança!

— Perdão — ele se desculpou.

— Não fique acabrunhado, seu Eriberto — ajuntou Débora com amabilidade e baixou a voz: — Eu também gostaria de ter uma menina. Segredo nosso.

Eriberto sorriu matreiro, deu uma piscadinha e despediram-se. No trajeto de volta para casa, Débora dizia para si:

— A vida é sábia... mas muito engraçada!

Justina puxou a coleira e perguntou:

— O que ela lhe disse?

— Nada. Segredo.

Justina sentiu ciúme.

— Eu a conheci primeiro. Agora já está de segredinhos com ela?

— Ela lembrou tanto o jeito de nossa filha!

— Contei a Débora sobre Miriam. Ela se emocionou e me disse palavras tão bonitas! Disse que acontece só o que Deus permite e Ele só permite o melhor. Disse que um dia vai me ensinar o "jogo do contente".

Eriberto deixou uma lágrima escorrer pelo canto do olho.

— Essa menina é especial. Não sei por que, mas senti grande bem-estar ao lado dela.

— Eu também, meu velho.

Justina desequilibrou-se. Eriberto segurou-a nos braços e apanhou a coleira.

— O que foi?

— Tontura, de novo.

Justina parou por instantes e recuperou os movimentos.

— Precisamos ir ao médico. Vou marcar uma consulta.

— Nada. Estou ficando velha, só isso.

— Mas precisa se cuidar.

— Ora, não preciso de tantos cuidados.

— Precisa, sim. Só tenho você no mundo, Justina. Não suportaria perdê-la. Não agora.

Ela se emocionou e passou delicadamente a mão sobre o rosto do marido.

— Eu o amo tanto, Eriberto.

Ele pigarreou e sentiu uma emoção sem igual. Procurou dar outro rumo à conversa.

— Não se encontra mais menina como essa Débora. Nos dias de hoje, essa moçada não tem o mínimo de respeito por nós. Somos tratados como máquinas velhas e que não servem para mais nada.

— Débora é diferente, Eriberto. É moça culta, fina, educada. Tratou-me com respeito, deu-me atenção. Ela deve ter pais maravilhosos.

— Para você ver como ainda tem gente que educa bem os filhos.

— Ela deve ter uma família estruturada. É recém-casada, está esperando um filho. E sabe que Totó atirou-se nos braços dela?

Eriberto ia responder que se ele fosse um cachorro se atiraria nos braços de Débora, mas procurou não enciumar a esposa. Tornou, amável:

— Claro! A menina é de uma simpatia sem igual.

— Sinal de que ela é boa pessoa — considerou Justina. — Outro dia ouvi no rádio que os bichos têm muita sensibilidade e percebem quando uma pessoa é boa ou má. Se é má, eles saem correndo.

— Depois que a menina, quer dizer, que o bebê nascer, vamos convidá-la para frequentar a nossa casa? Moramos numa casa bonita, ampla, com jardim. Imagine esse bebê brincando no nosso quintal?

Justina assentiu. Comoveu-se:

— Como nossa Miriam fazia quando pequenina.

— Não fique triste, minha querida. Miriam deve estar num lugar muito bom, porque ela era muito boa. Morreu porque tinha de morrer.

— Tenho pensado muito nisso, meu velho. Lembra quando fomos à igreja buscar água benta para — ela baixou a voz — fazer aquele ritual?

— Se me lembro. Ainda bem que não fizemos nada. Graças a Deus encontramos dona Hilda.

— Eu não gostava muito de encontrá-la porque ela é espírita e eu sempre tive uma visão preconceituosa em relação às pessoas que se dizem espíritas.

— Também tinha outro conceito. Mas a conversa de dona Hilda clareou-nos a mente e aliviou o nosso coração. Depois que ela nos ensinou a fazer o Evangelho no Lar, nunca mais tivemos noites ruins de sono, calafrios percorrendo o corpo...

— É, Eriberto. Nossa casa parece estar mais "limpa". O ambiente ficou mais leve.

— Saber que só o corpo de carne de nossa filha foi enterrado, ter a certeza de que Miriam continua viva em espírito e de que vamos nos reencontrar me conforta e tranquiliza.

— E não podemos nos esquecer do que ela falou sobre o perdão — emendou Justina. — Tenho pensado muito sobre isso.

— Gostaria de reencontrar Armando. Será que ele e Iara moram na mesma casa?

— Creio que não, Eriberto.

— Não fomos ao enterro de Gláucia.

— Estávamos ainda muito magoados com tudo que havia nos acontecido. Depois que passou um tempo, comecei a pensar que Iara e Armando podem estar sentindo o mesmo que nós. Eles também perderam uma filha.

— É mesmo, Justina. O que me diz de tentarmos localizar o endereço deles?

— Boa ideia, meu velho. Podemos pedir ajuda para Débora.

— Por que para ela?

— Porque essa moçada é antenada, conhece tudo quanto é tecnologia. Ela pode acessar um computador e tentar procurar. Outro dia escutei no rádio que a gente consegue qualquer informação pela internet. Uma maravilha.

— Bem, assim teremos motivo para estreitar os laços de amizade com essa moça.

Chegaram a casa deles e Totó correu para o quintal. Eriberto disse:

— Mudando de assunto, esqueci de comentar.

— Sobre?

— Sabe que encontrei um pedaço de carne podre embaixo do tanque?

— Um pedaço de carne podre? Não pode ser. Somos tão limpos.

— Muito estranho. Ontem fui tirar roupa do varal porque ameaçou chuva. Deixei cair a cestinha de pregadores no chão e, quando fui juntá-los, apanhei sem querer esse troço.

— Tudo que Totó pega na rua, ele leva para debaixo do tanque — respondeu Justina. — Não foi assim com os chinelos do seu Aderbal, com a dentadura da dona Ismênia, com...

Eriberto meneava a cabeça:

— Mas era uma coisa estranha, escura e fedida.

— Cadê? Deixe-me ver.

— Negativo. Joguei aquilo no lixo. O caminhão passou na nossa rua nesta madrugada.

Justina deu de ombros e Eriberto considerou:

— Vai ver Totó remexeu em algum saco de lixo, encontrou um pedaço de carne e trouxe para casa.

— Pode ser.

— Justina?

— Diga, meu bem.

— Estou com uma vontade de comer aquele bolo de carne recheado que só você sabe fazer!

— Hoje é um dia especial, porque conhecemos uma menina especial. Vou já para a cozinha preparar nosso almoço. Vá para a varanda terminar de ler seu jornal.

Eles deram um selinho e cada um foi para suas atividades. Jamais iriam imaginar que o pedaço de carne podre que Eriberto encontrara e jogara no lixo era o dedo de Eneida...

Sarajane comprou o celular e o chip. Ao preencher o formulário, a vendedora pediu o documento de identidade, e ela entregou o RG de Eneida. Sarajane tinha os cabelos mais para o louro, Eneida tinha os cabelos crespos e escuros. A vendedora nem checou. Estava mais preocupada em sair para almoçar com o vendedor da área de eletrodomésticos.

— Assine aqui, faz favor — dizia, enquanto piscava para o vendedor, do outro lado da loja.

Sarajane assinou, apanhou o pacote e saiu. Ganhou a rua e entrou no carro. Abriu o pacote, introduziu o chip. Chegou atrasada ao escritório. A construtora Yos tinha uma recepção com duas atendentes e dois seguranças. Uma das recepcionistas fez careta:

— A protegida do diretor chega na hora que bem entende.

— É muito folgada essa aí — disse a outra.

Sarajane sorriu, encostou seu crachá no visor e passou pela catraca. Foi até o lavatório, lavou as mãos e sorriu para a imagem no espelho.

— A vingança é um prato que se come frio.

Gargalhou e saiu. Pegou o elevador e, quando chegou ao andar, correu até a sala de Lucas.

— E então? — indagou ele, ansioso.

— Tudo certo. Comprei o celular. Agora é só acertar com o pistoleiro.

— Fale baixo, Sarajane.

— Ninguém escuta. Não se preocupe.

— Veja se consegue fechar negócio.

— Vou começar hoje. Trouxe um netbook. Preciso da senha para captar sinal da internet.

Lucas abriu uma gaveta, pegou um papel e fez uma anotação.

— Aí está a senha para você se conectar à rede sem fio.

— Obrigada.

Ela pegou o papel, saiu, foi até sua mesa. Abriu e ligou o netbook, colocou a senha da rede sem fio e conectou-se à internet. Começou a fazer suas pesquisas e era mais de seis da tarde quando pegou o elevador para ir embora.

Sarajane desceu, passou pela recepção e as duas atendentes ainda estavam lá. Começou a chover. Ela convidou:

— Querem carona?

As duas olharam-se com desconfiança. Mas a chuva apertou e elas moravam bem longe. Precisavam pegar ônibus, metrô e trem.

— Vamos, decidam. Não posso esperar começar uma enchente. Senão vamos as três dormir aqui.

— Melhor a gente aceitar — disse uma.

— Que custa? — ajuntou a outra.

Sarajane sorriu e elas a acompanharam até o carro. Acomodaram-se no veículo e agradeceram.

— Desculpe pela indelicadeza de hoje — falou a que estava atrás.

Sarajane a encarou pelo espelho retrovisor.

— Que indelicadeza?

— Fui grossa com você.

— Imagine, nem percebi.

Foram conversando e elas pediram a Sarajane que as deixasse no Terminal Princesa Isabel, no centro. A moça passou pelo terminal e foi indo, indo, até que as duas começaram a se preocupar.

— Para onde está nos levando? — perguntou uma delas, já assustadíssima.

— Está tarde. A chuva ainda está forte e gostaria de comer um lanche. Querem ir comigo? Assim me fazem companhia. Ah, e detalhe: eu pago!

— Está bem — disseram as duas em uníssono.

Sarajane atravessou a Marginal do rio Tietê e foram parar numa lanchonete do outro lado da cidade, a quilômetros e quilômetros de distância do terminal e da casa das recepcionistas.

— Eu pago o lanche. Depois as deixo no terminal. Combinado?

— Claro.

— Vou ao banheiro. Estou apertada. Com licença.

Quando Sarajane se afastou, a outra disse:

— Ela é legal, né?

— Se é. E a gente aqui falando mal da pobrezinha.

Acomodaram-se numa mesinha, de costas para os banheiros, e fizeram seus pedidos. Sarajane saiu de fininho, pegou o carro, deu partida e sumiu. A chuva apertou e ela riu:

— Esqueci de dizer a elas que a rua dessa lanchonete enche de água. As pobrezinhas vão dormir sobre a chapa de hambúrguer. Vão chegar ao trabalho amanhã cheirando a gordura! Isso é o máximo!

Gargalhou e começou a fazer algo que adorava quando chovia: passar com o carro sobre as poças de água próximo ao meio-fio, de preferência onde havia ponto de ônibus com bastante gente. Sarajane afundava o pé no acelerador e era um banho de água nos pobres coitados, que mal conseguiam se proteger.

Ela nem ligava para os impropérios. Olhava pelo retrovisor e se contorcia de prazer ao ver as pessoas encharcadas de água.

— Ai, que delícia! Como gosto de chuva!

Enquanto isso, as duas recepcionistas ficaram presas e ilhadas na lanchonete. Dormiram próximo da chapa, pois a noite estava muito fria.

Uma hora e meia depois, Sarajane estava em casa. A tromba-d'água tinha passado. Só uma garoa fininha insistia em cair. Coriolano choramingava.

— O que foi, titio?

— Estou com dor. Muita dor. Esse machucado — apontou para uma das pernas — não cicatriza.

— O que posso fazer?

— Preciso ir ao médico.

— Não. Nada de médico. Choveu bastante e há muitos pontos alagados na cidade. Vou apanhar um comprimido para aliviar a dor.

— Estou com cólica também.

— Já volto.

Sarajane foi ao banheiro, apanhou uma pastilha para cólica. Desceu, encheu um copo com água e levou até o quartinho. Ela sentia tremendo bem-estar. Tentava imaginar como as meninas chegariam em casa.

— Quero chegar cedo amanhã para ver a carinha delas.

Coriolano engoliu a pastilha e bebeu um pouco de água.

— Obrigado.

— De nada, titio.

— Está mudada, tem me tratado melhor. O que aconteceu?

— Não mudei.

— Sabe, você me lembra muito sua mãe.

Sarajane sentiu um estremecimento. Sua mente havia bloqueado boa parte do passado. E a palavra "mãe" acionara a chave para abrir essa caixa-preta.

— Não fale mais.

— Por quê? Sua mãe era bonita.

Sarajane deu um grito e tapou os ouvidos.

— Não quero lembrar! Não quero lembrar! — Saiu correndo e trancou-se no quarto.

Coriolano sorriu com ar triunfante.

— Agora vou inverter esse jogo...

Capítulo Vinte e Dois

Jussara procurava se readaptar à nova vida. Vendera o salão, pagara os funcionários, os impostos, cobrira os débitos no banco. Estava se preparando para mudar para Santos e recomeçar. O que iria fazer numa cidade que mal conhecia?

— Trabalhar num quiosque, talvez — disse para si, enquanto embalava seus pertences.

O passado voltava com força à sua mente e ela tentava espantá-lo com as mãos.

— Xô, passado. Não quero lembrar.

Mas as imagens insistiam em voltar. Era como se estivessem dando um sinal, querendo dizer alguma coisa para Jussara. Ela rebatia:

— Por que fui me envolver com aquele médico? Arruinei a minha vida profissional por conta de uma paixonite, por conta de um caso.

Ela falava alto para tentar diminuir o remorso que a corroía. Afinal, Jussara graduara-se em Enfermagem com a nota mais alta da turma. Tinha talento natural para lidar com pacientes doentes e difíceis. Seu jeito materno de ser cativava a todos.

Jussara arrumava somente namorado-encrenca. Todos os rapazes que cruzavam seu caminho lhe deixavam uma ferida emocional, uma dor, uma mágoa, um sentimento ruim. Cansada de sofrer, dedicou-se à enfermagem e esqueceu os relacionamentos afetivos.

Um dia cruzou com doutor Novaes no corredor do hospital e foi uma paixão fulminante. Novaes era bem mais velho e Jussara acreditava que, ao se relacionar com um homem mais velho, não passaria pelo mesmo que passara com rapazes da sua idade.

Ela ainda se recordava das palavras de Iara:

— Cuidado. Ele é casado.

— E daí? É só um caso bobo.

Mas não era. Jussara tentara enganar a si mesma, tentara ludibriar seu coração. Apaixonara-se perdidamente e embarcara numa paixão louca. Não demorou muito para que os colegas de trabalho percebessem o envolvimento. Dois meses depois, a mulher de Novaes estava na porta do hospital fazendo escândalo.

Jussara foi obrigada a se demitir e nunca mais quis saber de hospital, enfermagem e médicos. Passou a ter trauma da cor branca. Nas festas de fim de ano usava roupas claras, mas tinha pavor de voltar a usar branco.

— Meu Deus! Ajude-me a encontrar uma solução. Estou tão perdida. Mas sei que com Sua ajuda tudo vai se resolver. Eu quero confiar que terei um futuro melhor. Juro que quero.

Começou a meditar sobre os acontecimentos mais significativos de sua vida, como aqueles balanços que costumamos fazer no fim de ano.

Abriu a última gaveta do armário com força acima do habitual, o gavetão saiu do trilho e caiu.

— Ai! E agora?

Jussara foi encaixar a gaveta nos trilhos quando escutou um barulhinho de metal. Passou a mão por debaixo da gaveta e notou algo enroscado. Puxou o que parecia um fio dourado. Ao ver aquilo na mão, deu um grito de susto.

— O colarzinho de Gláucia! O que está fazendo aqui?!

Imediatamente, um arrepio percorreu-lhe o corpo. Jussara sentiu medo. Medo do que começava a se afigurar em sua mente. Ela meneou a cabeça violentamente:

— Não é possível! Cirilo não estaria envolvido na morte de Gláucia. Isso não!

Largou tudo e foi até a cozinha. Ligou para Iara.

— Olá, amiga. Tudo pronto para a mudança?

— Iara, precisamos conversar.

— Que voz é essa? Aconteceu alguma coisa?

— Aconteceu. Armando está em casa?

— Acabou de chegar.

— Estou indo para a sua casa. Agora!

Iara desligou o telefone preocupada.

— Com quem estava ao telefone, querida? — perguntou Armando.

— Jussara.

— Está pronta para mudar? O carreto vai passar amanhã cedo para levar a mudança para a praia.

— Não é isso. Jussara estava aflita, muito aflita.

— Em relação à pizzaria e aos impostos está tudo em ordem. Não sei o que poderia afligi-la.

O interfone tocou e Iara atendeu.

— Jussara chegou.

Iara e Armando foram para a sala e esperaram. Jussara entrou trêmula, pálida. Mantinha uma das mãos fechada.

— O que aconteceu, amiga? — indagou Iara.

— Cirilo apareceu? — perguntou Armando.

Jussara mexeu a cabeça para os lados.

— Não. — Ela respirou fundo e disse: — Enquanto estava arrumando as malas para a mudança, abri uma gaveta e encontrei isso. — Abriu a mão.

Iara não entendeu e Armando deu um passo para trás, aterrado.

— Esse é o colar que dei de presente para Gláucia quando ela completou quinze anos — balbuciou.

— É mesmo — ajuntou Iara. — Como apareceu na sua casa?

— Não sei. Fiquei branca quando vi.

Armando considerou:

— De acordo com o testemunho de Magali, esse colar foi arrancado de Gláucia no momento em que o ladrão disparou os tiros contra ela.

Iara olhou para o marido e voltou o olhar para Jussara. Todos fizeram a mesma pergunta:

— Será?

Luciano apanhou Magali na casa dela. Buzinou e ela saiu, com um sorriso encantador. Estava radiante.

— Por que essa alegria toda? Só porque me viu?

Ela riu mais ainda e disse:

— Estou contente, muito contente.

— Posso saber o motivo dessa felicidade?

Ele engatou a marcha e ela respondeu:

— Mamãe me ligou hoje cedo.

— Dona Ivete! Como anda a nossa andarilha?

— Nem te conto! Anda feliz da vida. Arrumou emprego, está trabalhando em uma confecção em Blumenau. Conheceu um senhor viúvo e... — Ela fez suspense.

— Conte-me logo, Magali.

— Eles engataram namoro. Minha mãe está trabalhando e namorando! Se me contasse isso um ano atrás, eu daria gargalhadas e acharia um delírio completo.

— As pessoas mudam. Sua mãe sofreu um choque de realidade.

— Mamãe acreditava que papai iria voltar para casa. Alimentou esse desejo por anos. Quando descobriu que ele não mais voltaria, tomou uma atitude.

— Uma sábia atitude. Admiro muito a sua mãe.

— Ela acordou para a vida. Havia se abandonado por completo.

— Fico feliz que ela esteja bem.

— Uma preocupação a menos. Falei também com Carlinhos. Amanda está grávida. Vou ser titia!

— Parabéns! Parece que hoje é um dia de felicidades!

— Muitas. Quando estamos voltados para o bem, a nossa vida só pode ser abençoada.

— Concordo.

— Como está seu pai?

— Inconsolável.

— Lívia não fala com ele?

— Não. Disse que só há uma maneira de eles reatarem.

— Qual é? — perguntou Magali, interessada.

— Que papai interne Lucas.

— Uma atitude extrema, não?

— Não sei, Magali. Depois daquela noite, Lucas anda muito estranho. Não dorme mais e, quando dorme, o sono é agitado, conturbado.

— Pode ser espiritual.

— Também acho, mas meu pai não acredita muito nisso.

— É verdade que Lívia teria provas para incriminar Lucas?

— Lívia é uma moça de bem. Ela não mentiria sobre essas provas.

— Então... seu irmão é um doido varrido! É uma ameaça à sociedade.

— Sim, Magali. E não sei o que fazer. Estou entre a cruz e a espada. Papai não me ouve, está preocupado em reatar com Lívia. Lucas também não me escuta. Quando começo a falar, ele desconversa e se afasta.

— E se conversarmos com a secretária dele?

— Sarajane?

— Essa mesma. Ela não é unha e carne com seu irmão?

— Parece que saiu de férias. Não a vejo no escritório faz dias.

— Ligue para ela.

— Posso tentar. Creio que não vai ajudar. O melhor seria meu irmão se render e deixar que a gente pague um bom tratamento médico.

— Tratamento médico combinado com tratamento espiritual.

Continuaram conversando e chegaram ao restaurante. Luciano havia reservado uma mesa afastada. Sentaram-se e ele revelou:

— Ontem sonhei com Gláucia.

Magali se emocionou.

— Verdade? Fala sério?

— Hum, hum.

— O que aconteceu?

— Ela me disse que está bem e feliz.

— Graças aos céus! Eu oro por ela todos os dias. Sinto tanta falta dela... — e deixou uma lágrima escapar.

Luciano pegou um lenço e passou delicadamente sob os olhos dela.

— Não fique assim.

— É emoção. Hoje só tive notícias boas: mamãe ligou e está namorando, Carlinhos vai ser pai e Gláucia apareceu para lhe dar notícias. O que mais pode acontecer de bom?

Luciano pigarreou e pousou suas mãos sobre as dela.

— É por isso que reservei esta mesa.

— Não estou entendendo.

— Antes de sonhar com Gláucia, havia tomado uma decisão.

— Qual?

— Que a partir de hoje eu iria enterrar o passado definitivamente e começar nova vida. Não iria mais pensar no meu relacionamento com Gláucia. Ao deitar-me ontem à noite, fiz uma prece sentida ao Alto. Pedi para esquecer os dissabores e pedi perdão a Gláucia.

— Perdão? Você?

— É, Magali. Fui muito duro com ela. Não deveria vibrar tanto ódio. Não sei... se estivesse no lugar dela, será que não teria feito o mesmo?

— Sempre lhe disse que ela não agiu por mal.

— Não mesmo. Daí adormeci e sonhei com ela. Gláucia estava linda, com um vestido clarinho, a pele corada, os dentes sempre brancos e perfeitos. Os cabelos estavam soltos e havia uma rosa enfeitando os cabelos. Na hora senti medo. Pensei que ela fosse me xingar, dar o troco por conta dos meus pensamentos negativos contra ela, cobrar-me alguma satisfação. Mas não. Ela abriu um sorriso e disse estar feliz. Que agora podia seguir seu caminho e que eu também estava livre para seguir o meu.

— Que lindo! — Magali enxugou os olhos com as costas das mãos.

— Acordei hoje sem ter mais dúvidas quanto à minha decisão.

— Posso saber qual é?

Luciano a fitou nos olhos e disse, voz embargada:

— Magali, quer ser minha namorada?

O susto combinado à grande emoção foi tamanho que, se a cadeira não tivesse encosto, Magali teria ido ao chão.

Capítulo Vinte e Três

Débora estava ao telefone com Iara quando, de repente, sentiu enjoos muito fortes.

— Vamos ao hospital — disse Iara.

— Não é necessário, mamãe. Logo passa. Vou entrar no oitavo mês. Você já passou por essa situação. É natural.

— Não é. Estou preocupada.

— Ora, mãe.

Iara foi incisiva:

— Régis pediu que eu tomasse conta de você.

— Meu marido é preocupado por natureza.

— Ele foi viajar. Você está sozinha.

Marcelo Cezar por Marco Aurélio

— Mãe, menos! Régis foi a uma reunião no Rio de Janeiro. No fim da tarde já estará de volta.

— Não interessa. Vamos ao hospital.

— Mas...

— Nada de "mas", Débora. Sou sua mãe e ainda tenho autoridade. Esteja pronta em vinte minutos.

Débora desligou o telefone. Um minuto depois, Régis ligou no celular dela.

— Sua mãe me ligou.

— Não acredito! Acabamos de falar ao telefone.

— Ela disse para eu reforçar; disse que você não quer ir ao hospital.

— Porque não precisa, amor. Estou bem. É que essa menininha — ela passou delicadamente a mão sobre o ventre volumoso — não para de se mexer. Acordei cansada e com um pouco de enjoo.

— Já liguei para o médico. Está esperando você. Disse que tem um parto programado e vai consultá-la no hospital.

— Quanta preocupação!

— Você vai trazer nossa princesa ao mundo. Quero que você fique bem.

— Mas, Régis...

Não adiantou. Régis também foi categórico. Embora a gravidez estivesse correndo bem, ele era pai de primeira viagem. Não estava acostumado com os enjoos, indisposições, cansaços e outras mudanças no comportamento de Débora.

Alguns minutos depois, Iara buzinou e Débora entrou no carro.

— Sua aparência não está boa. Está muito inchada para o meu gosto.

— Claro, mãe. Engordei quinze quilos. Queria que eu estivesse como?

— Eu sou mãe, eu sei. Você precisa passar pelo médico. Quando ele disser que está tudo bem, daí eu vou acreditar.

Débora meneou a cabeça para os lados e sorriu.

— Você e meu marido são terríveis.

— Queremos o melhor para as nossas meninas, para você e para essa coisa fofa que virá ao mundo — apontou para o ventre de Débora.

Passava do meio-dia quando Débora foi liberada. Iara ficou assinando alguns papéis na recepção e a moça ficou observando as pessoas que chegavam e saíam, tentando perscrutar a mente das pessoas.

— Interessante — ela disse em voz alta.

Até que seus olhos reconheceram aquele senhor. Débora franziu o cenho e caminhou até a poltrona em que ele estava sentado. Eriberto estava com as mãos sobre o rosto, desorientado. Débora aproximou-se e tocou levemente em seu ombro. Eriberto tirou as mãos do rosto e levantou-se de um salto. Abraçou-se a Débora e começou a chorar.

— O que aconteceu, seu Eriberto?

— Justina não passou bem à noite, sentia formigamento no lado esquerdo do corpo, tontura, mal conseguia ficar em pé. Senti que era algo sério e a trouxe imediatamente para o hospital. Ela teve um acidente vascular cerebral — e começou a chorar.

Débora também chorou.

— Eu encontrei dona Justina há duas semanas, no parque. Estava tão bem.

— Ela estava diferente. Eu insistia para irmos ao médico e ela não quis. Se eu fosse mais duro...

— Não, seu Eriberto. Não pode culpar-se. Ainda bem que correu para cá.

— Sim. Os médicos me disseram que o tempo é fator crucial para que a minha Justina tenha uma boa recuperação.

Iara estava logo atrás e reconheceu Eriberto. Ela engoliu em seco. Sabia que Débora o conhecera, assim como Justina, e tinham conversado sobre como Débora poderia revelar a eles, de maneira menos traumática, ser filha de Armando. E agora estava frente a frente com o homem, numa situação delicada.

Eriberto estava tão transtornado que não a reconheceu. E nem a reconheceria. Eles haviam se visto num relance, muitos anos atrás. Débora simplesmente apresentou Iara como "minha mãe". E ponto.

Iara tinha tido uma tia que sofrera um acidente vascular cerebral três anos antes e perguntou, preocupada:

— Os médicos informaram se foi um AVC isquêmico ou hemorrágico?

— Isquêmico. Entupimento do vaso sanguíneo. Justina está na UTI e recebeu medicação antitrombótica para desfazer o coágulo e permitir a passagem de sangue para o cérebro. Agora preciso esperar até a noite para saber se minha esposa vai ficar com sequelas.

— Eu vou ficar com o senhor.

— De forma alguma. Olhe esse barrigão! Aqui não é ambiente para uma mulher grávida.

— Sozinho não pode ficar.

— Débora tem razão. Vamos até a lanchonete da esquina. Aposto que o senhor não come nada desde ontem à noite.

— Estou sem fome.

— Mas precisa se alimentar, seu Eriberto. Quando dona Justina voltar para casa, precisará estar com saúde para cuidar dela. Vamos tomar um café, comer um pãozinho.

— Vamos lhe fazer companhia — tornou Iara.

— Os médicos podem me chamar.

— Não, dona Justina está na UTI. Qual será o horário permitido para visita?

— Três da tarde.

Débora consultou o relógio.

— É pouco mais de meio-dia. Temos tempo. Vamos.

Débora passou o braço pelas costas de Eriberto e apoiou a mão sobre o ombro dele. Iara ia logo atrás e estava estupefata. *Não vai dar para esconder por muito mais tempo*, pensou.

Sarajane tinha mania de frequentar redes sociais via internet. Tinha um monte de amigos, mas não conhecia pessoalmente um que fosse. Eram todos amigos virtuais. E o perfil dela só tinha dados falsos: ela mentira no nome, na idade, na profissão... Usava a rede para poder matar hora no trabalho e se divertir, fazendo-se passar por uma mulher que, talvez, ela gostaria de ser e não era. Marcava o encontro e não aparecia. Dava número de telefone errado.

Dentre esses amigos virtuais, Sarajane reconheceu o perfil de Cirilo.

— Veja só: o moço da roda de pagode. Ele tinha amigos barras-pesadas. Não vai ser difícil Cirilo conseguir o que quero...

Sarajane procurou na agenda e encontrou o número dele. Ligou e ele demorou a se lembrar dela, pois estava numa situação de penúria. Envolvera-se com drogas pesadas e não enxergava mais caminho de volta para livrar-se do vício.

Empolgada, ela recordou-se de que, depois da noite na roda de pagode, saíram mais uma, duas, três vezes. Os encontros tornaram-se cada vez mais constantes e eles passaram a dormir juntos uma vez por semana. Sarajane comprava droga para Cirilo e ele foi se abrindo. Contou sobre uma cena que não lhe saía do pensamento, principalmente nos momentos em que estava sóbrio:

— Eu vi a morte de perto.

— Tentaram matar você?

— Não. Eu... eu...

— Fala logo, amorzinho.

— Eu dei carona para um colega barra-pesada. Assaltante.

— E daí? — indagou Sarajane, curiosa.

— Ele assaltou e matou a filha da amiga da minha mulher.

— E você com isso?

— Juro que nunca fiz mal a uma mosca, gata. O Siderval estava metido com tráfico de drogas, foi me dando pó...

— Também, com esse nome! Até eu me drogaria. — Eles riram e Sarajane concluiu: — Você se encheu de cocaína e não conseguiu pagar.

— Não consegui. Pedi prazo e tudo. Jussara, minha mulher, desconfiou e trocou a senha do banco. Mas a burra deixou tudo anotado num papelzinho que guardava num livro de poesias.

— Que mulher fantástica a sua — comentou irônica. — Sei. Continue. Estou gostando.

— Daí ele disse que zerava minha conta de pó se eu fizesse um favor. Lembra-se daquela noite em que você me encontrou na roda de pagode?

— Lembro. Você saiu mais cedo...

— Foi naquela noite que aconteceu tudo, Sarajane. O Siderval me obrigou a sair da festa. Depois roubou uma moto e obrigou-me a dirigir e levá-lo para uma "volta". Senão me matava.

— Por isso você não voltou mais. Pensei que queria me dar o cano.

— Longe disso, gata. Eu gosto de você.

— E — Sarajane prosseguiu — assaltaram a menina e pluft! Ela morreu. É isso?

— Não! Siderval assaltou. Ele matou. Eu só dirigi a moto roubada.

— Não deixa de ser cúmplice.

— Não fale assim, gata. Estou me borrando de medo.

— E a moto que vocês usaram?

— Ele parou num matagal, jogou gasolina sobre a moto e ateou fogo. Depois me deu uma grana para a condução.

— Onde se encontra o tal Siderval?

— Morreu num tiroteio.

— Então você está livre. Por que o medo? — questionou Sarajane.

— Porque ele matou a garota, pegou a bolsa e, na hora de se despedir, quando queimou a moto, me deu o dinheiro da condução mais o colar que arrancara dela. Eu não atinei na hora. Depois do enterro da garota, minha mulher falou sobre o colar roubado, e eu, com muito medo, o escondi numa gaveta. Acredita que não achei mais o colar? Tenho medo de que minha mulher o tenha encontrado.

— Fica assim não, amorzinho. Vem cá que eu vou deixar você soltinho.

Eles se beijaram e se atracaram na cama. Uma hora depois, Sarajane teve uma ideia.

— Já sei o que você pode fazer. Sumir de casa.

— Como? Não tenho para onde ir.

— Eu ajudo você. E, além do mais, você não sabe a senha do banco?

— Não. Não seria justo roubar a Jussara.

— Como não? Quer saber — ela deu um tom fingido e carregado à voz —, eu tenho certeza de que sua esposa está com esse colarzinho e vai entregar você e o colar para a polícia.

— Está louca? Claro que não!

— Vai, sim. Sou mulher, sei do que somos capazes.

Cirilo coçou a cabeça, apreensivo.

— E agora?

— Vocês são casados?

— Não no papel.

— O que é que está esperando para pegar o dinheiro da conta, rapar tudo e desaparecer no mundo? Eu ajudo você.

— Ninguém dá ajuda de graça, gata.

— Não mesmo. Um dia ainda eu vou lhe cobrar...

O tempo passou, Sarajane o reencontrou na internet e, diante de um homem mais envelhecido e castigado pelas drogas, disse à queima-roupa:

— Vim lhe cobrar a ajuda.

Sarajane falou sobre a possibilidade de Cirilo lhe arranjar um matador, visto que ele tinha amigos barras-pesadas. Contou por cima sobre o desejo de Lucas tirar Lívia do caminho e finalizou:

— Se conseguir um bom pistoleiro, eu lhe dou casa e uma grana preta para você se entupir de pó pelo resto da vida.

O vício de Cirilo chegara ao ponto de ele não conseguir controlar sua vontade. Virara escravo do pó. Ele pensou, pensou e tomou a decisão: iria ajudar Sarajane. Afinal, ele sacara todo o dinheiro que Jussara tinha no banco e torrara tudo com cocaína, vendera a moto e agora estava experimentando o crack.

Numa tarde, desesperado, ligou para Sarajane.

— Preciso de grana.

— Encontrou o rapaz para me fazer "aquele" serviço?

— Ainda não. Mas se a gente se encontrar hoje e me der um adiantamento...

— Pode ser. Meu chefe está no meu pé. Preciso resolver logo esse assunto. Encontre-me naquele hotelzinho no centro. Às onze da noite.

E se ele estiver doidão?, pensou Sarajane. *Melhor eu levar aquele spray de pimenta na bolsa. Preciso me prevenir. Sou uma menina indefesa.*

Às onze da noite, Cirilo chegou alterado ao hotel. Sarajane já estava no saguão com as chaves e subiram. Entraram no quarto e ele perguntou, nervoso:

— Trouxe uma grana?

— Sim. Mas é a última vez que lhe trago algum dinheiro. Precisa me arrumar urgente um conhecido que me faça esse servicinho.

— Está difícil.

— Não tem nenhum amigo viciado que mataria por um punhado de pó, ou de crack?

— Amanhã eu vejo isso. Vamos deitar.

Cirilo acordou na madrugada sentindo um desejo atroz por droga. Começou a ter uma crise de abstinência e cutucou Sarajane. Ela dormia a sono solto. Ele se levantou de um salto, vasculhou a bolsa dela, apanhou todo o dinheiro e saiu, desesperado para saciar seu vício.

Na manhã seguinte, Sarajane acordou e tateou a cama. Ninguém. Abriu os olhos e não encontrou Cirilo deitado ao seu lado. Levantou-se, apanhou a bolsa sobre a mesinha, revirada. Levou as mãos à cabeça e mordeu os lábios:

— E não é que Cirilo me passou a perna? Por que fui me envolver com um drogado? — ela falou, gargalhando.

Depois de se recompor e se arrumar, considerou:

— Lucas não vai gostar nadinha disso. Paciência. Preciso ir até a minha casa para me arrumar melhor. Depois verei o que fazer.

Sarajane foi para casa, encontrou Coriolano tomando sol.

— Bom dia, titio.

— Não dormiu em casa esta noite.

— Trabalhei até tarde.

Coriolano coçou a cabeça. Apanhou o cigarro sobre um banquinho e o acendeu. Deu uma tragada longa e soltou a fumaça.

— Não pode fumar, titio. Faz mal à sua saúde.

— Vem aqui, quero conversar com você.

Sarajane aproximou-se e Coriolano fez um gesto largo com a mão.

— Aproxime-se.

— Não posso. A sua ferida...

— Não é contagiosa.

A respiração dela alterou-se. Uma imagem veio à sua mente e Sarajane deu um grito:

— Não!

Depois, nem se arrumou direito. Apanhou a bolsa, entrou no carro e, no meio do trajeto, já estava melhor. Ligou o rádio e começou a cantarolar as músicas que tocavam. Entrou na empresa com ar triunfante e cumprimentou as recepcionistas.

— Oi, fofas. Bom dia para vocês.

Uma não respondeu. A outra, mais enfezada, atravessou o balcão e foi para a briga.

— Escuta aqui — disse com raiva —, não esquecemos o que você nos aprontou.

— Eu?! — perguntou Sarajane surpresa. — Estava ausente há semanas, fazendo trabalho externo.

— Não se faça de besta. Até hoje tenho pesadelos com aquela noite.

— Não sei do que está falando — disse Sarajane. Depois, aproximou o nariz dos cabelos da menina e perguntou: — Ainda com cheiro de chapa de hambúrguer? Eu tenho um produto fantástico e...

A menina não aguentou e explodiu de raiva. Pulou para cima de Sarajane e ela se deixou bater. Os seguranças correram para apartar. Sarajane aproveitou o momento, sacou da bolsa a lata de spray de pimenta e mirou no rosto da menina.

— Isso é para você não se meter comigo, fofa.

A recepcionista começou a gritar.

— Ela me cegou, ela me cegou...

Sarajane ajeitou a saia e comentou com um dos seguranças:

— Vocês viram! Ela veio até mim e me atacou. Eu só me defendi.

— Pode subir, senhorita. Vamos levar a moça para o distrito.

A moça protestou:

— Não é possível! Ela aprontou comigo e...

— Nada disso. A senhorita tumultuou o ambiente. Nós vimos quando atravessou o balcão e agrediu Sarajane. As câmeras — apontou para o alto e para os lados — são prova de que Sarajane é inocente.

A recepcionista bufou de raiva. Começou a chorar e a outra colega foi prestar consolo. Sarajane pegou o elevador.

— Ai, como adoro quando meu dia começa assim, com grandes emoções.

Ela guardou o spray na bolsa e passou a língua sobre os lábios. Chegou até sua sala e Lucas estava lá, parado.

— Meu pai anunciou oficialmente que vai pedir a mão de Lívia.

— Coisa antiga. Ainda se pede a mão em casamento?

— Pois é, Sarajane.

— O doutor Andrei pode mudar de ideia.

— Qual nada. O velho anda todo meloso, é Lívia para cá, Lívia para lá.

— Ué, ela não ia ficar com seu pai na condição de você se tratar?

Lucas deu um sorriso triunfal.

— Eu finjo que estou frequentando sessões três vezes por semana. Levo atestado para casa e tudo. Meu pai e a periguete pensam que eu estou me tratando. Estou fingindo muito bem.

— Eu o admiro tanto, Lucas. Queria ser como você.

— Mas é. Temos muita afinidade.

— Afinidades à parte, lamento informar, mas o rapaz com quem estava saindo não vai conseguir alguém para fazer o serviço.

— E agora?

— Vou devolver o dinheiro que você me deu. Mas está difícil. Se ao menos tivesse anúncio em classificado de jornal: "Mato seu desafeto e parcelo o pagamento", ficaria mais fácil.

— Estou desesperado.

— Por que não faz o serviço você mesmo?

— Como assim?

— Ora, Lucas, você é um homem de palavra, digno. Se eu fosse seu pai, entregaria a construtora para você cuidar. É muito competente.

Ele estufou o peito:

— Sei disso. Você também, mas eles não. Meu pai não confia em mim. Luciano tampouco.

— Você pode fazer o serviço. Empurre-a da escada. É o mais fácil. Tiro também. Com tanta bala perdida por aí, você pode se dar bem. Vamos — ela o encorajava —, mate Lívia. Eu escondo a arma para você, assim como escondi aquele corpo lá em casa, sob quilos de concreto.

Lucas balançou a cabeça para cima e para baixo.

— Você é espetacular, Sarajane.

— Eu?!

— Sim. Sempre me dando ideias maravilhosas.

— Que nada, Lucas. Faço isso para o seu bem-estar.

Ele sentiu uma pontada na cabeça.

— Essa dor ainda vai me matar.

— Quer um comprimido? Eu pego uma aspirina para você.

Sarajane saiu da sala. Com a mente doente, não captava a energia ao redor. Mas se ela pudesse ver...

Lucas andava de um lado para o outro e as dores estavam ficando cada vez piores. Um espírito irritadiço estava pratimente grudado nele.

— Desgraçado! Agora que encontrei você, não vou mais perdê-lo de vista.

Eneida estava colada a Lucas, e não iria desgrudar dele tão cedo.

Capítulo Vinte e Quatro

Quando se descobriu desencarnada, Eneida foi acolhida num postinho de socorro astral a fim de obter apoio e sustentação, que iriam ajudá-la a recomeçar sua vida naquele plano. Recebeu a visita de uma tia por quem ela sentia muita afeição.

Todavia, ao relembrar seus últimos momentos na Terra, sentiu tremendo mal-estar e, imediatamente, um ódio surdo tomou conta de seu ser.

— Perdoe e esqueça — sugeriu a tia. — Com o tempo, vai entender o porquê de ter passado por tal experiência. Muitas vezes nosso espírito necessita passar por experiências muito fortes para limpar-se do passado e dar um passo maior na escala de evolução.

— Não, tia. Eu não concordo com isso. Não quero entender nada. Só quero vingança.

— Quem perdoa tira o peso da vingança. Pense melhor, Eneida.

Mas ela não pensou, não concordou e não aceitou permanecer no posto de socorro. Mentalizou Lucas com toda sua força e de maneira imediata foi atraída até ele. Lucas estava sentado num bar, bebendo e conversando com amigos. Eneida aproximou-se e lhe deu um tapa na cara. Lucas sentiu leve torpor e acreditou ser efeito da bebida.

Em seguida, Eneida não desgrudou mais dele. Era triste acompanhá-lo nas noites. Lucas continuava agressivo e machucava suas parceiras. Eneida revoltou-se mais ainda e passou a protegê-las. Cada vez que Lucas saía com uma menina, Eneida usava sua força mental para prejudicar o encontro. Até o momento em que a aproximação dela ficou tão constante, que Lucas, de vez em quando, a via pelo espelho do banheiro.

— Isso é bobagem — ele dizia.

Depois passava a mão pelo espelho e a imagem sumia. As dores de cabeça começaram a se tornar constantes e fortes, a ponto de ele gemer de dor. Tentou ir a especialistas, mas os exames não acusavam nada. Tudo normal.

Eneida acompanhou a conversa dele com Sarajane. Indignou-se em saber que Lucas estava prestes a cometer novo assassinato.

— Quem pensa que é? Deus? — indagou, irritada.

O espírito de Eneida deu uma pancada tão violenta na cabeça de Lucas que ele sentou-se na cadeira, atordoado.

Sarajane lhe trouxe uma aspirina. Lucas engoliu o comprimido, bebeu um pouco de água, mas a dor não passou. Concentrou-se em seu objetivo: destruir Lívia para não ver o patrimônio de seu pai ser dividido.

— Minha parte ninguém tasca! — bramiu, enquanto dava um murro sobre a mesa.

— De nada vai adiantar perder as estribeiras, tolo. Acha que agora pode apagar todos aqueles que atrapalham seu caminho? Acha que pode matar e não pagar por isso? Não vou deixar — rebateu Eneida.

Judite apareceu na sala e Eneida deu um passo para trás.

— Eu já estou acostumada a perambular por aqui — gritou. — Esse homem é meu. Não vou dividir com ninguém.

— Não tem problema, Eneida. Não estou interessada em obsediar o rapaz.

— Como sabe meu nome?

— Sabendo. Agora me diga: de que adianta atormentá-lo?

— Oras, de que adianta? Eu quero que ele morra.

— E vai adiantar alguma coisa ele vir para o nosso lado? Acredita que vai estar em paz com sua consciência?

— Ele tirou a minha vida.

— Lucas ultrapassou todos os limites, sei muito bem. Mas não acha melhor deixar que a própria consciência dele torne-se seu algoz?

— Não. Eu preciso me vingar.

— Vai trazer sossego ao seu coração?

— Não sei, mas ele vai pagar na mesma moeda.

— Para que fazer isso, Eneida? Para entrar num ciclo de reencarnações em que ambos terão de se enfrentar? Para que deixar mais ajustes de contas para o futuro? Não arrume confusão. Você é boa, tem um bom coração.

Eneida estava com os olhos marejados.

— Ele me tirou a vida.

— Aconteceu com você o mesmo que fez com ele.

— Impossível. Está falando isso porque quer que eu me afaste dele.

— Não. É porque sua essência foi corrompida anos atrás. E, depois de muito sofrer, seu espírito pediu para retornar por um curto período, pois desejava se readaptar à vida no mundo terreno.

— Não — Eneida falava num tom mais brando, como se estivesse ficando fraca.

— Sua estadia no planeta deveria ser curta e você poderia adoecer. O seu espírito, na ânsia de queimar etapas e desvencilhar-se dos inimigos do passado, atraiu esse desencarne.

Eneida ajoelhou-se.

— Estou fraca. A minha mente embaralhou. Eu me vejo homem, mercador, vendedor de cana-de-açúcar.

Judite aproximou-se e colocou a mão sobre a testa de Eneida.

— O que mais você vê, Eneida?

— Eu me aproximo de um senhor de engenho muito rico. Fazemos negócios, ele não quer me pagar. Eu entro em desespero e o mato.

— Tem certeza do que vê?

— Sim, sim — disse Eneida. — Agora ficou claro. Eu também matei!

— Olhe para Lucas. Veja se você lembra-se dele.

Não precisou de muito para Eneida ver em Lucas o senhor de engenho que assassinara séculos atrás.

Ela meneou a cabeça freneticamente:

— Eu matei Loukás! Eu matei Loukás!

— É verdade.

276

— Oh, meu Deus! Como fui capaz de cometer um desatino desses?

— Seu espírito quis provar esse remédio amargo. Agora você está livre para seguir seu caminho, sem ódio, sem mágoas. Não terá mais sua consciência acusando-a de nada, pois você está quite com o universo.

— E se eu permanecer aqui ao lado dele?

— Você é dona de sua vida. Deus não pune, não obriga, não machuca. Deus só deixa acontecer segundo as nossas escolhas. Se escolher ficar ao lado de Lucas e atormentá-lo, induzi-lo à morte, vai permanecer ligada a ele pelas amarras do ódio. Amarras só são desfeitas quando uma das partes cede. Caso contrário, poderá levar séculos para o acerto.

— Se eu for embora, não vou mais encontrá-lo em meu caminho?

— Por que deveria? Se ambos estiverem transformados e ligados na força do bem, não vejo problema.

— Mas ele pode continuar a cometer desatinos.

— Deixe-o. Lucas terá de responder por todos os seus crimes. Não somos Deus. Não cabe a nós julgá-lo. Cabe a mim e a você seguir nosso caminho, não nos deixando corromper pela maledicência. Por isso — Judite pousou sua mão sobre a de Eneida — venha comigo e recomece sua nova vida, sem máculas no seu espírito. Sua tia a espera. Venha.

Eneida fez sim com a cabeça.

— Ainda não consigo perdoar Lucas.

— Não se importe com isso agora. Seu espírito precisará de tempo para reciclar as ideias, rever posturas, desenvolver novos hábitos e potenciais. Quando estiver pronta, o perdão virá naturalmente. Agora venha comigo.

Antes, Judite pousou delicado beijo na fronte de Lucas.

— Uma pena, querido. Não posso fazer mais nada. Você se comprometeu com outros espíritos empedernidos, duros, insensíveis. Quando quiser ajuda, de verdade, estarei por perto.

Ela apanhou a mão de Eneida e desapareceram. Lucas levantou-se da cadeira sem dor de cabeça.

— Essa aspirina que Sarajane me deu é tiro e queda. Estou ótimo!

Ele remexeu alguns papéis, saiu da sala e passou pelo corredor. A porta da sala estava semiaberta e Andrei estava virado de costas para a porta. Falava ao celular e Lucas encostou o ouvido.

— Claro, Lívia, entendo. Se temos tanto trabalho assim, que tal irmos para a praia?... Sim... Vamos de helicóptero... A casa é magnífica, de frente para o mar... Maresias tem praias lindas. Sim... Combinado... Também amo você... Até mais.

Lucas andou pé sobre pé e cruzou o corredor. Passou por Sarajane e lhe estalou um beijo na bochecha.

— A sorte está do meu lado.

Sarajane não entendeu. Deu de ombros e continuou navegando na internet. Lucas pegou o elevador, desceu até a garagem, apanhou o carro e sorriu com as ideias sórdidas que se formavam em sua mente:

— Eles vão para a praia no fim de semana. A casa da praia tem escada. Será o lugar ideal para acabar com essa periguete.

Gargalhou e, envolto em sombras escuras, saiu do edifício cantando os pneus.

Justina recebeu alta do hospital numa quarta-feira, perto da hora do almoço. Débora fez questão de acompanhar Eriberto até a casa dele.

— Não, menina! Logo seu bebê vai nascer. Preocupe-se com sua gestação.

— Não preciso me preocupar com nada, seu Eriberto. Só vou acompanhá-los até em casa.

— Não sei como agradecê-la. Eu e Justina estamos velhos, não temos parentes próximos. Eu tenho um sobrinho que mora em Porto Velho. Ele tem família, não pode me ajudar.

— Mas eu posso. Moro perto. Depois que o bebê nascer, vou poder passar muitas tardes ao seu lado.

— Você é a neta que não tive.

— Mas o senhor teve uma neta.

— Gláucia era boa menina, no entanto, não gostava de nossa companhia. Preferia as amiguinhas de rua, sempre saía com as coleguinhas. Pouco ficava conosco. Depois da adolescência ela rareou as visitas, pretextando colégio, faculdade, provas, trabalho, trânsito... foram tantas as desculpas que praticamente perdemos o contato.

A enfermeira trouxe Justina, prostrada numa cadeira de rodas. O único sinal típico do AVC era a paralisia facial do lado esquerdo. Notava-se o desvio da boca para o lado direito. No geral, o aspecto de Justina era bom.

Débora aproximou-se da cadeira, abaixou-se com dificuldade, até onde a barriga permitia, e beijou Justina no rosto.

— Aqui estou, dona Justina. Vou levá-la para casa.

Justina mexeu a cabeça para cima e para baixo e esboçou um sorriso.

O médico considerou:

— Dona Justina sofre de disartria, distúrbio da fala, que se apresenta como dificuldade em alto grau de articular as palavras. No começo não entenderão patavinas, mas com o tempo vão se acostumar e começarão a entender o que ela quer dizer. Atenção para não deixá-la nervosa. Dona Justina precisa ficar à vontade. Se ela não conseguir falar, não force.

— E o que mais, doutor? — perguntou Débora.

— O mais importante agora é a reabilitação. Tenho certeza de que dona Justina vai reconquistar e melhorar as habilidades comprometidas. Marquei o fisioterapeuta e o fonoaudiólogo.

Eriberto fazia sim com a cabeça, tentando entender a árdua jornada que seria sua vida dali para a frente. O médico chamou Débora num canto.

— Você é neta deles?

Débora sorriu.

— Sou.

— Seu Eriberto tem idade, não aguentará carregar dona Justina no colo. Ele precisa só estar ao lado dela, dando-lhe carinho e atenção. Seria recomendável contratarem uma cuidadora. Melhor se puderem contratar uma com conhecimento de enfermagem, porque ela poderá administrar os medicamentos, cuidar do banho e da alimentação, além de outros cuidados que um paciente como dona Justina necessita.

— Pode deixar, doutor. Seu Eribe... quer dizer, vovô tem condições de pagar pelo serviço desses profissionais.

O médico passou uma lista de exames e medicamentos para Eriberto. Débora acompanhou a ida de Justina até a casa. Uma das salas foi adaptada como quarto, pois Justina não subiria mais as escadas. Depois de tudo ajeitado e quando Justina estava descansando na cama, Débora foi até o jardim e pegou o celular.

— Alô, Jussara?

— Oi.

— Sou eu, Débora.

— Onde você está, menina? Sua mãe está preocupada!

— Estou bem. Está gostando da praia?

— Mais ou menos. Quer dizer, a cidade é linda, não existe orla mais bonita que a de Santos... arrumei um emprego num salão aqui perto. Acho que vai dar para pagar as despesas. Mas sinto tanto a falta de vocês!

— Quer voltar para São Paulo?

— E eu lá posso? Vou viver onde?

— Consegui um emprego para você de enfermeira. Com casa, comida e carteira assinada. O que me diz?

Jussara desligou o celular com os olhos cheios de água. Colocou o telefone na bolsa, atravessou a avenida e encostou num quiosque.

— Por favor, vocês podem tomar conta da minha bolsa por um minuto?

A menina que atendia no quiosque prontamente pegou a bolsa e a guardou.

— Depois eu volto e você me prepara um sanduíche, pode ser?

— Sim, dona — respondeu a menina. — Pode dar sua volta sossegada.

Jussara pisou na areia, arrancou os sapatos e correu até as águas. Entrou no mar com a roupa do corpo. Mergulhou e, ao sair, agradeceu:

— Obrigada, meu Deus! Obrigada.

Capítulo Vinte e Cinco

A tarde chegava ao fim quando o helicóptero pousou. Andrei desceu e pegou na mão de Lívia. Abaixaram a cabeça e caminharam com rapidez até poderem esticar o corpo em segurança, longe das hélices. Andrei fez sinal para o piloto e ele subiu com o helicóptero. Depois que o barulho cessou, Lívia disse, olhos brilhantes:

— A casa é linda, Andrei. E a vista é espetacular.

— Sabia que iria gostar. Agora vamos, os empregados prepararam uma surpresa para você.

— Surpresa? — perguntou Lívia.

— Nosso fim de semana será cheio de surpresas.

Eles entraram na casa e a criada apresentou-se:

— Meu nome é Vera, senhorita. Vou acompanhá-la até seu quarto.

— Obrigada.

Andrei deu um selinho em Lívia.

— Vou subir daqui a pouco. Preciso de um drinque.

— Vou me arrumar e já desço.

Ela acompanhou Vera até o quarto. Lívia sorriu e agradeceu. Fechou a porta e sorriu feliz.

— Que lugar mais fantástico! Como sou feliz por ter conhecido um homem como Andrei!

Ela começou a desabotoar a blusa quando escutou um ranger de portas.

Vera desceu as escadas e perguntou a Andrei:

— Posso preparar a mesa, doutor?

— Sim, Vera. Antes vou levar Lívia para dar uma volta na praia. — Ele consultou o relógio e disse: — Creio que vamos jantar por volta das oito e meia, pode ser?

— Sim, senhor. E colocarei três pratos à mesa, certo?

— Como três pratos? Somos eu e Lívia.

— Seu Lucas chegou um pouquinho antes e me disse que vai jantar com vocês.

Andrei deixou o copo de uísque cair e espatifar-se no chão.

— Lucas está aqui?!

— Sim. Chegou e disse que iria descansar. Pediu para não ser incomodado.

Andrei sentiu o sangue gelar.

— Aconteceu alguma coisa, doutor Andrei?

Ele pousou as mãos sobre os ombros de Vera:

— Por favor, vá lá fora e, sem alarde, diga ao segurança que doutor Andrei chama.

— Não entendi.

— Só diga isso: "Doutor Andrei chama". É um código de pedido de socorro.

Vera começou a tremer. Rodou nos calcanhares e foi ao encontro do segurança. Andrei olhou para as escadas e subiu os degraus numa rapidez incrível. Foi até o quarto de Lucas e estava vazio. Então caminhou até o seu dormitório e, devagar, girou a maçaneta, abriu a porta.

— Ah, o velho apareceu. Veio resgatar a mocinha! — gritou Lucas, voz alterada.

— Filho, o que está fazendo?

— Protegendo nosso dinheiro, nosso patrimônio.

Lucas estava com uma arma apontada para Lívia.

— Por favor, vamos conversar.

— Negativo. Se der um passo, eu atiro. Para matar.

— Vamos conversar — sugeriu Lívia.

— Cale a boca! — Lucas vociferou. — A vadia não tem direito a falar. A periguete tem de manter a boca fechada. Mais um pio e eu meto uma bala nessa sua cara perfeita.

— Filho, largue essa arma.

— Não.

— Se é dinheiro que você quer, eu passo tudo em seu nome. Tudo.

— Ah, o velho truque da transferência de bens. Acha que eu vou cair nessa?

— Eu juro. Passo tudo em seu nome. Chamarei um advogado agora. Faço o que você quiser, mas não machuque Lívia.

— Não vou machucá-la, vou matá-la.

Lívia não movia um músculo. De olhos bem abertos, fez uma sentida prece. Andrei tentou argumentar, mas em vão. Lucas não mudava de ideia.

— Se você atirar nela, vai preso. E, se for preso, não vai poder usufruir do nosso dinheiro.

— Hã?

— Sim, filho. — Andrei procurava ganhar tempo. — Se matar Lívia, irá para a cadeia.

— Gente rica não fica presa neste país. Você me ajuda a fugir para o exterior, pai. Temos exemplos aos montes, todos os dias.

— Vai desgraçar sua vida. Se matar Lívia, não vou ajudá-lo em nada. Terá de arcar com fiança, processo, tudo. Quer ir para a cadeia? Vai deixar de fazer viagens, trocar de carro, gastar com bebidas e mulheres? Vamos, filho, pense bem.

Lucas refletiu por instantes. Estava tão atormentado e rodeado de sombras que mal conseguia concatenar os pensamentos. Apontou para Lívia e meneou a cabeça:

— Adeus, querida. Morra.

Antes de apertar o gatilho ouviram um estampido seco. Lívia gritou e correu para os braços de Andrei. O segurança chegou na hora e atirou. Lucas deu um passo para trás e tombou o corpo para a frente. Em segundos caiu sobre si mesmo.

Sarajane embicou o carro na garagem e, ao descer, avistou a lixeira do vizinho, com caixas de pizza. Foi até lá, xeretou e havia dois pedaços. Apanhou a caixa, assoprou para espantar as formigas que andavam sobre a cobertura e trouxe o embrulho para casa. Foi até o quintal, Coriolano sorriu, enquanto fumava seu cigarro.

— Chegou cedo.

— Lucas foi viajar e me deixou sair mais cedo. — Ela chegou mais perto e disse: — Olha o que eu trouxe para o titio: pizza!

— Que delícia!

Sarajane abriu a caixa e pegou o pedaço de pizza. Ainda tinha uma formiga. Ela tirou com o dedo e entregou ao tio.

— Sobrou lá do escritório. Aniversário de um gerente.

Coriolano pegou o pedaço e mordeu. Sentiu um gosto estranho, azedo. Cuspiu imediatamente.

— O quê? Esta pizza está estragada! De onde veio isso?

— Do escritório, titio.

Coriolano estava no limite.

— Se eu pudesse levantar, lhe daria uma surra, sua fedelha!

— O senhor nunca falou comigo nesse tom, titio.

— Tantos anos me tratando mal. Não acha que já chega?

— Chega de quê?

— De me punir.

Sarajane virou o corpo e caminhou para a cozinha. Coriolano fez um esforço danado para empurrar sua cadeira de rodas.

— Eu não matei sua mãe.

— O que foi que disse?

— Que eu não matei Suellen. O acidente...

Sarajane o interrompeu com secura:

— Pare de falar. Não quero recordar o acidente. Não quero!

— Mas precisamos conversar. Eu preciso que você me perdoe.

Nesse meio-tempo, Eriberto estava no jardim preparando a ração de Totó, e escutou parte da conversa. Preocupou-se, e seu instinto sugeriu que ligasse para a polícia. Foi o que ele fez.

Coriolano implorou:

— Eu quero me redimir. Sei que tenho culpa no cartório, mas não aguento mais. Estou preso nesta cadeira há mais de quinze anos. Temos de ter essa conversa, nem que eu lhe pague um psiquiatra.

— Não preciso de psiquiatra. Não sou maluca.

— Você está louca, Sarajane, precisa de tratamento especializado.

A palavra "louca" soou como um alerta. Uma porta do passado se abriu e Sarajane se viu pequena, com uns sete anos de idade, na casa de Coriolano. A mãe a levara até lá.

— *Você vai ter de cuidar dela.*

— *Não tenho condições.*

— *Ela é novinha, não tenho com quem deixar. Preciso tratar do meu vício. Cuide dela, Coriolano, ou vou contar à polícia sobre suas sandices.*

As cenas vieram embaralhadas e Sarajane reviu, aterrada, a briga entre Coriolano e Suellen. Daí vieram as cenas vivas do acidente de carro e sua mente começou a girar. Coriolano encostou a mão nela e Sarajane gritou:

— Não encoste em mim! Não encoste em mim!

— Só quero conversar...

Sarajane entrou na cozinha, abriu a gaveta e pegou uma faca afiada. Correu até o quintal e, com as duas mãos presas à faca, gritou:

— Morra, seu porco imundo!

No instante em que ela ia cravar a faca em Coriolano, a polícia chegou e Sarajane foi presa em flagrante. Eles a algemaram e ela não soltou um pio. Ficou muda e assim ficaria por um longo tempo.

Um dos policiais ajudou Coriolano a entrar na ambulância.

— O senhor é forte! Sofreu maus-tratos esses anos todos. Não sei como está vivo.

— Nem eu — respondeu Coriolano —, nem eu.

Coriolano foi hospitalizado. Seu estado de saúde não era dos bons. As pernas estavam bem machucadas e a circulação da perna com a ferida começava a ficar comprometida e, associada à diabetes alta, iniciara a formação de grande necrose.

Um dos médicos foi categórico:

— Teremos de amputar uma das pernas.

— Não tem jeito, doutor?

— Não.

Os enfermeiros estavam indignados.

— Como pode uma sobrinha tratar um tio como se fosse um animal? — protestava um.

— Meu Deus! Como tem gente ruim neste mundo — dizia outro.

— Essa sobrinha deveria ser linchada.

— Também acho. Viu por que devemos ter pena de morte neste país? — dizia outro, em estado colérico.

Nos noticiários da semana não dava outra matéria: todos queriam tentar entender como uma pessoa aparentemente normal — como Sarajane demonstrava ser — seria capaz de praticar tantas crueldades a uma pessoa idosa. Multidões foram às ruas pedir punição severa. Quando a polícia descobriu uma grande quantia de dinheiro na conta bancária da jovem, advogados puseram-se à disposição de Coriolano para representá-lo nos tribunais e tomar posse do dinheiro. Começaram a surgir boatos de que Sarajane estivesse ligada ao tráfico de drogas.

Para agravar o quadro e aproveitando o momento "caça às bruxas" a que Sarajane foi submetida, Coriolano, para se vingar de anos de maus-tratos, inventou que a sobrinha mandara cimentar o quintal para esconder uma grande quantidade de drogas. Os policiais invadiram a casa com britadeiras e encontraram o corpo de Eneida. A partir daí, a vida de Sarajane ruiu de vez. Foi necessária proteção policial dentro da cadeia. As detentas queriam matá-la.

Enfim, o mundo inteiro caiu, impiedoso, sobre Sarajane. Ela não teve direito a defesa. As provas contra ela eram muitas. E, depois que amputaram a perna de Coriolano e ele foi encaminhado para uma casa de saúde, ela virou o monstro, e ele, o santo.

Capítulo Vinte e Seis

O segurança de Andrei metera uma bala de borracha em Lucas. A dor foi tamanha que ele desmaiou. E não teve escapatória. Foi preso em flagrante, sem direito a fiança. O delegado mandou fotografá-lo e tirar as impressões digitais. Em seguida, colheu as amostras para o exame de DNA que Lívia tanto esperava.

Com essas provas, Lucas não tinha como escapar. Passaria anos na prisão. E, depois, com a mente perturbada e na companhia de tantos desafetos desencarnados, ficaria muitos anos num sanatório para doentes mentais.

Durante um bom tempo, os assuntos que mais davam ibope eram o filho do empresário preso em flagrante e o monstro que maltratava o tio. Mas, como o tempo corre e as notícias perdem força rapidamente, logo foram esquecendo a história de Lucas. Andrei mudou-se para Mônaco e Lívia foi com ele. Passou os negócios para Luciano e, longe dos holofotes, os jornais perderam interesse por ele ou Lucas.

O casamento de Andrei e Lívia foi celebrado de acordo com a tradição grega, com uma linda festa na ilha de Mikonos.

Algum tempo depois, Luciano pediu a mão de Magali e anunciaram o casamento. Ivete avisou que chegaria uma semana antes para ajudar a filha nos preparativos da cerimônia e da festa.

No aeroporto, Magali estava aflita.

— O que acontece, meu bem? — perguntou Luciano.

— Faz tempo que mamãe partiu, assim como num rabo de foguete. Não sei como ela vai estar.

— Dona Ivete mudou bastante o jeito de ser. Trabalha, tem um companheiro.

— Mas vai reencontrar meu pai, a esposa dele e o filho dele. Não sei como ela vai reagir a essa cena.

— Entendo. Bom, estaremos alertas!

Enquanto esperava o avião aterrissar, Magali grudou-se no pescoço de Luciano.

— Amo você.

— Eu também — devolveu ele com um beijo.

Abraçaram-se e ela perguntou:

— Como está Lucas? Continua matando carneirinhos?

— Na mesma. Afirma, a cada hora, que papai ficou de passar todos os nossos bens no nome dele e que está esperando o advogado.

— Não teve melhora.

— Em relação a isso, não. Mas devo muito a você pela melhora espiritual de Lucas.

— Não fiz nada.

— Como não? Abriu minha mente e me provou que Lucas estava sendo obsedado por uma horda de espíritos. Ele não dormia, não comia, era constantemente sedado. Depois que você sugeriu o grupo de médiuns para dar passes em Lucas toda semana, ele melhorou sobremaneira.

— Na verdade, a terapia de passes foi ideia de Débora.

— Esse é mais um motivo de eu tê-la convidado para ser nossa madrinha.

Uma mulher cutucou Magali.

— Oi.

Magali abriu um sorriso:

— Posso ajudá-la? Precisa de informação?

— Não reconhece a própria mãe, Magali?

Magali deu um passo para trás. Não podia acreditar no que via.

— Mamãe?!

Ivete e ela trocaram um abraço daqueles que recebemos quando reencontramos alguém de quem gostamos muito e estamos muito saudosos. Em seguida, ela cumprimentou Luciano.

Ela estava mesmo diferente. Mais magra, cabelos louros. Parecia outra mulher, remoçada e feliz.

— Deixe-me apresentar meu companheiro. Esse é João.

João cumprimentou Magali e Luciano. Era um senhor distinto, na casa dos sessenta anos, bem-apessoado e com um sorriso cativante.

Luciano ajudou João com as malas e foram caminhando para o estacionamento. Magali não parava de elogiar a mãe.

— Mãe, não posso crer! Que mudança maravilhosa, radical!

— Aprendi muito com João.

— Gostei dele também. Pareceu-me bem simpático. E bem bonito.

— Está muito bem conservado.

— Muito me alegra estar aqui para o meu casamento. Vamos nos divertir e... — O sorriso de Magali desfez-se.

Ivete perguntou:

— O que foi?

— Nada.

— Algum problema com Luciano?

— Não. Ao contrário. Estamos muito felizes.

— Então o que é?

— Sabe, mãe, é meu casamento. Eu só tenho um irmão, você e papai. Convidei Carlinhos e Amanda.

— E convidou seu pai? — completou Ivete.

— É.

— Getúlio é seu pai. Creio que ele deva conduzi-la até o altar. Nada mais justo.

— Não tem problema?

— Claro que não. Filha, aprendi tanta coisa desde que parti! João é espiritualista e abriu minha mente, serenou meu coração. Hoje sou outra pessoa.

Magali abraçou a mãe, aliviada. Elas entabularam conversação e, quando estavam próximo do carro, Ivete considerou:

— Uma coisa é certa: ninguém gosta de ficar perto de alguém que só se queixa, que vê maldade em tudo, que está sempre na defensiva, como se o mundo estivesse tão somente interessado em prejudicá-lo.

— Entendo.

— Descobri que não sou tão importante assim para os outros.

— O que foi que disse? Eu a amo, mamãe. Você é importante para mim.

— Eu também a amo — ajuntou Ivete — e estou lhe dizendo a verdade. Os outros estão mais interessados em cuidar de suas vidas, não se importando com nossos problemas. Percebi que só sou o centro do universo para mim mesma, dentro do meu mundo interior. É responsabilidade minha, portanto, tornar este mundo melhor, manifestar gratidão a mim mesma pelas conquistas que já fiz e encarar os pontos fracos que preciso melhorar.

Magali estava agradavelmente surpresa com tamanha mudança. E, antes que pudesse concatenar os pensamentos, para ter certeza de se aquilo era verdade ou não, beliscou o próprio braço. Ivete concluiu:

— Depois, aprendi com João a confiar na vida e acreditar que tudo acontece para o nosso melhor.

Magali comoveu-se sobremaneira. Aproximou-se da mãe e abraçou-a com tanta ternura que Ivete também não conteve as lágrimas de felicidade. Em seguida deram-se as mãos e entraram no carro, cada uma contando suas novas experiências de vida, enquanto Luciano e João, no banco da frente, conversavam sobre os finalistas do campeonato brasileiro de futebol.

Cirilo afundou-se no vício e, certa noite, foi preso tentando assaltar um caixa eletrônico. Preso em flagrante, foi encaminhado para a casa de detenção. Encontraram na carteira de Cirilo o número de Jussara. Ligaram e ela foi à delegacia.

Jussara ficou penalizada com o estado de Cirilo. Bem magro, olhos fundos, expressão abobada, sujo e barbudo. Não se assemelhava ao homem que conhecera e por quem se apaixonara anos atrás. Entabularam uma conversa tensa:

— Preciso que me tire daqui, Jussara.

— Como?

— É isso que escutou.

— Foi preso em flagrante e, cá entre nós, cadê o meu dinheiro? Use-o para pagar um bom advogado.

— Não tem dinheiro algum. Torrei tudo na compra de drogas.

Se Cirilo falava a verdade ou não, Jussara acreditou. O estado dele era lastimável e, se tivesse com algum dinheiro, ela saberia.

— Não posso ajudá-lo. Você me tirou tudo. Tive de vender o salão para pagar funcionários e fechar a pizzaria. Fui morar de favor num apartamento emprestado por Armando e Iara. Agora estou trabalhando e, graças a Deus, tenho casa, comida e um salário decente.

— Então pode me ajudar.

— Você precisa de tratamento, Cirilo. Se quiser se livrar das drogas, posso procurar alguma clínica. Mas só quando você sair da prisão.

— Por que veio até aqui? Para tripudiar sobre mim? Sentiu-se vingada? — tornou, colérico.

— Não. Vim aqui por causa disso. — Jussara abriu a bolsa e apanhou o colar. Mostrou a Cirilo: — O que isso estava fazendo lá em casa?

Cirilo se fez de bobo.

— Não sei o que é.

— Claro que sabe. É o colar que Gláucia usava na noite em que foi assassinada. Assassinada! Sabe o que significa isso, Cirilo?

— Não me acuse! Não tenho nada a ver com a morte de Gláucia.

— Ah, não tem?

— Não!

— E o que fazia esse colar perdido no fundo do meu armário? Vamos, diga. Ou então eu chamo o delegado e...

Cirilo desesperou-se:

— Está bem, está bem! Eu conto.

— Fala.

Ele esfregava as mãos, nervoso.

— Eu me envolvi com um traficante da pesada. Fiquei devendo dinheiro ao Siderval. Uma noite, ele apareceu num churrasco e me ameaçou: ou eu dava carona para ele praticar um assalto ou então ele me matava. Escolhi a primeira opção. Ele montou na garupa e saímos pela cidade. Ele praticou um assalto aqui, outro ali, arrombou um carro. No fim da madrugada me fez encostar na porta do bar. Foi Siderval quem ameaçou Gláucia e a matou. Juro que não fiz nada. Eu juro...

— E onde está esse traficante, esse desgraçado?

— Morreu numa troca de tiros com a polícia.

— Tem certeza?

— Estou falando a verdade...

Cirilo começou a chorar descontroladamente. O remorso corroía seu espírito. Logo passou a ter crise de abstinência. Seu corpo estremeceu todinho e ele teve uma convulsão ali na frente dela.

Jussara respirou fundo, levantou-se e meneou a cabeça:

— Que Deus tenha piedade de você! Adeus.

Ela saiu da delegacia batendo o salto.

— Como pude me envolver com esse canalha um dia? — dizia para si.

Revoltada, ela apanhou um táxi e foi para a casa de Iara. Conversou com Armando, relatando a ele tudo que Cirilo lhe contara.

— Cirilo jurou que não matou Gláucia — concluiu.

Armando fechou os olhos e passou a mão no rosto.

— Desculpe-me trazer o assunto à baila, Armando. Mas precisava saber a verdade.

— O caso foi encerrado por falta de provas. Se Cirilo jura que o assassino morreu... bem, o que eu posso fazer?

— Será que, passada a crise de abstinência, Cirilo contaria tudo isso ao delegado? — perguntou Iara.

— Pode ser. Eu não gostaria de cavoucar esse assunto — tornou Armando. — É meu direito escolher.

— Tem toda razão, Armando. Façamos o seguinte: amanhã eu vou com a Iara até a delegacia.

— Não. Lá não é ambiente para vocês.

— Queremos ajudar a solucionar o caso — ajuntou Iara.

— E por acaso minha Gláucia vai voltar?

Elas não responderam. Depois de uma pausa longa, Iara disse:

— Converse com Cirilo, meu amor. Ao menos você poderá escutar a verdade.

— Jussara me contou a verdade — respondeu Armando, sério. — Eu já sonhei com minha filha. Seu espírito está bem. Para que ir atrás de vingança ou de justiça? Se o assassino morreu, acabou. Não! Meu instinto diz para não mexermos mais com isso. É assunto morto e enterrado.

Armando levantou-se impaciente e foi para o banheiro. Trancou-se e sentou-se no vaso. Cobriu o rosto com as mãos e deixou que o pranto lavasse sua alma.

— Filha! Ô, minha filha. Quanta saudade! Quero tanto um sinal, uma luz. Não acho que devo ir atrás do seu assassino. Tenho certeza de que ele morreu e deve estar muito perturbado em outra dimensão. Convença a Iara de que não devemos mais mexer com esse assunto. Por favor!

Gláucia estava ao lado de Armando. Comovida e olhos marejados, pousou sua mão sobre o coronário dele.

Aos poucos, uma luz suave e violeta saiu das mãos dela e passou por todo o corpo dele, que recebia a energia. Armando foi serenando aos poucos. Fez uma prece de agradecimento, levantou-se, lavou o rosto e, ao sair do banheiro, encontrou Iara e Jussara com as fisionomias consternadas.

— O que aconteceu?

Iara falou:

— Ligaram da delegacia. Cirilo teve um ataque cardíaco e morreu.

Armando fechou os olhos.

— Recebi o sinal! Obrigado, meu Deus.

Capítulo Vinte e Sete

Débora deu à luz uma linda menina. Rechonchuda, pele branquinha e cabelos ruivinhos, era uma fofura sem igual. Um mês depois do nascimento, ela e Régis foram visitar Justina.

Eriberto a recebeu de braços abertos e emocionou-se ao ver a pequena.

— Ela é muito linda. Como pôde fazer uma menina tão bonita com um marido tão feio? — brincou.

— Feio? O pai dessa criança é um pedaço de mau caminho, seu Eriberto.

— Estou de brincadeira. Vocês fazem um belo casal e agora formam uma linda família. Que Deus os abençoe!

— Obrigada.

— Como está dona Justina? — perguntou Régis.

— Progrediu pouco, mas progrediu. Os médicos dizem que ela não vai ter uma melhora assim tão grande. A fala ficou mesmo bem comprometida.

— As sessões de fono vão ajudá-la — contrapôs Débora.

— Sim, mas Justina tem idade. Não sou pessimista, mas realista. Enfim, o que importa é que minha velha está viva. Apresenta um quadro estável e é paparicada o tempo todo por Jussara.

— Jussara é um encanto de pessoa — tornou Débora.

— Uma mulher especial — emendou Régis.

— Estou muito feliz — respondeu Eriberto. — Foi graças a você que Jussara veio para cá.

— Juntei o útil ao agradável, seu Eriberto. Sabia que vocês iriam adorar Jussara. No fim, vocês ganharam uma filha.

— E você é como uma neta para mim.

— E ganhou uma bisneta — acrescentou Régis.

Eriberto embalou a menina e Jussara apareceu no corredor. Cumprimentaram-se e ela pegou o bebê.

— Que coisa rica! Que menina linda! Posso levá-la para dona Justina conhecê-la?

— Foi por isso que viemos — disse Débora. — Vou amamentá-la daqui a pouco.

— Fiquem à vontade — prosseguiu Eriberto.

— Eu gostaria de conversar um minutinho com o senhor. Podemos?

— O que foi? Aconteceu alguma coisa?

Débora sorriu.

— Sim. Vamos nos sentar?

Atravessaram o corredor e foram para a sala de estar. Eriberto ajeitou-se numa poltrona. Débora e Régis sentaram-se no sofá à frente. Régis apertou a mão da esposa para lhe transmitir confiança.

— Bem, seu Eriberto, quando conheci dona Justina no parque...

E assim Débora relatou o carinho e a amizade que surgira entre eles. Daí emendou o assunto e revelou ser filha de Armando e Iara. Eriberto começou a chorar e pediu que ela parasse de falar.

— Desculpe-me, seu Eriberto, mas, agora que nossos laços de amizade se estreitaram, eu não podia mais omitir o fato. Sei que o senhor e dona Justina não gostam de meu pai e de minha mãe, entretanto, veja como a vida funciona! Juntou-nos dentro de um ambiente de amizade, carinho e respeito. Se não quiser nossa amizade, saberemos compreender.

Ele assoou o nariz e balançou a cabeça para os lados, muito emocionado.

— Você não sabe o peso que tirou do meu coração. Depois que conhecemos você, eu e Justina consideramos procurar Armando e Iara. Começamos a perceber que Armando perdera a filha e talvez precisasse do nosso apoio, afinal, também perdemos nossa filha. Mas o número de telefone que tínhamos era antigo. Os prefixos aqui na cidade mudaram alguns anos atrás. Resolvemos ir até a casa de Armando, e nos informaram que a casa fora vendida havia muito tempo. Não conseguimos mais ter contato. Justina achou que deveríamos conversar com você para nos ajudar.

— Comigo?

— Sim, Débora. Você é jovem, entende de internet. Estávamos prestes a pedir a sua ajuda. Alguns dias depois a Justina teve o AVC.

— Fico muito feliz que o senhor pense dessa forma. Eu me afeiçoei muito ao senhor e à dona Justina. Não gostaria que desentendimentos do passado atrapalhassem nossa relação.

— De forma alguma. Convide seus pais para um chá. Diga que serão bem-vindos.

Débora levantou-se, contornou a mesa de centro e pediu:

— Por favor, levante-se e me dê um abraço bem apertado.

Eriberto levantou-se e abraçou-se a Débora. Beijou-a repetidas vezes no rosto.

— Não sabe como nossa vida mudou depois que conhecemos você. Deus lembrou-se de nós e resolveu enviar um anjo para esta casa.

— Seu Eriberto, outro dia conversaremos com dona Justina, está bem?

— Aos poucos iremos contando a história, falando sobre os meus pais, sobre as coincidências da vida... — tornou Débora, amável.

— Perfeito.

Foram conversando e entraram no quarto de Justina, contíguo à sala de estar. Justina estava sentada numa poltrona, pernas esticadas. Vestia uma camisola cor-de-rosa e os cabelos estavam presos num coque elegante. Jussara aproveitara e passara uma maquiagem leve em seu rosto. Estava com boa aparência.

Débora a beijou no rosto.

— Está muito bem, dona Justina!

Justina sorriu e fez sim com a cabeça.

— O que achou da minha filha?

Justina abriu a boca e balbuciou algo como "linda".

Jussara interveio:

— Acho que a pequena está com fome. Ela buscou meu peito.

— Essa menina é um poço sem fundo — disse Débora, divertida. — Deixe-me pegá-la.

Débora baixou a alça do vestido e deu o peito. A pequenina mamou com gosto.

— Ela só come e dorme. Tem a vida que pediu a Deus — brincou Régis.

Justina olhava para Débora e o bebê. Sua mente voltou ao passado e ela se viu na mesma posição dando de mamar à sua filha. Comoveu-se e deixou uma lágrima escapar pelo canto do olho.

Eriberto aproximou-se e secou seu olho com um lenço.

— Emocionou-se com essa menina linda, não é, meu bem?

Justina fez sim com a cabeça.

— Débora vai trazê-la sempre que puder. Vamos montar um parquinho no quintal.

Justina sorriu e fez novo sim.

O bebê terminou de mamar e Débora guardou o peito. Jussara pegou a pequenina no colo.

— Pode deixar que eu a faço arrotar. Vem com a titia, vem.

Débora fez um sinal para o marido. Régis deu um toque em Jussara e saíram do quarto. Ela queria ficar a sós com o casal. Eriberto pousou a mão dele sobre a de Justina. Débora comoveu-se com o carinho com que o marido tratava a esposa.

— Dona Justina, eu preciso lhe confidenciar um segredo.

Justina fez novo sim com a cabeça.

— Gostaria que vocês fossem os padrinhos do meu bebê.

Justina fez não com a cabeça.

— Por que não? Ah, já sei, só porque está assim?

Justina fez novo sim.

— Quero que vocês amem minha filha. E sejam padrinhos. Não abro mão.

— Vamos aceitar, Justina — implorou Eriberto. — Olha que presente a vida está nos dando.

Justina balançou a cabeça para cima e para baixo. Sorriu.

— Vocês escolheram um nome? — perguntou Eriberto.

— Sim. Minha filha chama-se Miriam.

Eriberto levou a mão à boca para abafar o susto de emoção. Justina fechou os olhos por instantes. Levantou a mão direita e fez sinal para Débora aproximar o rosto. Em seguida, ela passou delicadamente a mão sobre a face rosada de Débora. Abriu a boca e usou de toda sua força:

— O... bri... ga... da.

Quando a polícia descobriu os restos mortais de Eneida no quintal de Coriolano, aproveitou para fazer uma "faxina" na casa toda. Como o boato sobre a ligação de Sarajane com o tráfico crescera de maneira exponencial, eles procuraram por drogas em todo canto da casa. Levaram cães farejadores, treinados para encontrar drogas. Nada.

Um dos policiais subiu até o telhado pelo alçapão e abriu a caixa-d'água. Não encontrou nada. Ao fechar a tampa, sua atenção foi desviada para uma caixa prateada, de alumínio, coberta com pó de anos. Ele a sacudiu e notou que não era tão pesada. Fez barulho, mas não identificou o que era. Arrebentou o trinco e achou ali fitas de vídeo, aquelas tipo VHS, que reinaram absolutas até o advento do DVD.

O policial deu de ombros. Mas, tocado por um sentimento estranho, apanhou a caixa e a levou para o distrito. Jogou-a num canto do almoxarifado.

— Devem ser gravações de filmes ou novelas do tempo do onça — disse ele para um colega.

O espírito de Suellen, que dera vida a Sarajane, mordiscou os lábios, apreensiva. Judite foi taxativa:

— Não temos mais tempo, Suellen.

— Demorei tantos anos para me recuperar. Ao morrer, passei fome, frio, precisava de droga. Perambulei muitos anos pela Terra e não cuidei da minha filha.

— O tempo passou. Agora que está recuperada e em equilíbrio, poderá visitar Sarajane durante o sono dela.

— Mas ela custa a dormir. Ficou muda. Não diz mais nada. Eu subo e desço a mão sobre o rosto e ela não pisca, não move um músculo.

— Está em choque. O espírito dela não quer ter contato com a realidade.

— O que Coriolano fez não tem perdão.

— Entendo sua ira, mas deixemos Coriolano nas mãos da justiça dos homens e fatalmente ele terá de enfrentar a justiça de Deus. Pelo que me consta, Coriolano não vai escapar de nenhuma.

— Sarajane não merece viver assim. Vai voltar a ser a "louca do Pelourinho"?

— O espírito dela usa a loucura como mecanismo para não colocá-la em contato com determinadas crueldades que ela mesma praticou ao longo de muitas encarnações. Lembre-se de que, na época da vida que tivera na Bahia, Sarajane abusou de um mulatinho. Coriolano era o mulatinho que passou por dura experiência naquela encarnação.

— Isso ocorreu há séculos — tornou indignada. — Ele não tinha direito de fazer o que fez.

— Somos estimulados a fazer o melhor. Infelizmente os nossos monstros internos nos desviam do caminho — replicou Judite. — Sarajane e Coriolano são espíritos presos por laços de muita dor e sofrimento. Chegará um momento em que um dos dois deverá ceder e usar da inteligência para se libertar dessas amarras.

Suellen meneou a cabeça, inconformada. Judite tornou, paciente:

— Suellen, acredite: as situações dolorosas ocorrem para que o encarnado seja estimulado a mudar, despertando as potencialidades que ele traz como sementes divinas. Infelizmente o sofrimento ainda é uma necessidade humana para a transformação do ser. A transformação gera mudança de atitude, de pensamento.

— Estou revoltada. Coriolano merece sofrer.

— Não diga isso. A revolta não mudará a situação, ao contrário, vai trazer mais dor. Vamos orar para que ambos saiam dessa corrente negativa, perversa e cruel que consome Sarajane e Coriolano há séculos. Quem somos nós para julgar? Todos nós, desencarnados ou encarnados, vamos viver do que plantamos. Assim funciona a vida.

— Preciso ajudá-la. Eu falhei com ela.

— De maneira alguma, Suellen. Você está dando a chance de o mundo rever tudo que se fez contra Sarajane. Ela vai receber apoio da sociedade, vai ter o apreço de muita gente. Vai ser mais fácil você se aproximar dela e dar-lhe amor e carinho.

— É. Hoje é impossível. A corrente de ódio que se formou ao redor dela é forte demais.

— Mais um motivo para ela ficar nesse estado. Dessa forma, ela não capta as energias de raiva do mundo. Nosso tempo está acabando — considerou Judite. — Nossa participação no mundo se encerra por agora. Nossos entes queridos estão bem e precisamos seguir nossa trajetória evolutiva.

— Então me dê uma última chance.

— Está certo. Sabe que logo mais teremos um compromisso ao qual não podemos faltar.

— Finalmente a menina que queria casar vai realizar seu sonho!

— Então corra, Suellen. O tempo urge!

Suellen assentiu e procurou alguma mente que desse abertura a seus intentos. Aproximou-se de um escrivão, depois de um delegado. Avistou um policial cuja luminosidade era sinal que refletia toda a sua nobreza de caráter. Era um homem que procurava ser justo e cumprir a lei dos homens com rigor.

Suellen aproximou-se e sussurrou:

— Vá até o almoxarifado. Pegue a caixa.

O policial andou para um lado, depois para outro. E Suellen na cola dele, repetindo a mesma frase, como se fosse um mantra:

— Almoxarifado, caixa, almoxarifado, caixa.

O rapaz aproximou-se da caixa, vasculhou o conteúdo.

— O que será que tem aqui? — indagou para si.

Apanhou uma fita e perguntou para outro colega:

— Tem videocassete aqui na delegacia?

— Na sala do Onofre — respondeu. — Ele adora velharia. Acho que o aparelho está funcionando.

O rapaz colocou a fita sob o braço e foi até a sala onde havia um aparelho de TV com um vídeo.

— Tem uma fita aqui que eu queria ver.

— Fique à vontade.

O policial pegou a fita, enfiou no aparelho e ligaram a TV.

— Agora vamos! — ordenou Judite.

— Seja o que Deus quiser — retrucou Suellen.

Os dois espíritos desapareceram do recinto. O policial sentou-se numa cadeira e acomodou-se. Conforme a fita ia rodando e as imagens ganhando força na tela, o semblante do policial foi se transformando violentamente. As cenas eram repugnantes, horríveis. Até o mais duro dos homens seria tocado por tanto horror.

Eram fitas caseiras, feitas com câmera própria para vídeo. Coriolano, bem mais jovem, sorria para a câmera. Afastou-se e notava-se que ele só usava cuecas. Ao seu lado, uma menina de oito anos. Ele caminhou para trás da câmera e pediu:

— O que essa garotinha tem para mostrar ao titio?

Timidamente ela ia tirando peça por peça de roupa. O colega ao lado passou mal e vomitou.

A garotinha no vídeo era Sarajane. Assustada, nervosa, morrendo de medo, a menina fora submetida a todo tipo de violência sexual. Coriolano praticara coisas com Sarajane que nem um homem adulto em sã consciência teria coragem de praticar com uma mulher. As cenas eram pesadas demais, grotescas demais, tristes demais.

Em resumo, depois de analisadas, as fitas foram encaminhadas para perícia e alguns vídeos vazaram na mídia. A população revoltou-se e agora o quadro se invertera: tentaram invadir a casa de saúde e linchar Coriolano. Ele passou mal e foi transferido para o hospital. Os enfermeiros e médicos que tinham piedade daquele velho maltratado pela sobrinha passaram a ter por ele verdadeiro asco. Coriolano passara a ser o monstro, e Sarajane tornou-se a santa.

A jovem recebeu, então, o carinho e a atenção de organizações não governamentais, e até de organizações do estrangeiro. Seu caso rodou o mundo e ela recebeu a visita do presidente do nosso país. Foi encaminhada para um dos sanatórios mais bem equipados do Brasil. E lá começou a se lembrar da infância bloqueada...

Quando surgiu a primeira menstruação de Sarajane, Coriolano deixou de molestá-la com medo de engravidá-la. Ele bem que tentou cometer outras atrocidades com a menina, mas os gritos de Sarajane começaram a despertar suspeitas na vizinhança. Coriolano, então, pensou bem e decidiu que era hora de livrar-se da menina-problema. Numa tarde, colocou Sarajane no carro e tratou com uma conhecida de internar a menina em um reformatório. Suellen apareceu e, a contragosto, Coriolano a deixou entrar no carro.

— Suellen está drogada. Assim que deixar Sarajane, eu cuido de me livrar dela também — disse entre dentes.

No meio da estrada, Suellen notou que a filha estava cheia de marcas arroxeadas próximo às partes íntimas. Levantou o vestidinho e teve uma crise:

— O que fez à minha menina? — gritou, estupefata, olhos esbugalhados de horror.

— Fiz nada — respondeu Coriolano, voz fria.

— Seu porco imundo e sujo, seu tarado! Como pôde abusar de uma criança?

— Você está louca! Precisa de droga.

— Não! — protestou Suellen. — Não preciso de droga. Estou mais lúcida do que tudo. A minha indignação e o amor pela minha filha são maiores que o vício. Você merece morrer, Coriolano. Morrer!

Descontrolada, Suellen puxou a direção, o carro pendeu para a outra pista e chocou-se com outro veículo que vinha na mão contrária. Suellen morreu na hora. Coriolano ficou preso às ferragens. Uma perna teve vários ligamentos rompidos e a outra teve o pé bem machucado. Depois de muitas cirurgias, ele ficou preso à cadeira de rodas.

A pequena Sarajane criou, naquele exato momento, um bloqueio forte e intransponível. Foi quando ela se esqueceu dos abusos e deformou a personalidade para não mais sofrer. Seu espírito precisava desse bloqueio, desse esquecimento para continuar a viver.

Como a energia de ódio ao redor dela foi se desvanecendo, aos poucos Sarajane foi melhorando e passou a ter noites de sono tranquilas. Entretanto, nunca mais voltou a falar.

Um mês depois de revelada essa notícia chocante e triste, mataram Coriolano dentro do hospital.

Até hoje ninguém sabe, ninguém viu.

Epílogo

A aldeia astral estava florida, alegre, com seus habitantes vestidos elegantemente para a grande ocasião. A brisa suave balançava placidamente os ramos verdes das árvores, como se estivesse regendo uma filarmônica.

Tudo era beleza, harmonia e paz. Judite terminou de apanhar algumas flores coloridas e delicadas para formar a grinalda. Depois juntou outro punhado e fez um lindo arranjo. Ela se aproximou de Gláucia e pousou sobre a cabeça da moça a linda coroa de flores. Gláucia olhou para o espelho e sorriu.

— Agora estou parecendo uma noiva, de verdade.

— Está linda! — tornou Judite.

— Enfim, vou me casar. Nem acredito!

— Só você para realizar um evento desse porte aqui no astral. Não temos esse hábito. As pessoas se unem pela sintonia de alma. Não precisamos de cerimônia, festa, vestidos brancos...

— Sei, sim. Mas você me entende, não, Judite? — Ela assentiu e Gláucia prosseguiu: — Eu não poderia deixar de realizar esse sonho. Eu só queria casar...

— Entendo perfeitamente — anuiu.

Gláucia continuou:

— Morri com esse desejo. Sei que, tanto no mundo físico como neste, o que manda é a alma, o coração. Sei que a lei, o papel, a aliança, nada segura um casamento. Queria me casar com Luciano para me livrar de um problema e iria arrumar outros, com certeza. O que enternece meu espírito, neste momento, é o ritual, é a maneira como essa união de almas afins é realizada no mundo. Só gostaria de sentir o que muitas amigas minhas sentiram.

— E o que é? — perguntou Judite.

— A emoção de entrar numa igreja solteira e sair de lá casada e comprometida. Mais nada. Assim que atravessar a nave e subir ao altar, vou dar novo passo para minha evolução, para o amadurecimento do meu espírito.

— A conquista da felicidade está em suas mãos. Afinal de contas, Deus nos criou com esse objetivo e a vida está aí para mostrar essa verdade.

— Pois é, Judite. Estou tão feliz! Depois que meu espírito serenou o coração, descobri que amo Xenos há séculos. Ficamos impedidos de nos unir por conta de escolhas infelizes que fizemos. Agora que aprendi a me valorizar, respeitar e unir às forças do bem, sei que ficaremos juntos para sempre.

— O amor de vocês é puro e sincero. É uma energia linda que contagia a todos.

— Agradeço a todos aqueles que me ajudaram a transformar a aldeia para esse evento. A capela ficou linda, assim como o juiz, os padrinhos...

— Vamos ter até festa! — comemorou Judite. — Essa é a melhor parte.

— Eu não vi a daminha de honra. Não tem como vir uma criança até aqui?

— De forma alguma. A nossa aldeia não está autorizada a receber crianças.

— Uma pena — disse Gláucia —, mas estou feliz. Já que não temos quem carregue as alianças, poderia segurá-las para nós?

— Acertei com Xenos. Fique sossegada.

Ouviram um sino e Judite disse:

— É chegada a hora da menina que queria casar. Agora ela vai casar!

As duas riram e Gláucia abraçou-se a Judite.

— Obrigada, por tudo.

— Não há de quê.

Saíram da casa e ganharam a rua. Um rapaz esticou a mão, dando apoio para Gláucia subir na carruagem. Ela se sentou no banco, ele fechou a portinhola e sentou-se no alto. Os cavalos começaram a trotar. As pessoas acenavam para Gláucia no trajeto.

Emocionada, ela desceu da carruagem e parou na porta da igreja. Uma música suave começou a tocar e as portas se abriram. Gláucia apanhou seu buquê e foi dar o primeiro passo.

— Espere um pouco — alguém disse. — A dama de honra chegou!

Gláucia olhou para o lado e arregalou os olhos.

— Você?!

— Óbvio, criança.

Era Linda Whitaker, a socialite. Ela estava exuberante.

— Você veio!

— Acha que eu iria perder um evento desses? Nem morta! Ou nem viva? E agora, o que eu digo?

Caíram na risada e Linda apanhou a cestinha com as alianças. Foi caminhando a passos lentos e Gláucia entrou logo atrás. Os convidados se levantaram e ela sorria, emocionada. Atravessou a nave e Xenos a esperava na ponta do altar.

Ele se aproximou e beijou-lhe a testa.

— Está linda, meu amor.

— Você também, meu querido.

Subiram no altar e ajoelharam-se perante o juiz. A cerimônia correu tranquila e serena. O juiz, um espírito moreno, alto e forte, de feição harmoniosa e luz radiante, aproveitou o momento e falou sobre o casamento. Depois de cativar a todos com lindas palavras, finalizou:

— O casamento nada mais é do que amizade. É um contrato íntimo de união, de carinho, de respeito, de manter acesas sempre as chamas do namoro e do amor. Serve para agigantar nosso ânimo, para certificar nosso entusiasmo pela vida. O casamento não tem garantia na lei, no uso de aliança, num vestido de noiva, porque quem manda na relação é o coração. Porque é o coração apaixonado que casa e descasa.

Gláucia e Xenos, emocionados, concordaram fazendo gesto afirmativo com a cabeça. O juiz sorriu e disse, com um grande sorriso:

— Eu os declaro marido e mulher.

Xenos pousou delicado beijo nos lábios da amada.

— Viva os noivos! — saudou um dos presentes.

Os convidados levantaram-se e bateram palmas. Uma música linda e suave encheu o ambiente. Pétalas de rosas caíram do alto sobre os noivos, e um halo de luz formou-se ao redor deles, fortalecendo ainda mais os laços de amor que se perdiam nos anais do tempo. Gláucia sorriu feliz. Abraçou-se a Xenos e deixaram-se embalar pelo amor que sentiam, verdadeiramente, no coração.

O PRÓXIMO PASSO
MARCELO CEZAR
ROMANCE PELO ESPÍRITO **MARCO AURÉLIO**

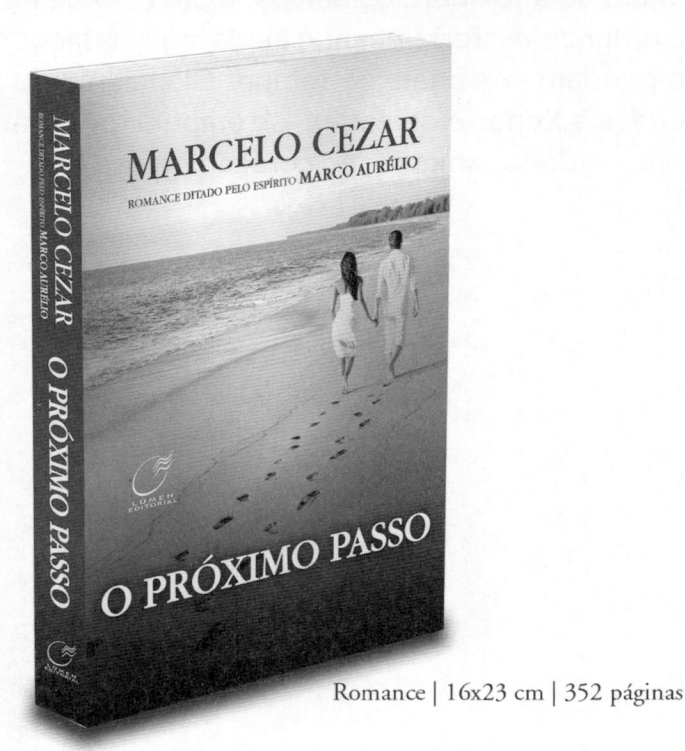

Romance | 16x23 cm | 352 páginas

O que faz uma filha rejeitar a mãe? E o que faz uma mãe rejeitar o próprio filho? Os motivos podem ser vários e as respostas, muitas vezes, encontram-se em vidas passadas. A rejeição é algo difícil de aceitar, principalmente quando ocorre entre pais e filhos. No entanto, para aprender a lidar com esse sentimento, é preciso entender que a vida dá a cada um o resultado de suas escolhas, mesmo que elas tenham sido feitas em outras existências. Por meio dos conflitos, medos e desejos de personagens complexos, nem bons nem maus, porém, extremamente humanos, O próximo passo mostra que aceitar e saber lidar com a rejeição de maneira menos sofrida é o caminho para o amadurecimento do espírito. Este livro emocionante nos leva a entender que a rejeição nem sempre é sinônimo de falta de amor e que a vida dá escolhas a todos. A qualquer momento, é possível recomeçar.

CONHEÇA O
INSTITUTO BENEFICENTE
BOA NOVA

SOCIEDADE ESPÍRITA BOA NOVA

Fundada em 1980, é hoje uma referência no estudo do espiritismo. Aqui, oradores e expositores de todo o Brasil realizam seminários, eventos, workshops e cursos. Além disso, toda semana são realizadas reuniões públicas.

CRECHE BOA NOVA

Criada em 1986, a Creche Boa Nova atende mais de 130 crianças entre 4 meses e 5 anos e 11 meses de idade.

BERÇÁRIO ESTRELA DE BELÉM

Mais de 40 crianças de 4 meses a 1 ano e 11 meses são atendidas no berçário mantido pelo Instituto Boa Nova.

CAMPANHAS SOLIDÁRIAS

O projeto Boa Semente atende mais de 50 famílias carentes da cidade, entregando cestas básicas e marmitas.

DISTRIBUIDORA E EDITORA

Líder no segmento espírita, a distribuidora disponibiliza mais de 7 mil títulos, e a editora Boa Nova tem os seguintes selos editoriais:

Levamos o livro espírita cada vez mais longe!

Av. Porto Ferreira, 1031 | Parque Iracema
CEP 15809-020 | Catanduva-SP

www.**lumeneditorial**.com.br
www.**boanova**.net

atendimento@lumeneditorial.com.br
boanova@boanova.net

17 3531.4444

17 99777.7413

Siga-nos em nossas redes sociais.

@boanovaed

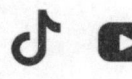

boanovaeditora

CURTA, COMENTE, COMPARTILHE E SALVE.

utilize #boanovaeditora

Acesse nossa loja

Fale pelo whatsapp